新訳

ドリトル先生の郵便局

ヒュー・ロフティング
河合祥一郎＝訳

角川文庫
22219

Doctor Dolittle's Post Office
by Hugh Lofting
1923

新訳　ドリトル先生の郵便局　目次

Doctor Dolittle's
Post Office

Doctor Dolittle's
Post Office

この本に登場する人間と動物たち

ジョン・ドリトル先生 John Dolittle
動物と話せる
お医者さんで、博物学者。
世界中を旅する。

ボクコチキミアチ Pushmi-pullyu
頭がふたつもある、世にもめずらしい
動物。とっても恥ずかしがり屋。

ガブガブ Gub-Gub, the pig
食いしんぼうな子ブタのぼうや。
泣き虫であまえんぼう。

ジップ Jip, the dog
とんでもなく鼻がきくオス犬。
先生のおうちの番犬。

ダブダブ Dab-Dab, the duck
おかあさんみたいに
先生のお世話をするアヒル。

白ネズミ White mouse
いざというとき、たよりになる
小さなおにいさん。

チープサイド Cheapside, the London sparrow
ロンドン育ちの都会スズメ。
口の悪い乱暴ものでケンカっ早い。

トートー Too-Too, the owl
オスのフクロウ。計算が得意。
耳がすごくいい。

スピーディー Speedy-the-Skimmer
時速３２０キロ！
かっこいいツバメのリーダー。

ココ王 King Koko
ファンティッポの王さま。
先生に郵便局をまかせた。

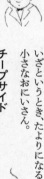

はじめのことば

この『ドリトル先生の郵便局』は、ほとんどすべて、先生が西アフリカへのバカンスからお帰りになろうとしたときに起こったお話です。ですから、はじめに西アフリカへご旅行なさったいきさつをここでかんたんに説明したら、すぐに船のむきをふるさとへむけて「湿原のほとりのパドルビー」を目指してお帰りになろうとするところからお話を始めることにします。

西アフリカ行きが決まる少し前のこと、ボクコチキミアチは、イギリスに来てから長い月日がたっていましたので、ふるさとのアフリカがちょっと恋しくなってきました。ボクコチキミアチは、先生が大好きでしたから、先生とお別れなどしたくありませんでしたが、イギリスの天気の悪さには、ほとほとやりきれない思いでいたのです。そこで、とりわけ冷えこみがきつい冬の雨の日に、ほんの一、二週間、暖かいアフリカへ遊びに行きませんかと先生にたずねてみました。

長いこと旅をなさっていなかった先生は、ご自身でもイギリスの寒い十二月から逃げだしたい思いでいらした矢先でしたので、それはいいと賛成してくださいました。

こうして出発となったわけです。ボクコチキミアチのほかに、アヒルのダブダブ、犬のジップ、ブタのガブガブ、フクロウのトートーに、白ネズミという、サルの国から帰る旅でいっしょだった仲間を連れていくことになりました。この旅行のために、先生は小さな帆船をお買いになりました。とても古くておんぼろですが、雨や風に打たれてもだいじょうぶなしっかりした船です。

むかったのは、西アフリカのベニン湾というところです。そこで先生たちは、いろいろなアフリカの王国や、ふしぎな部族を訪れました。先生たちがそこにいるあいだ、ボクコチキミアチは、なつかしい草原を好きなだけぶらつくことができて、思いっきりお休みを楽しんだのです。

ある朝、なつかしいツバメたちが、その年もイギリスへ帰ろうとして、停泊中の先生の船にまた集まってきてくれたので、先生は大よろこびなさいました。ツバメたちは、「先生もお帰りですか。もしそうでしたら、むかしジョリギンキの国から逃げだしたときのように、ごいっしょしますよ」と、言ってくれました。

ボクコチキミアチは、もうすっかり帰る気になっていましたので、先生はツバメたちにお礼を言って、「いっしょに帰ってくれるとありがたい」と、おっしゃいました。

そこで、その日はそれから、イギリスへ帰る長旅の準備をするのに、大わらわのてんてこまいとなりました。

あくる朝までには、出航の準備がすっかりととのいました。錨《いかり》をあげ、すべての帆をいっぱいに広げ、順風に乗って、先生の船は北へ動きだしました。

『郵便局』のお話は、ここからはじまります。

第一部

第一章　ズザーナ

この帰りの船旅がはじまって一週めの、ある朝のことでした。ジョン・ドリトル先生と動物たちが船室の大きなテーブルをかこんで朝ごはんを食べていると、道案内をしてくれているツバメたちのうちの一羽がやってきて、先生にお話があると申し出ました。

ドリトル先生がすぐにテーブルを立って、ろうかに出てみると、そこには、ツバメのリーダーが、自らやってきていました。長い長いつばさがあって、するどく、きりりとした黒い目の、とてもスマートでかっこいい鳥です。「波飛びのスピーディー」という名前で、鳥の世界ではかなり有名でした。虫とり競技と空中アクロバットでは、ヨーロッパ、アフリカ、アジア、アメリカでのチャンピオンでもあります。何年ものあいだ、毎夏あらゆる飛行レースで優勝し、つい去年は大西洋を十一時間半、つまり時速三二〇キロ以上で飛んで、自己記録を更新したばかりでした。

「やあ、スピーディー」と、ドリトル先生は言いました。「どうしたね？」

「先生」と、小さな鳥は、なぞめいたささやき声で言いました。「この船の一キロ半ほど前方、やや東に、カヌーを発見しました。カヌーに乗っているのは、黒人女性ひとりっきりで、はげしく泣くばかりでカヌーをこごうともしていません。陸からかなり——少なくとも十六キロぐらい——はなれていると思います。というのも、そのとき、ぼくたちはファンティッポ湾を横断中で、遠くにアフリカの海岸がかすかに見えるぐらいだったからです。あんなちっぽけなボートでそんなに沖合まで出るなんて、ほんとに危険です。ところが、女の人はぜんぜん気にしていないようすで、カヌーのなかにすわって、どうとでもなれとばかりに泣いているのです。どうか、先生、あの人に話しかけてみてくださいませんか。とてもこまっているようすなのです。」

「よし、わかった」と、先生は言いました。「カヌーがあるところへ、ゆっくりと飛んでいってくれ。船でそのあとをついていくから。」

こうしてドリトル先生は、甲板にあがり、ツバメに道案内をしてもらって、船を操縦して、まもなく、波の間に間に、あがったりさがったりしている小さな黒いカヌーを見つけました。広い海原《うなばら》に浮かぶ丸太か棒のようにちっぽけで、実際よくよく近づいて見ないと、見のがしてしまいそうでした。カヌーには女の人が、頭をひざの上にのせてすわりこんでいました。

「どうしましたか?」先生は、声が届くところまで近づくと、大声で呼びかけました。

「なぜ、こんな沖まで出てきたのですか？　嵐でも来たら、たいへんですよ？」

「あっちへ行って。ほっといて。あたしは悲しいの。あんたたち白人なんか、もうたくさんよ。」

ゆっくりと、女の人は顔をあげました。

ドリトル先生は、船をさらに近づけて、やさしく話しかけつづけました。ところが、女の人は、先生が白人なので、なかなか信用しようとしません。しかし、少しずつ先生は相手の心を開かせ、ついに女の人は、はげしく泣きじゃくりながら、身の上話をしてくれたのです。

当時は、奴隷制がちょうど廃止されたばかりの時代でした。だれかをつかまえて奴隷にしたり、奴隷を売り買いしたりするのは、ほとんどの国ではきびしく禁じられました。ところが、悪い人たちがアフリカの西海岸（かつては「奴隷海岸」と呼ばれることがありました）にやってきて、こっそり人をつかまえたり買ったりして、綿花やタバコの農園で働かせるために、船に乗せて異国に連れていってしまったのです。いくさでつかまえた捕虜を売って、大もうけするアフリカの王さまもいました。

さて、カヌーに乗っていた女の人は、ファンティッポ王国といくさをしていた部族の人でした。ファンティッポ王国とは、ツバメたちがカヌーを見つけた近くの海岸にあるアフリカの王国でした。

このいくさで、ファンティッポ王国の王さまは、捕虜をたくさんつかまえましたが、その捕虜のなかにこの女の人の夫がいたのです。いくさが終わってすぐ、白人が船でファンティッポ王国にやってきて、タバコ農園で働かせる奴隷を買いたいと言いました。奴隷がどんなに高く売れるかを聞いた王さまは、いくさでつかまえた捕虜を売ってしまおうと思いました。

この女の人の名前はズザーナといい、夫はとても強くて、りっぱな男でした。ファンティッポの王さまは宮廷に強い男をおきたいと思ったので、ズザーナの夫がほしかったのですが、奴隷商人たちも、やはり農園で大いに働いてくれる強い男をほしがりました。商人たちが、ズザーナの夫には特に高い代金をはらうと言うので、王さまは夫を売ってしまいました。

ズザーナは、商人たちの船をずっとカヌーで追って、夫を返してくれとたのんだ話を先生にしました。しかし、商人たちは、笑いとばして行ってしまったのです。その船も、やがて見えなくなってしまいました。

だから、白人なんてみんな大きらいだし、先生が声をかけてきたときにも、口をききたくなかったのだと言います。

先生は、この話を聞くと、たいそう腹をたてました。そして、「ご主人を乗せた奴隷商人の船が行ってしまったのは、どれぐらい前のことですか」と、たずねました。

「三十分前です」と、ズザーナは答えました。「夫がいなければ、生きていてもしかたありません。だから、船が海岸沿いに北へ進んで、とうとう見えなくなってしまったとき、あたしはわっと泣きふし、陸にこぎもどろうという気力もなくなって、カヌーが波にただようにまかせていたのです。」

先生は、どんなことがあっても力になりましょうと言いました。そして、自分の船の速度をあげて、ただちに奴隷船を追いかけようとしたのですが、アヒルのダブダブが、先生の船はとてものろいうえに、船の帆がすぐ目につくから、決して奴隷商人に追いつくことはできませんよと、意見しました。

そこで、先生は船の錨をおろすと、船をその場に残して、女の人のカヌーに乗りうつりました。そして、ツバメたちに道案内をたのむと、海岸に近づいてから海岸沿いに北へこぎはじめ、ズザーナの夫を連れさった奴隷船はいないかと、湾や島の裏など、あちこちさがしました。

しかし、見つけることができないまま何時間もたって、やがて夜になってしまい、月が出ていなかったために、道案内役のツバメたちも遠くが見えなくなりました。

今晩はあきらめなければならないと先生が言うと、かわいそうなズザーナは、またもや、わんわんと泣きだしてしまいました。

「朝になってしまったら」と、ズザーナは言いました。「悪い奴隷商人の船は何キロも先へ行ってしまって、もう二度と夫を取り返せなくなります。ああ！　悲しい！」

先生は、そうしたら同じぐらいりっぱな、べつのだんなさんを見つけてあげようなどと言って、できるかぎりなぐさめましたが、女の人は、そんなことは考えたくもないようで、なげきつづけました。「ああ！　悲しい！」

あまりにも泣きわめく声が大きいので、先生はカヌーのなかで眠れませんでした。いずれにせよ、カヌーのなかは、あまり居心地のよいところではありません。そこで、先生は身を起こして、耳をすましていました。ツバメたちの何羽かは、まだ先生といっしょにいてくれて、カヌーのふちにとまっていました。有名なリーダーである波飛びのスピーディーも、そこにいました。ツバメたちと先生がどうしたらいいかと話しているとき、ふいに、スピーディーが言いました。

「しっ！　見てください！」その目は、暗くうねっている西の海のかなたを見つめています。

ズザーナさえも泣きわめくのをやめて、ふりかえって見ました。ぼんやりとした大海原の黒いはしに、小さな光が見えました。

「船だ！」と、先生がさけびました。

「ええ」と、スピーディー。「たしかに船です。あれも、奴隷船でしょうかね？」

「奴隷船だとしても、われわれがさがしている船ではないな」と、先生。「方角がちがうからね。われわれがさがしているのは、北へ行った。」

「ねえ、先生」と、波飛びのスピーディーは言いました。「ぼくがあの船まで飛んでいって、どんな船だか見てきて、先生にお話しするというのはどうでしょう? だって、ひょっとすると、あの船が手を貸してくれるかもしれませんよ。」

「おねがいできるかね、スピーディー。ありがとう」と、先生は言いました。

そこで、スピーディーは、はるかかなたの海上の小さな光を目指して、暗闇のなかへ飛びさりました。その一方、先生は、ここより何キロか南の沿岸に錨《いかり》をおろした自分の船はどうなっているだろうかと思いはじめていました。

二十分もすると、先生は心配になってきました。すばやいスピーディーが行って帰ってくるだけの時間はじゅうぶんにあったはずだからです。

しかし、やがて、われらが有名なリーダーは、つばさをパタリとはたいて頭上の暗闇できれいな円を描いてから、一枚の羽根のように軽く、先生のひざもとへおりてきました。

「さて」と、ドリトル先生。「どんな船だったかね?」

「大きな船です」と、スピーディーは、息を切らせながら言いました。「長いマストがあり、速い船だと思いますが、こちらへむかって、かなり慎重に進んでいます。たぶん、浅瀬や砂州を気にしているのだと思われます。たいへん小ぎれいな船で、スマートで、どこもかしこも新品のようです。それから、大型の大砲が、船のわき腹にあいた小さな窓から顔を出しています。乗組員も、みな、かっこいい青い服をきちんと着ていて、ふつうの船乗りとはぜんぜんちがいます。船体には、なにかの文字が書かれていました。船の名前だと思います。もちろん、ぼくには読めません。でも、どんな形をしていたかおぼえています。お手をお貸しくだされば、お教えしましょう。」

それからスピーディーは、そのつめで、先生の手のひらに文字を書きました。すると、とたんに先生が立ちあがったので、カヌーはひっくりかえりそうになりました。

「ＨＭＳだって！」と、先生はさけびました。「それは、英国軍艦（ハー・マジェスティーズ・シップ）ということだ。海軍の船だ。奴隷商人をつかまえるには、まさにうってつけだぞ！」

第二章　先生は軍艦にむかえられる

そこで、先生とズザーナは、光の方角に、いっしょうけんめいカヌーをこぎだしました。静かな夜でしたが、大きな波がカヌーを上におしあげたり、下へさげたり、まるでシーソーのようにゆらしたので、まっすぐ進むにはズザーナの技が必要でした。

一時間ほどして、先生は、目指す船がもはやこちらにむかっておらず、泊まっていることに気づきました。そして、暗がりのなか、そのそびえたつばかりの船体の下まで行って、この船が先生の船と衝突してしまったことを知りました。先生が明かりもつけずに錨をおろして、船をほったらかしにしておいたためです。しかし、海軍の船は、幸いなことに、かなり慎重に進んでいましたから、どちらの船も大事には至りませんでした。

船の横になわばしごがさがっているのを見つけて、ドリトル先生は、艦長に会おうとして、それをのぼって甲板にあがり、ズザーナもあとにつづきました。

艦長は、なにかぶつぶつ言いながら、えらそうに船尾の甲板を歩いていました。

ました。
「こんばんは」と、先生は礼儀正しく言いました。「けっこうなお日和ですな。」
艦長は、先生のところへつかつかとやってくると、その顔に、げんこつをつきつけ
「あの〝ノアの箱舟号〟は、君の船かね？」
艦長は、となりの船を指さして、たいへんな剣幕で言いました。
「ええ……まあ……今のところは」と、先生。「どうしてですか？」
「では、どうかお答えねがえないだろうか」と、艦長は怒りに顔をゆがませて、どな
りました。「暗い夜に、明かりもつけずに、ぼろ船を錨につないでほったらかしにし
ておくとは、いったいどういうつもりかね？　それでも船乗りか？　こちらは英国海
軍の最新の巡洋艦で、奴隷商人のジミー・ボーンズをもう何週間も追いかけているん
だ。ところが、そうでなくてもこの沿岸は通行しにくいというのに、明かりもつけず
に停泊している船にぶつかってしまった。幸い、水深を測りながらゆっくり進んでい
たからよかったものの、さもなければ、てんぷくするところだったのだぞ。君の船に
声をかけたが、返事がない。そこで、ひょっとすると、こいつは奴隷船で、わなをし
かけようとしているのかもしれないと思って、ピストルをぬいて船にあがってみたが、
船のどこにも人っ子ひとりおらん。とうとう船室に、ブタを見つけたが——安楽いす
にすわって眠りこけておった！　君はいつもブタに船をまかせておくのかね——しか

も、眠っていろと命じて？　あれが君の船なら、なぜ君が船にいない？　どこにいたんだ？」

「ご婦人とカヌーに乗っておりました」と、先生は言って、なぐさめるようにズザーナにほほ笑みかけると、ズザーナはまた泣きだしそうになりました。

「ご婦人とカヌーだと！　なんたる……」艦長は、ろれつがまわらなくなってしまいました。

「ええ」と、先生。「ご紹介します。こちらはズザーナ。こちらは艦長の……えぇっと……。」

ところが、そこで艦長が口をはさみ、近くにいた水兵を呼びつけました。「公海に船を停泊して海軍の船にぶつけさせておいて、ただですむと思うな、この海のプレイボーイめ！　航海法を冗談だとでも思っていたのかね？　おい！」

呼ばれてやってきた水兵のほうにむきなおって、艦長は言いました。

「先任衛兵伍長《ごちょう》、この男を逮捕しろ。」

「アイ、アイ、サー」と、衛兵伍長は言いました。そして、あっという間に、先生の両手首には、しっかりと手錠がかけられてしまいました。

「しかし、このご婦人がおこまりになっていたので」と、先生は言いました。「私は大あわてで、船に明かりをともすのを忘れてしまったのです。実のところ、私が船をはなれたときには、まだ暗くはありませんでしたから。」

「下へ連れていけ！」艦長がどなりました。「本官が殺してしまわんうちに、すぐ連れていけ。」

お気の毒な先生は、衛兵伍長によって、下甲板へつづく階段のほうへ引きずられていきました。ところが、先生は、階段の上のところで手すりをつかみ、手すりからぶらさがりながら艦長にこうさけびました。

「ジミー・ボーンズの居場所を教えてあげてもいいんですがねえ。」

「なんだって？」と、艦長が鼻息あらく言いました。「おい、ここへ連れもどせ！　今、なんと言ったね？」

「今、言ったのは」と、先生は、手錠をかけられた手でハンカチをとり出して、鼻をかみながら言いました。「ジミー・ボーンズの居場所を教えてあげてもいいということです。」

「奴隷商人のジミー・ボーンズかね？」艦長は大声を出しました。「そいつを追いかけるために、本官は政府から派遣されているのだ。どこにいる？」

「両手が不自由ですと、どうも思い出しにくいです」と、先生は静かに、手錠をあごで指しながら言いました。「はずしてくだされば、思い出すかもしれません。」

「ああ、もうしわけない。」艦長は態度を一変させて、言いました。

「衛兵伍長、囚人を解放しろ。」

「アイ、アイ、サー。」水兵は、先生の手錠をはずして、立ちさろうとしました。

「ああ、それから」と、艦長は呼び止めて命じました。「甲板にいすをお出ししろ。お客さまは、おつかれかもしれん。」

そこで、ジョン・ドリトル先生は、艦長に、ズザーナの事件の一部始終を語りました。船に乗っていたすべての士官たちも集まって聞いていました。

「そして、まちがいなく」と、先生は話を終えて言いました。「このご婦人のご主人を連れさった奴隷商人こそ、みなさんが追っているジミー・ボーンズにほかなりません。」

「なるほど」と、艦長。「やつはこの沿岸のどこかにいるとは思っていたのだが、今どこにいるのだろう？　なかなかしっぽを出さんやつだ。」

「北へ逃げました」と、先生。「ですが、あなたの船は速いから、追いつけるでしょう。このあたりの湾や入り江にかくれているなら、夜が明けたらすぐに私の鳥たちがさがしてくれて、どこにいるか教えてくれるでしょう。」

艦長はおどろいて、これを聞いていた士官たちと顔を見あわせましたが、みな信じがたいといったように、にやにやしていました。

「どういうことかね――鳥だって？」艦長は、たずねました。「ハトとか、訓練をしたカナリアとかかね？」

「いいえ」と、先生。「夏のあいだイギリスへ帰るツバメです。ツバメたちは、とても親切に、イギリスまで私の船の道案内をしてくれているのです。お友だちですからね。」

今度は、士官たちは、みな大笑いをして、この先生は頭がおかしいぞと、したり顔でひたいをたたきました。艦長は、ばかにされたと思って、また怒って、ふたたび先生を逮捕しようとしました。

ところが、副艦長が艦長の耳にささやきました。「艦長、この男を同行させて、ためしてみてはいかがでしょう？　どうせわれわれは北へむかうのです。自分は、本国艦隊に配属されていたころ、イギリス西部に動物と話ができるふしぎな男がいるという話を聞いたことがあるように思います。この人がそうにちがいありません。ドリトルとかいう名前でした。悪いやつではなさそうですし、われわれの役に立つかもしれません。現地人は明らかにこの男を信用しています。そうでなければ、この女は、この男についてこなかったでしょう。現地人はふつう、白人をこわがって、いっしょに海に出たりしませんからね。」

艦長は、ちょっと考えてから、また先生に声をかけました。

「あなたの言うことは、まったくわけがわからないが、奴隷商人のジミー・ボーンズをつかまえるのに手を貸してくれるのなら、あなたがどんな手を使おうがかまわない。夜が明け次第、とりかかりましょう。しかし、英国海軍をだまそうとしているなら、一生後悔することになりますぞ。さあ、箱舟号に明かりをつけていらっしゃい。そして、あなたのブタがうっかり灯を消してしまったら、ブタに言って聞かせるんですな、ベーコンにして士官の食事にしてしまうぞとね。」

先生が停泊灯をつけに船べりを乗りこえて自分の船にもどっていくと、士官たちは大いに笑い、冗談を言いあいました。しかし、翌朝、先生が、約一千羽のツバメをひき連れて軍艦にもどってきたときには、英国海軍の士官たちは、もう先生をばかにする気分にはなれませんでした。

太陽が、ちょうど遠くのアフリカの海岸からのぼろうとしており、望みうるかぎり最高に美しい朝でした。

波飛びのスピーディーは、前の晩に、先生と計画を立てていました。そして、大きな軍艦が錨《いかり》をあげて動きだすよりもずっと前に、選《え》りぬきのツバメたちとともに何キロも先を飛んで、奴隷商人がかくれているかもしれない海岸のくぼみや入り江をさがしていたのです。

スピーディーは、ツバメによる一種の空中通信をおこなうことを先生と決めていました。何百万ものツバメたちが岸に沿って一列になって広がり、見わたすかぎり空にツバメの点線ができると、ツバメたちはおたがいにさえずりあうことで、調査がどんな調子で進んでいるかを、先頭にいるツバメから次々にうしろへ伝言して、軍艦上の先生まで伝えたのです。

お昼ごろ、高くて長い岬のうしろにボーンズの奴隷船を発見したという知らせが入りました。その伝言によれば、奴隷船は今にも出航しようとしているから、大いに用心しなければならないとのことでした。奴隷船は水を補給するために停泊しているだけであり、見張りが立っており、必要に応じて、上陸した者にすぐ船にもどるように警告しようとしているというのです。

先生がこのことを艦長に告げると、軍艦はさらに海岸寄りに針路を変えて、長い岬のかげにかくれて進みました。気づかれないように軍艦が奴隷船にしのびよれるように、船乗りたちは全員静かにしろと命じられました。

さて、艦長は、奴隷商人たちが攻撃をしかけてくると考えて、大砲の準備もしておくように命じました。そして、長い岬をまわりこもうとしたまさにそのとき、ひとりの兵士がおろかにも、誤って大砲を暴発させてしまいました。

ドカーン！　その砲撃は、怒ったかみなりのように、静かな海にとどろきわたり、こだましました。

ただちに、奴隷船が警戒して逃げだしたという知らせが、ツバメ通信により伝えられました。そして、軍艦がようやく岬をまわりこんでみると、たしかに、十六キロも先の大海原に、帆をいっぱいに張って逃げようとしている奴隷船がいました。

第三章　じょうずな砲手

それから、どきどきはらはらの海の追いかけっこがはじまりました。もう午後の二時でしたから、日がしずむまで、あまり時間がありません。

艦長は、まちがえて大砲を撃ってしまったおろかな兵士をこっぴどくしかり、それから、「暗くなる前に奴隷船に追いつかなければ、取り逃がすことになってしまう」と気がつきました。

というのも、このジミー・ボーンズというのは、非常にぬけめのない、かしこい悪党であり、アフリカ西海岸（奴隷海岸）を知りつくしていたからです。日が落ちてしまえば、明かりを消して航行し、どこかのかげか、すみにさっとかくれてしまうでしょう――あるいは、もときた道をひきかえして、朝になる前に何キロも遠くへ逃れているかもしれません。

そこで艦長は、できるかぎりの速度を出すように命じました。このころは、水蒸気の力で機械を動かす蒸気機関が初めて船にも用いられた時代でしたが、当初は、風の力を受ける帆といっしょに用いられていました。艦長は、この軍艦スミレ号をたいへんじまんにしていて、奴隷商人ボーンズをつかまえる栄誉はぜひともスミレ号のものにしたいと思っていました。ボーンズは、奴隷売買が禁じられたのちも、ずっと売買をつづけて、海軍をあざ笑ってきた男です。そこで、スミレ号の蒸気機関は、ぎりぎりまで動かされました。黒々とした大きなけむりが、船の煙突からもくもくとわきあがり、青い海を暗くし、そよ風をいっぱい受けて歌うような音をたてている白く美しい帆をすすで汚しました。

それから、エンジン係の少年が、この船こそボーンズをつかまえる栄誉を得てほしいとねがうあまり、もっと速く進むように、ボイラーの安全弁を動かないようにして、それから追いかけっこを見ようと甲板にあがってきてしまいました。やがて、当然ながら、スミレ号の新品のボイラーのひとつが、がらがらがっしゃんと音をたててこわれ、機関室はめちゃくちゃになってしまいました。

けれども、スミレ号はあらゆる帆をつけた全装帆の軍艦でしたので、それでもかなりのスピードが出ました。そこで、猛スピードで波をかきわけ、奴隷船との距離をじわじわとちぢめていったのです。

しかしながら、ずるいボーンズは一足早く逃げだしていましたから、なかなか追いつけません。やがて、太陽がしずみはじめると、艦長はまゆをひそめて地団太をふみました。というのも、暗くなってしまったら敵を取り逃がしてしまう、とわかったからです。

乗組員のなかで、まちがえて大砲を発射してしまった男は、つらい思いでいました。ボーンズに警告をしてしまうとは、なんていうどじだと、仲間のみんなから責められ、つめよられたのです。しかも、ボーンズは今やもう、ほぼ確実に逃げきろうとしています。奴隷船まではかなりはなれており、そのころの旧式の大砲では届きそうもありません。しかし、艦長は、暗闇が海にせまってきて、敵が逃げようとしていると見てとると、とにかく発砲の準備をするように命じました。撃ったところで、遠くはなれた奴隷船に当たるはずがないとは思っていたのですが。

さて、波飛びのスピーディーは、追いかけっこがはじまるやいなや、軍艦におりて休んでおりました。先生とおしゃべりしているうちに、艦長が「発砲、用意」と命じたので、スピーディーは、大砲が発射されるのを見ようと、先生といっしょに下へおりていきました。

下は静かでしたが、ぴんと張りつめた雰囲気でした。どの砲撃手も、自分の大砲によりかかって、ねらいを定め、遠くの敵船を見つめて、「撃て！」の合図を待っています。仲間につめよられたかわいそうな男は、まだ自分のおろかな失敗のことで泣きそうになっていました。

とつぜん、上官が「撃て！」と、さけびました。すると、船首から船尾まで船全体をゆるがす轟音《ごうおん》とともに、八つの大きな砲弾が海のむこうへ、うなりをあげて飛んでいきました。

しかし、どれひとつとして、奴隷船には当たりません。

バシャン！　バシャン！　バシャン！　どれもはずれて、海に落ちました。

「暗すぎるんだ」と、砲手たちは、こぼしました。「こんなに暗くちゃ、三キロ先のものが撃てるもんか。」

すると、スピーディーが、先生の耳にささやきました。「連中に言って、ぼくにやらせてください。ぼくの目は、暗くてもだいじょうぶです。」

ところが、ちょうどそのとき、艦長が「撃ちかた、やめ！」の命令を出してしまいました。

すると、砲手たちは、持ち場をはなれていきました。

みながぞろぞろと出ていきだしたとたん、スピーディーは一台の大砲の上に飛びのり、その短く白い足を広げてまたがって、豆のような小さな黒い目で照準をのぞきこみました。それから、思ったとおりのねらいになるように、うしろにいる先生につばさをふって合図をして、先生に大砲をあちこち動かしてもらいました。

「撃て！」スピーディーの言うがままに、先生は発射しました。

「いったい、あれは、なんだ？」砲弾の音が聞こえると、船尾甲板にいた艦長が、ほえました。「撃ちかた、やめ、と言ったはずだ！」

ところが、副艦長が艦長のそでを引っぱって、海のかなたを指さしました。スピーディーの砲弾は、奴隷船の一番大きいマストをまっぷたつにし、すべての帆を甲板の上にドッスーンと落としていたのです！

「やったぜ！」艦長はさけびました。「命中だ！　見ろ、ボーンズは、降参の合図の旗をあげている！」

それから、艦長は、さっきまでは許可なく発砲した男を罰してやろうといきまいていたのに、今度は、奴隷船をとらえたすばらしい発砲をしたのはだれか知ろうとしました。そして、先生は、それはスピーディーだと言うつもりでした。

ところが、スピーディーが先生の耳にささやきました。「いいんですよ、先生。どうせ、ツバメがやったなんて信じやしませんよ。ぼくたちが使った大砲は、さっきどじをやった男の大砲でした。あいつに手がらをやりましょう。勲章でももらえたら、あいつの気分も直るでしょう。」

今や海で動けなくなっている奴隷船に近づいていくときのスミレ号の乗組員のはしゃぎぶりといったらありませんでした。船長のボーンズと乗組員十一人の悪党はつかまえられ、軍艦の牢屋《ろうや》にとじこめられました。それから、先生は、ズザーナと船乗り数名と士官一名とともに、奴隷船に乗りこみました。船倉に入ると、くさりでつながれた奴隷たちがぎゅうぎゅうづめにされている部屋がありました。ズザーナはすぐに夫を見つけ、うれしくて、夫にすがりついて泣きました。

ただちに先生たちは、みんなのくさりをはずしてやり、軍艦に乗せました。それから、スミレ号は、奴隷船を引っぱって進みました。こうして、ボーンズの奴隷売買は終わったのです。

軍艦では、人々が大いによろこんだり、握手したり、お祝いを言いあったりしていました。解放された人たちのために、たいへんなごちそうが主甲板に用意されました。ただし、ドリトル先生、ズザーナ、そしてその夫は、士官たちの食事に招待され、ポートワインで健康に乾杯し、艦長と先生がスピーチをしました。

あくる日、明るくなるとすぐに、軍艦はもう一度海岸をめぐっていって、助けてあげた人々をそれぞれの国へ帰してやりました。

これにはかなりの時間がかかりました。なぜなら、ボーンズは、多くの国から奴隷を集めてきていたからです。先生がズザーナ夫妻を連れて自分の船に帰ってきたのは、お昼すぎになっていましたが、真っ昼間にもかかわらず、ブタは言いつけを守って、こうこうと明かりをともしていました。

艦長は、先生と握手をして、英国海軍への多大なる援助に感謝する、と言いました。

そして、先生のことを政府に報告すれば、きっと女王陛下は先生を騎士にしてくださるか、勲章かなにかを与えてくださるだろうから、先生のイギリスでの住所を教えてほしいと言いました。しかし、先生は、それよりもお茶を少しいただきたいとおっしゃいました。何か月もお茶を飲まずにおり、士官たちの食事のときに飲んだお茶がとてもおいしかったからです。

そこで、艦長は最高級の中国茶を二キロ、先生にさしあげて、女王陛下と政府になり代わって、もう一度お礼を言いました。

それから、スミレ号は、大きな船首をぐるりとふたたび北へむけて、イギリスを目指して出航しました。青い制服の乗組員全員が甲板に勢ぞろいして、先生にむかって、ばんざい三唱をして、その声を海にひびかせました。

さて、犬のジップ、アヒルのダブダブ、ブタのガブガブ、フクロウのトートーら仲間たちは、ドリトル先生のまわりに集まって、今回の冒険のお話を聞きたがりました。そのお話が終わらないうちに、午後のお茶の時間になりましたので、先生は、ズザーナ夫妻に、上陸する前にお茶をごいっしょにどうぞとさそいました。

ふたりはよろこんで招待を受けました。先生はご自分でお茶をいれて、とてもおいしいお茶を出してくださいました。お茶を飲みながら、ズザーナと夫（その名前は、ベグウィでした）は、ファンティッポ王国について話をしました。

「われわれは、もうあそこにはもどらないほうがいい」と、ベグウィが言いました。「ファンティッポ軍の兵士にさせられるだけならまだしも、またべつの奴隷船が来たらどうなるだろう。たぶん王さまは、また私を売りとばすだろう。いとこへは手紙を送ってくれたのかい？」

「ええ」と、ズザーナ。「でも、届かなかったみたい。お返事がなかったもの。」

先生はズザーナに、どういう手紙を送ったのかをたずねました。そこで、ズザーナは、こう説明しました――奴隷商人のボーンズが夫のベグウィに高値をつけて、王さまがベグウィを売る気になったとき、ズザーナは王さまに、「この国に私のお金持ちのいとこが住んでおりますので、手紙を書き送るあいだ待っていてくだされば、牡牛《おうし》を十二頭、ヤギを三十頭さしあげます」と申し出ました。ファンティッポの王さまは、牡牛とヤギがとても好きなので――ファンティッポでは、家畜がお金とみなされていましたから――二日以内に牡牛十二頭とヤギ三十頭さしだすなら、ズザーナの夫は、奴隷商人に売りとばさずに自由にしてやろうと約束したのです。

そこでズザーナは、代書屋のところへ急ぎ（こうした部族のふつうの人々は、自分で文字が書けませんでしたので）、すぐ牡牛とヤギを王さまに送ってくれと、いとこへ手紙を書いてもらいました。それからズザーナは、手紙をファンティッポ王国の郵便局へもっていって、出しました。

ところが、二日たっても、返事はこず、家畜も届きませんでした。そこで、あわれ、ベグウィは、ボーンズの子分に売られてしまったのでした。

第四章　ファンティッポ王立郵便局

さて、ズザーナが話したファンティッポの郵便局というのは、かなり変わっていました。まず、そのころあまり文明が発達していないアフリカの王国で、そもそも郵便局なり、きちんとした郵便制度なりがあるということが、とてもめずらしいことでした。こうしたものができたのには、こんないきさつがありました。

先生がこの旅に出る数年前、あちこちの文明国で郵便について大いに議論があり、ある国からべつの国へ手紙を送るのにどれぐらいの料金がかかるかといったことが話されました。イギリスでは、ローランド・ヒルという人が、「一ペニー郵便」というものをはじめました。つまり、ブリテン島のなかで手紙を送るには、一通当たり一ペニーを正式な料金とすることと定められたのです。もちろん、特に重たい手紙には、もっと料金がかかりました。それから、切手が作られました——一ペニー切手、二ペンス切手、二・五ペンス切手、六ペンス切手、そして一シリング切手。それぞれちがった色で、美しい浮き出し印刷をほどこされ、たいていの切手には女王陛下のお顔の絵がありました――頭に王冠を戴《いただ》いていらっしゃるのもあれば、そうでないのもありました。

それから、フランス、アメリカ合衆国など、そのほかの国々も同じことをしました。それぞれの国のお金の値段が切手についていて、それぞれの国の王さまや女王さまや大統領の顔が印刷されていました。

さて、ある日、たまたま西アフリカの海岸に船がやってきて、ファンティッポ王ココへの手紙を届けました。ココ王はそれまで切手を見たことがなかったので、町に住む白人の商人を呼んで、手紙についている切手の顔はどちらの女王かとたずねました。

商人は、イギリス政府がごくわずかの料金でおこなっている郵便制度について、王さまに説明しました。そして、イギリスでは、世界のどこへでも手紙を出したければ、女王の顔の切手を封筒にはって、町角にある郵便ポストに入れるだけでよく、それであて先の場所に届けられるのだと説明しました。

「なるほど！」と、王さまは言いました。「新手の魔法だな。わかった。よーし。ファンティッポ王国にも郵便局を作ろう。そして、わがはいのやんごとなき美しい顔をすべての切手に印刷して、わがはいの手紙をさらにすばやい魔法で運ばせよう。」

そして、ファンティッポ王ココは、とても気どり屋だったので、自分の絵が描かれた切手をどっさり作らせました――王冠を戴いている顔もあれば、そうでないのもあ

りました。にっこりしている顔もあれば、しかめつらもありました。馬に乗っているのもあれば、自転車に乗っているのもありました。でも、王さまが一番じまんしていたのは、王さまがゴルフをしている二ペンス切手でした——ゴルフとは、ファンティッポ王国へ金を発掘しにきたスコットランド人たちから最近教えてもらったゲームだったのです。

それから、商人がイギリスにあると説明していたものと同じ郵便ポストを作らせ、それを町角におき、国民にこう説明しました——手紙に王さまの切手を一枚はって、郵便ポストにつっこみさえすれば、世界のどこへでも手紙が届く、と。

しかし、やがて、国民はお金をだましとられたと文句を言いはじめました。切手の魔法の力を信じてお金をたんまりはらって、言われたとおりに町角のポストに手紙を入れたのに、ある日、牛が首をこすりつけて郵便ポストをこわしてあけてしまったところ、なかから、配達されるどころか、入れたきり、放っておかれた手紙がそっくりそのまま出てきたのです！

王さまはかんかんに怒って、商人を呼びつけて言いました。

「国王をばかにしたな。おまえが言っていた切手とやらには、なんの魔法の力もないではないか。どういうことだ！」

そこで、商人は、手紙が郵便で運ばれるのは、切手やポストの魔法の力によるのではありませんと説明しました。きちんとした郵便局には、郵便配達員、つまり郵便屋さんがいて、郵便ポストから手紙を集めるということを伝えて、さらに、郵便局がやらなければならないそのほかの仕事や、手紙が運ばれるしくみを王さまに話して聞かせました。

そこで、がんばり屋の王さまは、とにかくファンティッポに郵便局を作ろうと言いました。そして、郵便屋さんの制服とぼうしを何百人分も、イギリスへ注文しました。それが到着すると、たくさんの黒人にそれを着せて、郵便屋さんとして働かせました。

しかし、ビーズのネックレスをつけるほかは、いつもほとんどはだかでいるファンティッポの気候では、その厚い制服は、あまりに暑苦しかったので、みんな制服をぬいで、ぼうしだけをかぶりました。こうして、ファンティッポの郵便屋さんは、すてきなぼうしをかぶり、ビーズのネックレスをつけ、郵便の袋をかつぐという恰好《かっこう》になったのです。

郵便屋さんがそろうと、ファンティッポ王立郵便局は、本格的にはじまりました。町角の郵便ポストから手紙が集められ、船で送り出されました。ファンティッポへ届いた手紙は日に三度、ファンティッポの家々の戸口まで配達されました。郵便局は、町一番のいそがしいところとなりました。

さて、西アフリカの人々は、変わった服の趣味をしていました。明るい色が大好きなのです。そこで、あるファンティッポのおしゃれな男が、使用ずみ切手から服を作ることで、古い切手の再利用を思いつきました。その服はとても派手で、スマートに見えたので、切手の服は地元の人たちのあいだで貴重なものとなりました。

このころ、先進諸国では、この「一ペニー郵便」事業とともに、切手収集の趣味がはじまりました。イギリスやアメリカなどの国々では、切手アルバムを買って、そこに切手をはりつけました。めずらしい切手には、とても高い値段がつけられました。

ある日、切手集めを楽しみにしているふたりの男が、たまたま船でファンティッポへやってきました。ふたりがコレクションにくわえるために、どうしてもほしがっていた切手は、「ファンティッポの赤い二・五ペンス切手」というもので、印刷された王さまの絵があまりハンサムではないからという理由で王さまが印刷をやめてしまった切手でした。印刷をやめたので、めずらしい切手となったのです。

このふたりの男がファンティッポに上陸すると、その荷物を運びに赤帽がやってきましたが、その赤帽は切手の服を着ていました。なんと、その胸のまんなかに「ファンティッポの赤い二・五ペンス切手」がついているではありませんか！　そこで、ふたりとも、この切手を買いたいと言いました。ふたりのどちらも、この切手を手に入れたくてたまらなかったため、やがて高い値段をつけはじめ、たがいにどんどん値段をつりあげていきました。

ココ王はこのことを聞きつけ、この切手収集家のひとりを呼びつけて、どうして古い使用ずみ切手などに高い値段をつけるのかとたずねました。その男は、世界じゅうに広まっている切手収集ブームについて、王さまに説明しました。

そこで、ココ王は、先進諸国はまったくばかげたことをするわい、と思いながらも、「わがはいが切手収集用の切手を売れば、手紙用に郵便局で売るよりも、ずっともうかる」と思いつきました。それ以来、王さまは、ファンティッポの港に船がやってくるたびに、郵政大臣に切手収集用の切手を持たせて、船に送りこんだのでした。郵政大臣というのは、郵便屋さんのぼうしをかぶりながらも郵便の袋は持たず、ビーズのネックレスをふたつもつけた、とてもりっぱな男です。

こうして商売は大成功をおさめたので、王さまは印刷所に大急ぎで切手をもっと印刷するように命じました。イギリスからやってきた船に切手を売りつけ、その船がイギリスへ帰るとちゅうでもう一度来たときには、まったく新しいファンティッポの切手ができあがっているというすばやさでした。

ところが、こうして切手収集のためばかりに切手を売って、本来の郵送のために売らなかったせいで、ファンティッポの郵便はないがしろにされ、すっかりだめになってしまいました。

さて、ドリトル先生は、お茶を飲みながら、ズザーナがいとこに送った手紙のことや、その返事がこなかったという話を聞いたとき、ふと、あることを思い出しました。ずっと前、先生が乗っていた旅客船が、このファンティッポの港に立ち寄ったときのことです。だれも降りる人はいなかったのですが、郵便屋さんがひとり乗ってきて、緑やスミレ色のとてもすてきな新しい切手を売っていました。そのころ熱心な切手収集家だった先生は、三シートも切手を買ったのでした。

そして今、ズザーナの話を聞いて先生はわかったのです――ファンティッポの郵便局のどこがいけないのか、どうしてズザーナは手紙の返事を受けとれず、夫を救えなかったのか。

暗くなってきて、ズザーナとベグウィが立ちさろうとしたとき、先生は、岸から先生の船にむかって一艘《そう》のカヌーがやってくるのに気がつきました。近づいてみると、それに乗っているのはココ王その人でした。切手を売りに、この船にやってきたのです。

そこで、先生は、王さまにじかに話をして、王さまは自分の郵便局のことを恥ずかしいと思わなければいけませんと、はっきり言いました。それから、中国茶を一杯、王さまにお出ししながら、どうしてズザーナの手紙がいとこへ送られなかったのかを王さまに説明しました。

王さまは注意深く耳をかたむけ、自分の郵便局のいけなかったところを理解しました。そして、王さまは、「ズザーナとベグウィといっしょに先生も上陸して、郵便局がきちんとなるようにめんどうを見てください」と、おねがいしました。

第五章　おくれた航海

王さまが何度も説得するので、先生は、ひょっとしたらお役に立てるかもしれないと思って、このねがいを聞き入れることにしました。それから先生は、王さまとズザーナとベグウィとカヌーに乗りこんでファンティッポの町へむかいましたが、そのときは、どんなにたいへんなことを引き受けてしまったのか、そしてどんなふしぎな冒険をすることになるのか、少しもわかっていなかったのです。

この町は、これまで先生が訪れたことのあるアフリカの村や集落とは、ずいぶん変わっていました。とても大きくて、都会といってもいいくらいなのです。見ているだけで気分が明るく陽気になりますし、人々は、王さまと同様、とても親切で、ほがらかそうでした。

先生は、ファンティッポの名士たちに紹介され、それから郵便局を見学しました。

郵便局は、ひどい状態にありました。いたるところに手紙がちらばっているのです――床や、古い引き出しや、机の上にばらまかれ、郵便局の戸口の外の歩道にまで落ちていました。先生は、きちんと運営されている郵便局では、切手のはられた手紙は、大切にていねいにあつかわれるのだと説明しました。こんなにぞんざいに手紙をあつかうようでは、ズザーナの手紙が届かなかったのもふしぎではないと、先生は言いました。

そこで、ココ王がもう一度、先生に、郵便局長となって郵便局をきちんと動かしてくださいとおねがいしました。先生は、やってみましょうと答えました。

しかし、手紙をより分けたり、部屋のかたづけをしたりして、何時間もいっしょうけんめいがんばってみると、ファンティッポ郵便局を正常化するという大事業には、少なくとも数週間かかるとわかりました。そこで、先生はこのことを王さまに告げ、先生の船を港に入れ、安全に錨《いかり》をおろしたうえで、動物たちをみな上陸させることにしました。ファンティッポ郵便局の立て直しが進められるあいだ、町の大通りのすてきな新しい家が、先生と動物たちのすみかとしてあてがわれました。

十日たって、ドリトル先生は、「国内郵便」と呼ばれるものをかなりよい状態にしました。国内郵便というのは、ひとつの国のなかで、ある場所からべつの場所へ（たとえば、ある町からべつの町へ）手紙を運ぶものです。外国へ送る場合は、「国際郵便」と言います。

ファンティッポ郵便局の国際郵便をきちんとするためには、ひとつ問題がありました。なぜなら、外国へ手紙を運んでくれる郵便船がこの国の港へあまりやってこないからです。ココ王はファンティッポ王国をたいへんじまんにしていましたが、大国のあいだでは、それほど重要な国とみなされておらず、一年に二、三艘の船しかきてくれないのです。

さて、ある日の朝とても早く、国際郵便をどうしたものだろうかと先生がベッドのなかで考えていると、おぼんに朝食をのせて運んで来たダブダブとジップが、「波飛びのスピーディーからの伝言をもってきたツバメが、表に来ていますよ」と告げました。ドリトル先生は、そのツバメになかに入ってもらい、先生が朝食を食べるあいだ、ベッドのポール部分にとまっていてもらいました。

「おはよう」と、先生は、かたゆで卵のてっぺんを割りながら言いました。「なんの用かね？」

「先生は、どれくらい、この国にご滞在の予定なのでしょうか」と、ツバメは言いました。「それをスピーディーが知りたがっております。もちろん、スピーディーは、文句を言うつもりではございません。そんなつもりはございませんが、今回の旅は、私どもが思ったよりも長くかかっております。なにしろ、奴隷商人のボーンズを追いかけて手間どりましたし、今度は、まだあと数週間はこの郵便局でおいそがしそうですからね。ふつうなら、私どもは、もうとっくのむかしにイギリスに着いて、新しい季節に子どもが生まれてもだいじょうぶなように巣のしたくをしているはずなのです。巣作りの季節は、先送りにできませんから。もちろん、不平を言っているわけではないことは、おわかりいただけますね？　でも、こうしておくれてしまうと、私どもは、とてもこまってしまうんです。」

「ああ、そのとおり、そのとおりだね。よくわかるよ」と、先生は骨でできた卵用さじで卵のなかに塩をかけながら言いました。「たいへんもうしわけない。でも、どうしてスピーディー自身でそれを言いにこないのかな？」

「先生に申しあげたくなかったのでしょう」と、ツバメ。「先生がご気分を害されると思ったのかもしれません。」

「ああ、とんでもないことだ」と、先生。「君たち鳥には、とても世話になっている。『ズボンをはいたら、すぐに会いに行くから、いっしょに話そう』と、スピーディーに伝えてくれ。きっとなんとかなるよ。」

「よろしゅうございます、先生」と、ツバメは飛びさろうとしました。「スピーディーにそのようにお伝えします。」

「ところで」と、ドリトル先生は言いました。「君の顔はどこかで見たような顔だと思っていたんだが。君は、パドルビーのうちの馬小屋に巣をかけたことはあるかい？」

「いいえ」と、ツバメ。「でも、サルたちが病気になったときに、その知らせをお伝えしたツバメが、私です。」

「ああ、そうか――そうだ、そうだ」と、先生は大声を出しました。「どこかで見たと思ったよ。私は一度見た顔は忘れないんだ。冬だったのにイギリスまでやってきてたいへんだったね――地面には雪がつもっていたし、なにやかやで、つらかったろう。たいへん勇敢だったね、君は。」

「たしかに、つらい旅でした」と、ツバメ。「凍え死にそうになったことが一度ならずございました。あの身を切るような風にむかって飛んでいくのは、ほんとにつろうございました。でも、なんとかしなければなりませんでした。先生にお知らせしなければ、サルたちはすっかりおだぶつになっておりましたから。」

「あの知らせを伝えるのに、君がえらばれたのは、どんないきさつだったんだい？」と、先生。

「実は」と、ツバメ。「スピーディーが自分でお伝えするつもりだったのです。たいへん勇敢なツバメですからね――しかも、いなずまのように速い。でも、あまりにも重要なツバメなので、ほかのツバメたちがそんな危険な仕事をすることを許さなかったのです。凍えて命を落としでもしたら、スピーディーのようなリーダーは二度と得られません。なにしろ、勇敢で速いだけでなく、あれほどかしこい指導者は未《いま》だかつていたためしがないものですから。私どもツバメがこまったことになると、いつもスピーディーが解決策を考えてくれました。根っからの指導者なのです。飛ぶのも速ければ、考えるのも速いんです。」

「ふむ！」と、先生は、おふとんの上に落ちたトーストのくずをはらい落としながら、つぶやきました。「だが、どうして君が伝令としてえらばれたんだい？」

「みなにえらばれたのではありません」と、ツバメ。「スピーディーに命がけの仕事をやらせないように、ほとんど全員が伝令を志願したのですが、スピーディーは、くじ引きで決めるのが一番公平だと言いました。そこで、小さな葉を集めて、ひとつを残してぜんぶの葉から葉柄《ようへい》〔葉を茎や枝につなぐ柄の部分〕をとりました。そして、その葉を古いココナッツの殻に入れて、よくふってまぜました。それから片目をつぶって、ひとりずつとっていきました。葉柄のついた葉を引いたツバメが、イギリスへの伝令となるのです――そして、私がそれを引き当てました。出発前に、私は妻にさようならのキスをしました。なぜなら、生きて帰れるとは思わなかったからです。でも、私は、その役を引き当てて、少しうれしかったのです。」

「なぜだね？」と、先生は、朝食のおぼんをひざからおしのけて、まくらをパンパンとはたいて形をととのえながら言いました。

「なぜなら」と、ツバメは右足をあげて、足首に結びつけられたトウモロコシの穂の毛でできた小さな赤いリボンを見せて言いました。「これを、いただきましたので。」

「それは、なんだね？」と、先生はたずねました。

「これは、私が、勇敢で特別なことをしたというしるしです」と、ツバメはつつましやかに言いました。

「ああ、なるほど」と、先生。「勲章のようなものだね？」

「ええ。私の名前はクイップです。かつては、ただのクイップでした。今では、運び屋のクイップと呼ばれています。」ツバメは得意そうに言って、自分の小さな、短くて太い白い足を見おろしました。

「すばらしい、クイップ君」と、先生。「おめでとう。さあ、私はもう起きなくては。おそろしくたくさんの仕事があるからね。スピーディーに、十時に船で会おうと伝えるのを忘れないでくれたまえ。では、さようなら！　ああ、ついでに、出がけに、ダブダブに朝食のあとかたづけをするように言っておいてくれないかね。きてくれてありがとう。おかげで、いいことを思いついたよ。ごきげんよう！」

ダブダブとジップがおぼんをかたづけにやってくると、先生はひげをそっていました。鏡をのぞきこんで、鼻の先をつまんで、なにやら自分につぶやいていました。

「それこそ、まさに、ファンティッポ国際郵便ってもんだ――なんで今まで思いつかなかったのかな。前代未聞の世界最速の郵便になる。そりゃそうだ。そうすりゃいいんだ――ツバメ郵便だ！」

SPEEDY
Quip

第六章　人なし島

先生はひげそりと着がえがすむと、すぐに船へ行って、スピーディーと会いました。「ほんとうにもうしわけなかった、スピーディー」と、先生は言いました。「私がこんなところでぐずぐずしているために、君たちにはたいへんなめいわくをかけてしまった。でも、郵便局の仕事は、きちんとしなければならんのだよ。」

「わかっています」と、スピーディー。「できることなら、ぼくたちもこの国で巣作りをして、先生のご希望にそって、今年はイギリスに帰らずにすめばと思います。一度くらい北国で夏をすごさなくてもたいしたことではありませんから。でも、ご存じのとおり、ツバメというのは木には巣をうまくかけられないものですからね。家とか納屋とか建物に巣を作るんです。」

「ファンティッポの家じゃだめかい？」と、先生。

「あまりよろしくありません」と、スピーディー。「小さいし、一日じゅう子どもが遊びまわって、うるさいものですから。卵もヒナも、ちっとも安全ではありません。

それに、ツバメむきの家ではないのです――たいていは草で作られていて、屋根のかたむきもよくないですし、ひさしは地面に近すぎて、問題だらけです。一日じゅうたいこをたたいて大声を出したりしないイギリスにある、しっかりとした建物がいいのです。古い納屋とか馬小屋のように静かな――かりに人が来ても、決まった時間に、きちんとした態度で行き来するような――建物がいいのです。ぼくたちは、人間は好きなんですよ――いるべき場所にいてくれるかぎり。卵をかえす母親鳥には、静けさが必要なのです。」

「ふむ！　なるほど」と、先生。「もちろん、私はファンティッポの人たちの陽気さがとても好きなのだが、君の言うこともよくわかる。ところで、私の古い船はどうだろうか？　じゅうぶん静かではないかな。今は、だれも乗っていないからね。それに、君たちが巣をかけられる割れめや、穴や、角が、あちこちにある。どう思うね？」

「それはすばらしいです」と、スピーディー。「もしこれから数週間、あの船をお使いにならないならば、ということですが。だって、巣作りをして卵を産んだあと、先生が錨《いかり》をあげて出航なさったりしたら、ヒナは船酔いをしてしまいますからね。」

「そりゃそうだ」と、先生。「しばらく出発の予定はない。あの船をすっかり君たちのものにしていいよ。だれもじゃましない。」

「わかりました」と、スピーディー。「それでは、ツバメたちにさっそく巣作りをはじめるように言いましょう。でも、もちろん、先生の準備ができ次第、イギリスまで、ぼくたちが道案内をしてまいります――生まれた子どもたちにも、イギリスへの行きかたを教えなければなりませんし。ほんとなら、どの年でも、生まれたヒナは、ふるさとのイギリスからアフリカまでの最初の旅を、ぼくたちおとなといっしょにするのです。最初の旅には、ついていってやらねばなりませんから。」

「よろしい」と、先生。「じゃあ、それで決まりだ。さて、私は郵便局へもどらねばならん。船は君たちのものだ。だが、ヒナが巣立ち次第、教えてくれたまえ。というのも、君に話したい、とっておきの考えがあるんだ。」

こうして、先生の船は、ツバメの巣作りの場所になりました。ファンティッポの港のおだやかな海に静かに錨をおろすその船に、何千ものツバメたちが、ロープの留め具や、換気孔や、船の窓など、船のありとあらゆるすき間やすみっこに巣を作りました。

だれも船に近づかず、船はすっかりツバメのものとなりました。あとでツバメたちは、これほど巣作りにふさわしいところはないと言ったものです。

まもなく、船はへんてこな、おどろくべきすがたになりました。あたり一面に、巣のためのどろがつき、船のマストのまわりを数千羽の鳥たちが飛びまわり、巣を作ったり、ヒナにエサをあたえたりしているのです。

その年は、ツバメが巣作りを南国ですませてから北にやってきて、秋のほんの数週間しかイギリスですごさなかったため、イギリスの農民は、これからやってくる冬はきびしくなるぞと言ったそうです。

ヒナが巣立ってみると、当然ながら、鳥の数は倍に増えていました。そして、何トンものどろがついて、船には乗れなくなってしまっていました。

しかし、子どもたちが大きくなって飛べるようになると、親鳥たちは、子どもたちにそうじをさせはじめました。少しずつ、すべてのどろがこすり落とされ、港にポチャンポチャンと落とされました。すると、先生の船は、新品のときよりもぴかぴかになったのでした。

さて、ある日のことです。先生は、いつものとおり、朝の九時に郵便局へやってきました。（先生がその時間にやってこないと、郵便屋さんたちは、働きはじめないのです。）そして、郵便局の外の歩道でジップが骨をしゃぶっているのを見つけた先生は、その骨にどこかへんなところがあると気づきました。なにしろ、先生は博物学者ですから、骨の専門家なのです。先生は、その骨を見せてくれと、ジップに言いました。

「ほう、こいつはたまげた！」と、先生は、その骨をじっくりと調べて言いました。

「この種類の動物がまだアフリカにいるとは思っていなかった。どこでこの骨を手に入れたんだい、ジップ？」

「人なし島です」と、ジップ。「こういう骨が、まだまだ、いっぱいありますよ。」

「人なし島というのは、どこかね？」と、ドリトル先生。

「人なし島というのは、港のすぐ外にある、まるい島のことです」と、ジップ。「まるいプラム・プディングみたいな恰好《かっこう》をした島ですよ。」

「ああ、あれか」と、先生。「あの島なら知っている。大陸からすぐのところにある島だ。でも、あれがそんな名前で呼ばれているとは知らなかった。ふむ！　ジップ、この骨をしばらく貸してくれないか。このことで王さまに会ってきたいと思うんだ。」

そこで、ドリトル先生は、その骨を持ってココ王に会いに出かけました。ジップも、おともをねがいでました。ふたりが行ってみると、王さまは宮殿の入り口にすわって、ペロペロキャンディーをなめていました。王さまは、あまいものに目がないのです。ファンティッポの人たちは、みんなそうです。

「おはようございます、陛下」と、先生。「この骨はどんな動物の骨かおわかりになりますか？」

王さまはそれをよく見て、それから首をふりました。骨のことはあまりよくわからないのです。

「牛の骨かな」と、王さま。

「いえ、そうではありません」と、ドリトル先生。「牛にはこんな骨はありません。

これは、あごの骨です――でも、牛のあごではありません。よろしいですか、陛下、カヌーとこぎ手をお貸しねがえないでしょうか。人なし島へ行ってみたいのです。」

すると、王さまがペロペロキャンディーをのどにつまらせ、いすごと、うしろへひっくりかえりそうになったので、先生はおどろきました。それから、王さまは宮殿のなかへかけこむと、戸をしめてしまいました。

「これはたまげた！」と、ドリトル先生は、すっかりこまって言いました。「どうしたのかな？」

「どうせまた、なにかの迷信でしょう。」ジップは、うなりました。「港へ行ってみましょう、先生。そして、カヌーをやとって、島へ行ってみましょうよ。」

そこで、ふたりは波止場へ行って、何人かのカヌーこぎに、人なし島まで行ってくれとたのみましたが、みな、ひどくこわがって、「人なし島」と聞いただけで口をきかなくなってしまいました。「カヌーを貸してくれるだけでもいいから」とたのんでも、うんと言いません。

とうとう、とてもおしゃべり好きな、かなり年をとったおじいさんの船乗りを見つけてたずねると、やはり「人なし島」と聞いてすごくこわがりはしながらも、ついに、どうしてそんなにこわがっているのかを教えてくれました。

「あの島はのう」と、老人は話してくれました。「――その名前は、できれば言いたくないのじゃが――悪い魔法の島なのじゃ。あの島が……人なし島……（老人がふっとあまりにも声を落としてささやくので、先生にはほとんど聞きとれないぐらいでした）と呼ばれておるのは、だれも住んでおらんからじゃ。だれひとり、あそこへ行こうとする者もおらん。」

「でも、どうしてですか？」と、先生はたずねました。

「竜が住んどるからじゃよ！」と、老いた船乗りは、かっと目を見開いて言いました。「巨大な角を生やした竜が、火をはき、人間を食うのじゃ。命がおしかったら、あのおそろしい島に近よらんがええ。」

「でも、なぜ、そんなことがわかったんですか」と、先生。「だれもあの島に行ったことがないんでしょう？　それがほんとかどうか、見た人はいないんでしょう？」

「一千年前」と、老人は言いました。「カカブーチ王がこの島を統治しておられたころ、王は義理の母上を――あんまりぺちゃくちゃ、おしゃべりがうるさいもんだから、宮廷から追いはらってしまおうと――あの島に住まわせたのじゃ。毎週、食事を運ぶ手はずになっていた。ところが、最初の週に、あの島へ行った男たちは、お母上のおすがたをどこにも見つけられなんだ。そして、島をさがしている最中に、とつぜん竜が、しげみから、うなり声をあげて飛び出してきて、男たちをおそったのじゃ。みなは、命からがら逃げだすと、ファンティッポへもどって、カカブーチ王に報告した。

王は有名な魔法使いに相談した。すると、『なにかの魔法の呪文《じゅもん》によって、王の義理の母上は竜に変えられてしまったにちがいない』と言う。そののち、竜には子どもが生まれ、島は竜だらけになった——やつらは人間を食うのじゃ！　なにしろ、カヌーが近づくたびに、竜が岸にあらわれて、火をはいて、人間をやっつけてしまうのじゃ。ここ何百年かは、あそこに足をふみいれた者はいない。だから、人はあそこのことを……。いや、まあ、そういうわけさ。」

この話を語ると、老人はそっぽをむいて、いそがしくカヌーの仕事をしはじめました。まるで、先生があの島へ連れていってくれと言いだすのをこわがっているようでした。

「いいか、ジップ」と、ドリトル先生。「この骨は人なし島からとってきたと言ったな。あそこで竜を見かけたかね？」

「いいえ」と、ジップ。「きのうは暑かったから、あそこへ、すずみに泳いでいったんです。でも、島の奥へは行きませんでした。海岸に骨がいっぱいあったし、この骨が特にいいにおいだったので、こいつをくわえて、泳いでもどってきました。正直言って、骨を手に入れて泳ぐことに夢中で、島のことはどうでもよかったんです。」

「たまげたな」と、先生はつぶやきました。「この島の伝説を聞くと、ますます行ってみたくなる。骨そのものも、非常に興味深い。これに似た骨を一度だけ見たことがある――博物館にあった。ジップ、これを私にくれないか？　パドルビーに帰ったら、私の博物館に展示したいんだ。」

「いいですよ」と、ジップ。「ねえ、先生、カヌーを借りられないんだったら、ふたりで島まで泳いでいってみませんか？　二キロ半もないですし、ふたりとも泳ぎは得意ですし。」

「それはいい考えだ、ジップ」と、先生。「海岸をしばらく進んで、島に一番近いところへ行こう。そこからなら、泳ぐのも短くてすむ。」

　こうして、ふたりは出かけました。海岸の一番よい場所まで来ると、先生は服をぬぎ、それをまるめてしばりあげて頭の上にのせ、落ちないようにくくりつけました。大切なシルクハットは、そのてっぺんにのせました。それから、打ちよせる波のなかへ入っていき、ジップといっしょに島へ泳ぎはじめました。

　さて、ふたりが今泳ごうとしている場所は、泳ぐには危険な場所でした。十五分ほどすると、ジップも先生も、強い流れにつかまって沖合に流されていくのを感じました。なんとかがんばって島へ行こうとするのですが、どうにもなりません。

「流されるままにしていたほうがいいですよ、先生」と、ジップがあえいで言います。「流れに逆らおうとして、むだに体力を使ってはいけません。流されるままにするんです。島よりもずっと沖合まで流されたとしても、流れが強くないところに出れば、ずっとむこうの大陸の海岸にあがれます。」

しかし、先生は答えませんでした。ジップは、その顔を見て、先生が力つきはて、ぐったりしていることがわかりました。

そこで、ジップは声をかぎりにほえたて、陸にいるアヒルのダブダブが聞きつけて、助けを連れて飛んできてはくれないかとねがいました。しかし、もちろん、町からはあまりに遠いので、だれにも聞こえません。

「もどれ、ジップ」と、先生はあえぎながら言いました。「私のことは気にするな。だいじょうぶだ。もどって、がんばって岸にあがれ。」

しかし、ジップは、おぼれる先生をほったらかしにしてもどる気など、さらさらありませんでした――たとえ、どうにも助けられないとしても。

やがて、ドリトル先生の口には水がいっぱい入って、ゴボゴボ、ブクブクという音をたてたので、ジップはほんとうにこわくなってしまいました。ところが、ちょうど先生の目がとじかかって、もうひとかきも泳げないと思われたとき、ふしぎなことが起こりました。ジップは、水の下からなにかがやってきたのを感じたのです。ちょうど足の下でした。それは、まるで浮きあがってくる潜水艦の甲板のように、ジップと先生をゆっくりと海面からもちあげました。ふたりは、ゆっくりとあがって、すっかり水から出ました。そして、ふたりとも大の字になってぜいぜいと息をつきながら、すっかりおどろいて、たがいに目を見あわせました。

「なんでしょう、先生?」と、ジップは、自分の下にある奇妙なものを見つめながら言いました。それは、もうせりあがるのをやめて、島の方角へ、強い流れに逆らって、船のように、ふたりを運んでいます。

「ちっとも……はあはあ……わか……はあはあ……らん。」ドリトル先生は、あえぎあえぎ言いました。「クジラかな? いや、クジラの肌ではない。これは毛皮だ」と、先生は自分がすわっているものを指ではじきながら言いました。

「まあ、なんらかの動物ですね?」と、ジップ。「でも、頭はどこにあるんだろう?」そして、ふたりの目の前に、ゆったりとカーブをえがきながら二十七メートルは広がっている、長くなだらかな背中を見おろしました。

「頭は水のなかだ」と、先生。「だが、ほら、うしろに、しっぽがある。」ふりかえって見ると、生き物としては最大のしっぽが水をバチャバチャとかきまわし、そのおかげで島へ進んでいます。「わかった!」と、ジップがさけびました。「竜だ! おれたちを乗せているのは、カカブーチ王の義理のおかあさんですよ!」

「まあ、とにかく、ちょうどいいときに来てくれて、ありがたい!」と、先生は、頭をふって耳から水を出しながら言いました。「あんなにおぼれそうになったことはない。この竜が水から頭を出す前に、もう少しきちんとした身なりをしたほうがよさそうだな。」

先生は、頭から服をおろすと、シルクハットをきちんとのばし、身づくろいをしました。そのあいだに、先生の命を助けてくれた動物は、ゆっくりと着実に、なぞの島へむかっていたのです。

第七章　動物天国

とうとう、先生たちを助けてくれたこのおどろくべき動物は、島に着きました。ジップと先生をまだその大きな背中にしがみつかせたまま、水から出て、岸にあがりました。

それから、ドリトル先生は、初めてその頭を見て、とても興奮して大声を出しました。「ジップ、あれはクイフェノドコスだ。絶対まちがいない！」

「クイフェ……なんですって？」と、ジップ。

「クイフェノドコスだ」と、先生。「先史時代の動物だ！　絶滅したと思われていたのに。つまり、もはや一頭も生きていないと思われていたのだ。今日はすばらしい日だよ、ジップ。ここに来てよかった。」

ファンティッポの人たちが竜と呼んでいた巨大な動物は、今や海岸にあがって、そのふしぎなすがたをすっかり見せて立っていました。ぱっと見た感じでは、ワニとキリンがひとつになったみたいなへんな動物のように見えました。足は短く、広がっていましたが、ものすごく長い尾と首をしていました。頭には、ずんぐりした二本の小さな角がありました。

先生とジップがその背中からすべりおりるやいなや、その動物は巨大な首の先についた頭をぐるりとまわして、先生に言いました。「もう、だいじょうぶですか？」

「ああ、ありがとう」と、ドリトル先生は言いました。

「間に合わないかと心配しました」と、動物は言いました。「危ないところでした。先生を最初に見つけたのは弟なんです。地元の人間かと思ったもので、いつものようにからかってやろうと思って木陰から見ていたところ、弟がとつぜんさけんだのです。『たいへんだ！　あれはドリトル先生だ――おぼれていらっしゃる。ほら、腕をふっている！　なんとしても助けなきゃ。一千年にひとりいるかいないかのえらい人だ！　かけつけよう、速く！』――それから、えらいお医者さんであるジョン・ドリトル先生が海でおぼれていると島じゅうに知れわたりました。もちろん、ぼくらはみんな、先生のうわさを聞いていたのです。そして、島の一番はずれにある秘密の入り江へかけつけて、海へ飛びこみ、先生のところまで、もぐって泳いでいきました。ぼくはだれよりも泳ぎがじょうずなので、一番に着きました。間に合って、ほんとによかったです。もう、だいじょうぶですか？」

「ああ、すっかり」と、先生。「ありがとう。だが、どうしてもぐって泳いだのかね？」

「人間に見られたくなかったからです」と、ふしぎな動物は、言いました。「人間は、ぼくらのことを竜だと思っているから——ぼくらは、そう思わせておいているんです。そうしたら、人間はこの島に近づかず、この国はぼくらのものになりますから。」

その動物は、長い首をもっと長くのばして、先生の耳にささやきました。「ぼくらが人を食べて、火をはくと思っているんですよ！　でも、ぼくらがほんとに食べるのは、バナナだけなんです。それに、だれかがここに来ようとしたら、ぼくらは島のまんなかにあるくぼ地へ入って、いつもそのあたりにただよっているかすみや霧を吸ってから、海岸へもどって、ほえて暴れまわるんです。そのとき霧を鼻から噴き出すので、人間はそれをけむりだと思うんです。そういうふうにして、ぼくらは何千年ものあいだ、この島をぼくらのものにしてきました。こうして、ぼくらに残された場所は——ぼくらがおだやかに暮らせるところは——世界広しといえども、ここだけなんです。」

「実に興味深い！」と、先生は言いました。「博物学者たちは、君たちの仲間はもう生きていないと思っているよ。君らはクイフェノドコスかね？」

「とんでもない」と、動物。「クイフェノドコスは、もうとっくにいなくなりました。ぼくらは、ピィフィロサウルスです。ぼくらは、うしろ足が六本指ですが、いとこのクイフェノドコスの指は五本だけでした。クイフェノドコスは、二千年ほど前に死に絶えてしまいました。」

「だが、君たちの仲間はどこにいるのかね？」と、先生。「君たちは大勢で私たちを救いに泳いでくれたと、そう君は言っていなかったかね？」

「そうです」と、ピィフィロサウルスは言いました。「でも、現地の人に見つからないように、海のなかにかくれているんです。竜は王の義理のおかあさんだという古い話がうそだとばれてはいけませんからね。ぼくが先生をここへお連れしているあいだ、みんなは、なにかあったらすぐお助けできるように、水にもぐって先生のまわりを泳いでいたんですよ。みんなは、だれにも見られずに岸にあがるため、秘密の入り江へまわっていきました。さあ、ぼくらも、もう行かなくてはなりません。なにが起ころうと、岸から見られたり、現地の人がここに来たりするようなことがあってはならないのです。そんなことになったら、ぼくらはもうおしまいです。なぜなら、ここだけの話、ぼくらはとてもおそれられていますが、ほんとは、羊よりもおとなしいからです。」

「ここには、ほかにも動物が住んでいるのかね？」と、先生はたずねました。

「ええ、いますよ」と、ピィフィロサウルス。「この島に住んでいるのは、おとなしい草食の動物だけです。そうでなかったとしたら、ぼくらはとっくに食われていたことでしょう。では、どうぞいらしてください。島をご案内しましょう。だれかに見られないように、この谷ではそっとまいりましょう。森のなかへまぎれこむまでは、見られる危険があります。」

そうして、ドリトル先生とジップは、人なし島のあちこちをピィフィロサウルスに案内してもらいました。

あんなに楽しい、ためになる一日はなかったと先生は、のちに語っていました。島のまわりの海岸はどこも高く切りたっており、そのため、ジップが言っていたように、島はプラム・プディングみたいな恰好《かっこう》だったのです。しかし、まんなかの、てっぺんのところは海から見えず、風も吹きこまない、深いくぼ地になっていて、気持ちのいいところでした。大きなおわん形をしていて、はばがざっと五十キロあり、そこにピィフィロサウルスたちが一千年のあいだ、熟したバナナを食べたり、ひなたぼっこをしたりして、静かに暮らしてきたのです。

あちこちの小川の岸には、カバの大群がいて、水際に生えるおいしい葦《あし》を食べていました。背の高い草が生えている広い野原では、ゾウやサイが草を食《は》んでいました。森がまばらになっている坂では、首の長いキリンが、木の葉をもぐもぐやっていました。いろいろな種類のサルやシカがたくさんいました。そして、いたるところで鳥がむれをなしていました。そう、肉食動物をのぞく、ありとあらゆる動物がそこにいたのです。そして、食べられる植物がふんだんにあって、人間のおそろしい足音など聞こえないこの島で、みなで楽しく、おだやかに暮らしていたのでした。

先生は、丘の頂上にジップとピィフィロサウルスといっしょに立ち、大きなおわんを見おろして、そこで動物たちがなかよく暮らすようすを見て、ため息をつきました。

「この美しい島は、動物天国と呼んでもいいところだ」と、先生はつぶやきました。「いつまでも動物たちがこの天国を楽しめますように！　永遠に、ほんとに人なし島でありますよう！」

「先生は、」と、わきにいたピィフィロサウルスの低い声が聞こえました。「一千年ぶりにこの島に足をふみいれた人間です。カカブーチ王の義理のおかあさん以来。」

「そうそう、そのおかあさんは、どうなってしまったんだね？」と、先生はたずねました。「現地の人たちは、おかあさんが竜になってしまったと言っているが。」

「よそへ、とついでもらいました」と、大きな動物は、なにげなくユリのくきをかじりながら言いました。「王さまと同じで、ぼくらもおかあさんのおしゃべりには、たえられなかったんです。あんなにしゃべりつづける人なんていませんよ。だから、ある暗い晩、アフリカの海岸沿いに海の上を運び、コンゴ川の南にある小さな国を統治していた耳の聞こえない王さまの宮廷の門前においてきました。王さまは、おかあさんと結婚しました。もちろん、耳が聞こえない王さまには、ひっきりなしのおしゃべりなんて、ちっとも気にならなかったのです。」

こうして何日かのあいだ、先生は、郵便局の仕事も、ココ王のことも、錨《いかり》をおろした先生の船のことも、すべて忘れてしまいました。というのも、朝から晩まで、いろいろなことで先生に相談しにやってくる動物たちのために、大いそがしになったからです。

キリンたちは、たいてい、ひづめを痛くしていたので、先生は、特別な根っこをどこで見つければよいか、キリンたちに教えてやりました。それを足湯に入れるとたちまち痛みがやわらぐのです。サイの角が長くなりすぎていたので、先生は、ある種の岩で角をといだり、草よりも木の実をもっと食べたりするようにすれば、角の成長をおさえられることをサイに教えてやりました。シカが好んで食べた特別なクルミの木が、いつもかじられていたために、数が少なくなってしまって、ほとんどなくなってしまいました。そこで先生は、リーダーの雄ジカたちに、雨季の前にクルミの実をいくらか、やわらかい土に、ひづめでおしこんでおけば、新しい木が生えてきて、もっとたくさん食べられるようになると教えてやりました。

ある日、あかちゃんカバのぐらぐらした歯を、懐中時計のくさりを使ってぬいてやっているとき、波飛びのスピーディーが、ひどくこまったようすで、あらわれました。「やれやれ」と、かっこいい小鳥は、先生の足もとに着地して言いました。「ようやく見つけましたよ、先生。ずいぶんあちこち、おさがししました。」

「やあ、こんにちは、スピーディー」と、先生。「よく来たね。なにか用かい？」

「もちろんですよ」と、スピーディー。「巣ごもりの季節が二日前に終わりました。終わったらすぐに、先生は、なにか特別なことでぼくに会いたいっておっしゃっていたじゃありませんか。お宅にうかがったら、ダブダブは、先生がどこにいらっしゃるか、ちっともわからないと言うものですから、ぼくはあちこちおさがししたんです。とうとう、港のおしゃべりな船乗りたちが、先生が五日前にこの島へ行ったきり帰ってこないって話しているのを聞きつけました。ファンティッポの人たちはみんな、先生が死んだと思っていますよ。ここに住んでいる竜に食われたんだって。びっくりしました――もちろん、ぼくは竜の話なんて信じちゃいませんでしたけどね。でも、先生があまりに長いあいだいらっしゃらないので、どうなってしまったんだろうと思ったんです。郵便局は、お察しいただけると思いますが、ひどいことになっていますよ。」

「ああ！」ようやく、ぐらぐらの歯をぬいて、あかちゃんカバに川での口のゆすぎかたを教えてやっていた先生は、言いました。「もうしわけない。君に伝言をしておくべきだった。なにしろ、おそろしくいそがしかったもんでね。あそこのヤシの木陰にすわることにしよう。君に話したかったのは、郵便局のことなんだ。」

第八章　世界最速の郵便

そこで、先生とジップと波飛びのスピーディーは、ヤシの木陰にすわりました。のちに「ツバメ郵便」として知られることになる、壮大な計画が、そこで初めて語られたのです。

「さて、スピーディー、私が考えているのはこういうことだ」と、先生。「郵便の集配にやってくる船がファンティッポにほとんど来ないため、ファンティッポ郵便局ではふつうの国際郵便はむずかしい。そこでだ。ツバメが手紙を運んだら、どうだろう？」

「そりゃあ」と、スピーディー。「できなくはないですよ。でも、もちろん、ぼくらがアフリカにいる数か月のあいだだけしかできません。それも、暖かい、おだやかな気候のところへしか手紙を運べません。きびしい冬の国へ配達したりしたら、凍え死んでしまいます。」

「それはそうだ」と、先生。「そんなことをしてもらうつもりはない。でも、寒帯の鳥、熱帯の鳥、温帯の鳥、そういったほかの鳥にも手伝ってもらえるんじゃなかろうか。それに、ある距離を一羽の鳥だけで行くのは長すぎたり、たいへんだったりしたら、リレーをしてもいいだろう。つまり、たとえば、ここから北極へ運ばれる手紙は、まずアフリカの北までツバメが運ぶ。そこからツグミが、スコットランドの北のはしまで運ぶ。そこから海カモメが交代して、グリーンランドまで運ぶ。そこから、ペンギンが北極まで運ぶ。どう思う？」

「できるでしょう」と、スピーディー。「ほかの鳥たちが協力してくれれば。」

「うむ、そこなんだが」と、ドリトル先生。「たぶん協力してもらえると思うのだ。郵便制度を動物にも広げて、ファンティッポの人たちのみならず、動物の手紙も運ぶことにすれば。」

「でも、先生。動物は手紙なんか送りませんよ」と、スピーディー。

「そうだ」と、先生。「でも、これを機に送るということもあろう。人間だってむかしは文字を書きもしなければ、手紙を送ったりもしなかった。だが、それをはじめたとたん、とても役に立ち、便利だとわかったんだ。動物だって同じだ。この美しい島――この動物天国――に本局をおいてもいい。まず、動物王国の教育と発展のために郵便制度を打ち立て、次にファンティッポの人たちのためにきちんとした国際郵便制度を打ち立てる。鳥が手紙を書く方法を見つけだすことができると思うかね？」

「ええ、できるでしょう」と、スピーディー。「たとえば、ぼくたちツバメは、いつも巣をかけた家にしるしを残して、あとから来る連中のためにメッセージを伝えています。ほら。」――スピーディーは、先生の足もとの砂をひっかいて×じるしを描きました――「これは、『この家に巣をかけるな。ネコがいるぞ！』という意味です。そして、これは」――スピーディーは砂の上にさらに四つのしるしを描きました――「これらは、『いい家だ』、『ハエが、たくさんいる』、『静かな人たちがいる』、『巣作り用のどろが馬小屋のうしろにある』という意味です。」

「すばらしい」と、先生はさけびました。「一種の速記だ。四つの記号でひとつのメッセージになっている。」

「それに」と、スピーディーはつづけました。「ほかの鳥たちにも、それぞれの合図のことばがあります。たとえば、カワセミは、どこで魚がとれるかを示すために、川沿いの木にしるしをつけます。ツグミにも合図がありますほかのツグミがカタツムリの殻を割れ』という意味のしるしをつけたりします。ほかのツグミがカタツムリの殻をあちこちにちらかしたら、生きているカタツムリがこわがってかくれてしまいますからね。」

「ほらね」と、先生。「君たち鳥には、少なくとも書きことばのはじまりのようなものがあると私はいつも思っていたんだ――そうでなければ、君たちがそんなにかしこい道理がない。こうなると、われわれとしては、こうした合図をもとにして、みながわかるような、きちんとした鳥の書きことばを作りあげさえすればいい。きっと、動物でも、同じことができるはずだ。そうして、ツバメ郵便をはじめれば、動物たちはおたがい、世界じゅうで手紙を書きあい、そして、もしそうしたければ、人間へも手紙を送れるのだ。」

「たぶん」と、スピーディー。「ほとんどの手紙は、先生にあてて書かれるでしょうよ。あちこちで鳥と出会うと、先生はどんな人ですかとか、先生は朝ごはんになにをめしあがりましたかとか、先生について、そういったばかなことをいろいろ聞いてきますからね。」

「うむ」と、先生。「それでもかまわん。だが、私はまず教育を目的としたい。きちんとした郵便制度があれば、動物の状態は大いに向上すると思うのだ。たとえば、今日だって、まさにこの島のシカが、もう少しでクルミの木を食べつくしてしまうが、どうしたらいいかと私にたずねてきた。私はすぐに、種の植えかたや木の育てかたを教えてやったが、シカがこれまでどんなに長いあいだ、わずかなクルミでがんばってきたかは、神のみぞ知るだ。だが、もし私に手紙を書くことができたとしたら、もっと前に教えてやることができた――ツバメ郵便によってね。」

それから先生とジップは、ピィフィロサウルスの背に乗ってファンティッポへもどりました。ピィフィロサウルスは、だれにも見られないように、夜の闇にまぎれて、先生たちを岸にあげてくれました。朝になると、先生は、また王さまをたずねました。「陛下」と、先生は言いました。「私の提案にご賛同いただけたら、貴国にすぐれた国際郵便制度を打ち立てることができます。」

「よかろう」と、王さまは応《こた》えました。「聞いておるぞ。申してみよ。ペロペロキャンディーをあげよう。」

先生は、王さまがさしだしてくださった箱からペロペロキャンディー——緑色の——を一本とりました。ココ王は、王立キャンディー製造所で作ったペロペロキャンディーのおいしいことをとてもじまんに思っていました。必ず一本、手に持っていましたし、いつもリボンにつけて首から一本ぶらさげていました。なめていないときは、目のところへもちあげて、キャンディーごしに宮廷人たちをのぞきました。白人が片メガネを使っているのを見て、うすくて透明なキャンディーを作らせ、その上品なふるまいをまねしたのです。しょっちゅうペロペロしていたために、王さまはぶくぶく太って、ひどくおなかが出ていました。もっとも、ファンティッポ王国では、太っていることがりっぱだと思われていたので、王さまは気にしていませんでした。

「私の計画を申しあげます」と、先生は言いました。「もう少し私が郵便局員を指導すれば、国内郵便はお国の人たちだけでまかなえるでしょう。しかし、国内郵便のほかに国際郵便もあつかうのはむりでしょう。第一、港にやってくる郵便船が少なすぎます。そこで、国際郵便のために海に浮かぶ郵便局を作り、それを錨《いかり》でつないでおくのです、あの島の近くに。あの……」――先生は例のおそろしい名前を言いそうになりましたが、かろうじて間に合って、言ってはいけないことを思い出しました――「あの……あの……先日お話し申しあげたあの島の近くに。」

「気に入らん」と、王さまは、まゆをひそめました。

「ご心配には、およびません。」先生は、急いでつけくわえました。「国民のみなさんがあの島に上陸する必要はまったくございません。国際郵便局は、岸から少しはなれたところに停泊する船の上に設置します。しかも、その経営に、ファンティッポの郵便局員は、ひとりも要りません。それどころか、むしろ、あの……例の島には、これからずっとだれも来ないと、特別に約束していただきたいのです。私は私なりのやりかたで――私の郵便屋さんを使って――国際郵便局を運営します。ファンティッポの人たちが外国に手紙を出したいときは、その船にある水上郵便局までカヌーで手紙を運んでいただかなければなりません。しかし、海外からファンティッポの人たちあてに届く手紙は、きちんと各家庭の戸口まで配達させます。いかがでしょうか？」

「わかった」と、王さま。「しかし、切手にはすべてわがはいの美しい顔をのせ、それ以外の切手は、なしにする。」

「よろしゅうございます」と、先生。「そのようにいたしましょう。しかし、はっきりとご理解いただきたいのですが、これからは、国際郵便は私の郵便屋さんがあつかいます——私のやりかたで。ファンティッポで国内郵便局がきちんと運営されるようになりましたら、あとは陛下が、そのまま運営がつづくようにご監督ください。それをお約束してくだされば、数週間で、陛下の王国の郵便局を世界一にしてみせましょう。」

それから、先生は、スピーディーに、地球のすみずみまであらゆる鳥たちにメッセージを伝えるようにと送り出しました。そして、海カモメ、シジュウカラ、カササギ、ツグミ、海ツバメ、フィンチ、ペンギン、ハゲワシ、ユキホオジロ、野生のガンなど、それぞれのリーダーに、「ドリトル先生からお話があるから。人なし島に集まるように」と、たのんでもらいました。

その一方、先生は、ファンティッポの郵便局に帰って、国内郵便がきちんと運営されるように仕事をつづけました。

スピーディーがきちんと、ほうぼうへ使者を送ったため、「あの有名な動物のお医者さんのジョン・ドリトル先生が、大きな鳥から小鳥まで、ありとあらゆる種類の鳥のリーダーたちに会いたがっている」という知らせが世界じゅうをかけめぐりました。

すぐに、人なし島の中央の大きなくぼ地に、鳥たちが続々と集まりだしました。三日後に、スピーディーが先生のところへ来て言いました。「先生、全員集合いたしました。」

このときまでに、王さまの命令で、先生にはとてもがんじょうなカヌーがあてがわれていましたが、王さまは、さらに先生の指示にしたがって、郵便局を乗せる船も作らせていました。

そこで、ドリトル先生は、そのカヌーに乗りこみ、人なし島までやってくると、すばらしい「動物天国」のくぼ地をかつて見おろしたあの丘へ、えっちらおっちらあがっていきました。そして、先生は、スピーディーを肩にとまらせ、大海原のようにはてしなく居ならぶ鳥たちの顔、顔、顔を見つめました──どれもリーダーたちです──ハチドリからアホウドリにいたるまで、ありとあらゆる種類の鳥たちが集まっていました。先生は、ヤシの葉を一枚とってそれをメガホンのようにまるめると、リーダーたちにむかって、有名な「ツバメ郵便」開業のりっぱな演説をはじめました。

先生がこれからなにをしようとしているかを話し終えると、世界じゅうの鳥たちが、口笛や、高い鳴き声や、パタパタと羽ばたきをして喝采《かっさい》をしたものですから、たいへんなうるささとなりました。ファンティッポの町では、人々がそのさわぎを聞いて、あれは人なし島で竜と竜がけんかをしているのだろうとささやきました。

それから、先生は鳥のリーダーに順々にたずねまわり、それぞれの種類の鳥がふだん使っている合図のことばについて質問しました。先生はそれをすべてノートに書きとめ、あした会いましょうとリーダーたちと約束して、おうちにノートを持ち帰って、夜どおし研究しました。

あくる朝、先生はもう一度、島へやってきて、相談したり、計画したり、手配をしたりしました。ツバメ郵便の本局は、ここ、人なし島に置かれることに決まりました。支局は、ホーン岬と、グリーンランドと、クリスマス島と、タヒチと、カシミールと、チベットと、湿原のほとりのパドルビーに置くことになりました。毎年、冬に外国へ行き、夏に帰ってくるわたり鳥たちが、その定期旅行のときに手紙を運ぶことになりました。また、一年を通してほとんど毎週のように国から国へわたっている鳥もいるので、その連中がかなりの手紙をさっと運んでくれることになりました。

冬になってもふるさとをはなれずに、ずっと同じ国にとどまっている鳥もいましたが、そうした鳥のリーダーたちも、ほかの鳥たちに特別に呼ばれて、先生のために、この大集会に出席しました。そうした鳥たちは、自分たちの国に届いた手紙を一年じゅう配達する約束をしました。こうして、最初の二回の会議で、郵便制度の計画と手配は、ほとんどすんでしまったのです。

それから、先生とリーダーたちは、封筒に書かれたあて先がすべての郵便鳥に読めるように、あらゆる鳥たちが使える、かんたんで、やさしい書きかたを決めました。

そして、ようやく、ドリトル先生は、みんなを国へ帰しました——国に帰ったら、この新しい読み書きを親族に教え、どのように郵便局が機能するか、それが動物王国の教育と発展にとって大いに役に立つと先生が期待していることを説明してもらうことになっていました。それから、先生は家へ帰って、ぐっすり眠りました。

翌朝、ココ王は、郵便局を乗せた船をすっかり完成させていました。とてもすてきな水上郵便局でした。それは、島の海岸近くまでオールでこぎだされ、そこに錨をおろしました。それから、先生はファンティッポの大通りにあった自分の家から、ダブダブと、ジップと、トートーと、ガブガブと、ボクコチキミアチと、白ネズミといっしょに引っ越してきて国際郵便局に住み、この国を出ていくまで、ずっとそこに住んだのでした。

さて、ドリトル先生と動物たちは、郵便局の仕事で大いそがしになりました。家具を置き、切手の引き出しや、はがきの引き出しを整理し、てんびん計り、分類ぶくろ、そのほか一切の設備をならべなければなりません。ダブダブは、もちろんいつものとおり、おかあさん役をつとめ、毎朝きちんと郵便局にそうじが行き届いているように目を光らせていました。ジップは守衛さん役をつとめ、夜の戸じまりと、朝に戸をあけるのを引き受けました。トートーは算数が得意でしたから、切手が何枚売れてどれぐらいの売りあげがあったかを帳面につけて記録しました。先生は窓口で受付をして、郵便局についてしょっちゅうたずねられるたくさんの質問に答えました。そして、善

良でたよりになるスピーディーは、あちらこちらでいそがしく働いていました。

ツバメ郵便によって最初の手紙が届けられるにあたっては、こんなできごとがありました。ある朝、ココ王自身がやってきて、窓口にその大きな顔をつっこんで、こうたずねたのです。

「世界一速い国際郵便は、どこの郵便局でやっているかな?」

「イギリスの郵便局が現在のところ、ロンドンからカナダまで十四日で着くことをほこりにしております」と、先生は言いました。

「よろしい」と、王さま。「ここに、アラバマでくつみがき店を開いているわがはいの友だちへの手紙がある。どれぐらい速くこれに返事が来るか、見てみようじゃないか。」

さて、先生は、きちんと国際郵便をはじめるにはまだ準備万端ととのっておらず、そのことを王さまに説明しようとしましたが、スピーディーが机の上にぽんと飛び乗って言いました。

「手紙をください、先生。どんなに速いか、王さまに見せてやりましょうよ。」

それから、スピーディーは、外へ出ると、運び屋のクイップを呼びました。

「クイップ」と、スピーディーは言いました。「この手紙を大急ぎでアゾレス諸島まで運んでくれ。そこには、ちょうど夏のアメリカへわたろうとしているオジロムシクイという小鳥がいるから、この手紙をわたして、できるだけ早く返事を届けるように言ってくれ。」

またたく間に、クイップは海のかなたへ消えました。

王さまが先生のところへ手紙をもってきたのは、午後四時のことでした。そして、王さまが翌朝、目をさまして朝食を食べにおりてくると、お皿の横に、返事がおいてあったのでした!

第二部

第一章　とっても変わった郵便局

ツバメ郵便が最初にはじまったとき、それが最終的にどんなすごい制度になるか、また、それによってどれほどたくさんのできごとやアイデアが生まれることになるかなど、だれも――ドリトル先生本人でさえ――思いもよりませんでした。

当然ながら、このようにすっかり新しいことは、順調に運営されるようになるためには、多くの学習や実験が必要です。毎日なにか新しいこと、新しい問題が起こりました。いつもいそがしい先生はなおさら働きづめでしたが、とてもおもしろがって、苦労を気になさいませんでした。しかし、おかあさんのようなアヒルのダブダブは、ひどく心配しました。なにしろ、最初のうち、先生はぜんぜん寝ていないようだったからです。

もちろん、世界史のどこを見ても、先生の郵便局のようなものはありませんでした。まず、それは船の上にありました。それに、毎日午後四時になると、午後のお茶がみんなに――従業員にもお客にも――出ました。お紅茶とスコーンやサンドイッチをいただけるのです。日曜日には、きゅうりのサンドイッチが出ました。午後四時のお茶をしに、国際郵便局へカヌーをこいで出かけるのは、おしゃれなファンティッポの人たちのあいだでとても流行《はや》りました。郵便局の裏口には、大きな日よけがついた、すてきなベランダがあって、そこからは海や湾がよくながめられました。四時ごろ切手を買いにくれば、たいていそこでお茶をしている王さまやファンティッポの有名人たちに会えるのでした。

もうひとつ、先生の郵便局で変わっていたのは、ペンでした。たいていの郵便局にあるペンは、書きづらかったり、インクが出てこなかったりして、うまく書けないことに先生は気づいていました。実際、いまだに多くの郵便局では、ひどいペンを平気で使っているようです。しかし、先生は、最高級のペンを使うことにしました。もちろん、そのころはまだ金属のペン先などというものは発明されておらず、羽根ペンしかありませんでした。そこで、ドリトル先生は、アホウドリと海カモメに、羽が生えかわる時期にぬけるしっぽの羽根をとっておいてもらいました。それで、とてもたくさんの羽根があったので、郵便局用に最高のペンをえらぶのはわけのないことでした。

先生の郵便局がほかの郵便局とちがっていたもうひとつは、切手の裏に使うのりでした。王さまが切手用にとっておいたのりのたくわえがつきてしまい、先生は新しいものを考えなければなりませんでした。そしていろいろ実験をしたのち、甘草で作ったのりを発明しました。すぐにかわいて、とてもよくくっつくのです。しかし、前にも申しあげたとおり、ファンティッポの人たちはあまいものが大好きですから、新しいのりが郵便局に導入されるやいなや、切手を百枚単位で買う人たちで郵便局はごったがえしました。

最初、先生は、どうしてこんなに急に切手が売れるようになったのかわかりませんでした。レジ係のフクロウのトートーは、その日の売りあげを足しあげるのに毎晩おそくまで計算しなければならなくなりました。たくさんのお金は郵便局の金庫におさまりきらず、台所の暖炉《マントルピース》のかざりだなにかざってある花びんのなかにしまわなければならないほどでした。

やがて、先生は気がつきました。お客さんたちは、切手の裏ののりをなめてから、切手をまたお金にもどしてほしいと、もってきていたのです。どこの郵便局でも、切手をお金にもどしてほしいと言われたら、そうしなければいけないという規則があります。やぶれたり、汚れたりしていないかぎり、のりがなめとられているかどうかはどうでもよいのです。そこで先生は、くっつく切手を売るためには、のりを変えなければだめだと気がつきました。

ある日、王さまの弟がひどい咳《せき》をしながら郵便局にやってきて、「半ペニー切手五枚と、咳止《せきど》めの薬をください」と言いました。それを聞いて先生はあることを思いつきました。次に先生が発明した切手用ののりは、「百日咳《ぜき》のり」という名前でした。あまくてべとべとした咳止め薬をまぜて作ったのです。ほかにも「気管支炎のり」や「おたふく風邪のり」など、いくつか発明しました。町で病気がはやると、先生はその適切な治療薬をまぜたのりをつけた切手を発売するようにしたのです。これで先生も、ずいぶん楽になりました。なにしろ、人々はしょっちゅう「風邪をひいた。のどが痛い」と言って、先生をこまらせていたからです。病気を治療するのに、この方法――切手の裏にあまい薬をつけるというやりかた――を用いた郵便局長は、先生が初めてです。先生はこうした切手を、「流行りの病気の根を切ってしまう切手」と呼びました。

ある午後六時に、いつものようにジップは、郵便局をしめて、「本日終了」という札をかけました。錠がおりる音が聞こえると、先生は、はがきを数えるのをやめて、パイプをとりだして、けむりをくゆらせました。

ついに、郵便局をできるかぎり能率的に動かすという最初の難事業が終わったのです。その夜、ドアがしまる音を聞いた先生は、とうとう、規則どおりの労働時間を守って、時間外に働かなくてもよくなったと考えたのでした。犬のジップが書留郵便の受付へ行ってみると、先生はゆったりといすにもたれて、足を机に投げだして、満足しきったようすでまわりを見まわしていました。

「やあ、ジップ。」先生は、ほっとため息をつきながら言いました。「これで郵便局は、完全に軌道に乗ったよ。」

「ええ」と、ジップは、守衛のランプを下へ置いて言いました。「かなりうまくいっていますね。こんなりっぱな郵便局、ほかにありませんよ。」

「あのね」と、ドリトル先生。「郵便局を開いてから一週間以上たつのに、私は自分で一通も手紙を書いていないんだ。一週間も郵便局で生活しながら、手紙を書いていないなんて！　あそこの引き出しをごらん。ふつう、あんなにたくさんの切手を見たら、何十通も手紙を書きたくなるだろうね。生まれてこのかた、ほんとうに手紙を書きたいときに、切手があったためしがなかった。ところが――おもしろいもんだ！――こうして郵便局に、寝泊まりするようになると、だれに手紙を書き送っていいやら、書き送るべき人がひとりも思い浮かばない。」

「それは、ざんねんです」と、ジップ。「先生は字がおじょうずなのに――しかも、こんなに切手があるのに！　まあ、そういうことなら、先生はどうしていらっしゃるかと思っている動物たちのことでもお考えになったらいかがですか。」

「もちろん、サラがいる。」先生は夢見心地にパイプを吹かしつづけました。「かわいそうなサラ！　だれと結婚したのかなぁ。でも、やっぱりだめだ。サラの住所がわからない。だから、手紙が出せない。私のむかしの患者さんたちも、私から手紙をもらいたいとは思わないだろうしね。」

「そうだ！」と、ジップがさけびました。「ネコのエサ売りのおじさんにお書きなさい。」

「あいつは字が読めんよ。」先生は、むすっとして言いました。

「ええ、でも、奥さんは読めます」と、ジップ。

「そうだな」と、先生はつぶやきました。「でも、手紙になんて書けばいい？」

ちょうどそのとき、波飛びのスピーディーが入ってきて、言いました。「先生、ファンティッポの町内配達についてなんとかしなければなりません。ぼくの郵便鳥たちは、まちがえずに家を見つけて手紙を配達することができません。ぼくたちツバメは、家に巣をかけはするものの、都会の鳥ではないんです。いつも田舎のひっそりとした家に巣をかけます。町で家をさがすのは、ツバメには少々きつすぎます。今朝がた配達にもっていった手紙を、あて先の家がわからなかったと、持って帰ってきた郵便鳥もいます。」

「ふむ！」と、先生。「それはいかん。ちょっと待てよ。ああ、そうだ、いいことがある！　チープサイドを呼ぶことにしよう。」

「チープサイドって、だれですか？」と、スピーディーはたずねました。

「ロンドンのスズメだよ」と、先生。「毎夏パドルビーを訪ねに来てくれるんだ。夏以外はロンドンの聖《セント》ポール大聖堂あたりで暮らしている。聖《セント》エドマンドの左耳に巣をかけているんだ。」

「どこですって？」と、ジップは大声を出しました。

「大聖堂の内陣の外に立っている聖エドマンドの像の左耳のなかに、だよ」と、先生は説明しました。「チープサイドこそ、町内配達にうってつけだ。あいつなら家や町のことをすっかり知っているからね。すぐに呼びにやろう。」

「ざんねんながら」と、スピーディー。「都会鳥ならともかく、ぼくたち郵便鳥には、ロンドンのスズメを見つけるなんてむずかしいです。ものすごく大きな都会なんでしょう？」

「ああ、そうだよ」と、ドリトル先生。

「ねえ、先生」と、ジップ。「さっき、先生は、ネコのエサ売りのおじさんにどんな手紙を出そうかと考えていらっしゃいましたが、スピーディーに、鳥の文字でチープサイドあての手紙を書いてもらって、それをおじさんへの手紙に同封したらいかがですか。そうしたら、チープサイドがいつもどおり夏にパドルビーに来たとき、おじさんがその手紙をわたしてくれるでしょう。」

「すばらしい！」と、先生はさけびました。そして、机から紙をとると、書きはじめました。

横で話を聞いていたダブダブが口をはさみました。「それから、おうちの裏窓が割れていないかどうか見るようにおねがいしてくださいな。ベッドに雨が吹きこんだりしたらいやですからね。」

「わかった」と、先生。「それも書いておこう。」

こうして先生は、「イギリス、スロップシャー州、湿原のほとりのパドルビー、ネコのエサ売りマシュー・マグさま」にあてた手紙を書きあげ、運び屋のクイップがそれを運びました。

　ネコのエサ売りの奥さんは読むのがとてもおそく、書くのはもっとおそかったので、先生は返事がすぐに来るとは思っていませんでした。いずれにせよ、チープサイドはあと一週間ぐらいしなければ、パドルビーにやってこないはずです。チープサイドは、復活祭《イースター》の日曜日のあとの振替休日となる月曜日すぎまで、いつもロンドンにいました。チープサイドの奥さんは、春に生まれた子どもたちにいろいろと教えるべきことを教えもしないで田舎に行くなんて許しませんと、チープサイドを毎年引き止めたのです。パンくずをまいてくれる家のさがしかた、馬車馬のひづめでつぶされないようにして馬の飼い葉ぶくろから麦をついばむやりかた、交通のはげしいロンドンの町なかを飛びまわるやりかた、そのほか若い都会鳥が知っておかなければならないたくさんのことがらがあったからです。

　一方、クイップが飛んでいったあと、先生の郵便局では、いそがしくも楽しい生活がつづきました。動物たち——トートー、ダブダブ、ガブガブ、ボクコチキミアチ、白ネズミ、ジップ——は、みんな船の郵便局の生活がとてもおもしろいと思いました。船の家にあきたら、動物たちは人なし島へピクニックに出かけましたが、その島は、今ではドリトル先生が名づけた「動物天国」の名前で呼ばれることが多くなっていました。

先生は、そうしたピクニックへも、ときどきいっしょに出かけました。先生がよろこんでピクニックにいらしたのは、動物たちがいつも使っている合図について、動物天国に住むさまざまな種類の動物たちと話ができたからです。そして、先生は、こうした合図をノートにていねいに書きとめて、それに基づいて、鳥の文字と同様に、動物たちが使える一種の書きことば——先生はそれを「動物文字」と呼びました——を作りあげたのです。

先生は、ひまな時間があるといつでも動物天国で、動物のために午後の書きかた教室を開きました。このお教室には、とてもたくさんの動物がやってきました。もちろん、サルはとても頭がよく、のみこみも早いので、何匹かには補助教員をやってもらいました。シマウマも、たいへんおりこうでした。先生は、これらのかしこい動物たちには、どこでライオンのにおいがしたかを示すために、葉っぱをねじってしるしをつける方法があることを発見しました。幸いにして、動物天国ではそんなことをする

必要はなかったわけですが、動物たちはアフリカ大陸からこの島へ泳いでくるときに、そうした習慣もいっしょにもってきていたのです。

先生の動物たちは、毎日届く郵便を調べるとき、自分あてのものはないかとさがすのをとても楽しみにするようになりました。最初はもちろん、自分に手紙が届くことはあまりありませんでした。でも、ある日、クイップが、ネコのエサ売りのおじさんから先生へのお返事をパドルビーから持って帰ってきました。マシュー・マグ氏は(奥さんに代筆してもらって)、チープサイドがやってきたら絶対に手紙を見つけるように、チープサイドへの手紙を庭のリンゴの木につるしたと書いてよこしました。家の窓はぜんぶだいじょうぶだが、裏口の戸はペンキをぬったほうがいいとも書いてありました。

マシューがその手紙を書くのを待つあいだ、クイップはパドルビーの先生のお庭にいるムクドリやクロウタドリとおしゃべりをして、人なし島の沖に新しくできたすばらしい動物郵便局の話をしてすごしました。そこで、あっという間に、パドルビーあたりにいる動物たちはみんな、その話を聞きつけるようになったのです。

もちろん、それからのちは、先生の動物たちにあてた手紙も、船の郵便局に届くようになりました。ある朝、手紙を仕分けしていると、ダブダブあての手紙がダブダブの妹から来ていました。白ネズミあての手紙もありました。先生の机の引き出しに住むいとこのネズミからのものでした。ジップあてには、パドルビーでとなりに住むコリー犬から来ていました。トートーあての手紙には、馬小屋の梁《はり》にかけた巣でトートーの新しい六羽の子どもが生まれたとありました。しかし、ガブガブあてのものはありませんでした。かわいそうなブタは、仲間はずれになって、泣きそうでした。その午後、先生が大陸にお出かけになるとき、ガブガブはいっしょに行っていいですかとたずねました。

翌日、郵便鳥は、郵便が特に重たいと文句を言いました。それが仕分けられると、ガブガブあての分厚い手紙が十通もあり、ほかのものには一通もありませんでした。ジップはこれをあやしいと思って、ガブガブが手紙をあけているとき、ガブガブの肩ごしにのぞいてみました。どれにも、バナナの皮が一枚ずつ入っていました。

「だれから送ってきたんだ？」と、ジップはたずねました。

「自分で送ったんだ」と、ガブガブ。「きのう、ファンティッポの町から。君たちばっかり手紙をもらうなんてずるいもん。だれもぼくに書いてくれないから、自分で書いたんだよ。」

第二章　チープサイド

ロンドンのスズメのチープサイドが、パドルビーから到着して、ファンティッポの町内配達を手がけてくれることになった日は、先生の郵便局にとって記念すべき日でした。

先生が受付でお昼のサンドイッチを食べていると、チープサイドが窓口からぬっと顔をつき出して、いつもの生意気なべらんめえ口調で言いました。

「よお、センセ。来たぜ！　どうだい！　みんな、いるじゃねえか、なつかしいな！　センセがこんなことするなんて、思ってもみなかったぜ。」

チープサイドは変わりものでした。このスズメがずっと都会暮らしをしてきたことは、だれでも会ったとたんにわかりました。全体の雰囲気が、ほかの鳥とはまるっきりちがっていたのです。たとえば、スピーディーがばかだなどと、だれも夢にも思いませんが、スピーディーの目には、田舎で暮らすものの正直さがあって、おっとりとしたところがありました。ところが、チープサイドの目には、「てめえ、ちっとでも、おれさまに勝てると思うんじゃねえぞ。こちとらロンドンの鳥だぜ」と言わんばかりの生意気で、むこうみずな表情があったのです。

「やあ、チープサイド！」と、ドリトル先生はさけびました。「とうとう来てくれたね。いやあ、会えてうれしいよ！　ここに来るまでたいへんじゃなかったかい？」

「まあね――そこそこってとこでさ」と、チープサイドは、机の上にこぼれた先生のお昼のパンくずを見やりながら言いました。「嵐もなかったし。まァ、まともな旅さ。暑かったかって？　そりゃあ暑いのなんのって。暑いってのは、ホットって言うんだろ。ホットだったよ、ホッテントットも、おっとっとってなもんよ！　……え、ここはまた、えらく変わってるじゃねえか。遊覧船かい？」

このころには、動物たちはみんな、チープサイドがやってきたことを聞きつけて、パドルビーやイギリスの知らせを聞こうと、おしかけてきました。

「馬小屋のじいさん馬はどうしている？」と、ドリトル先生はたずねました。

「ぴんしゃんしてまさァ」と、チープサイド。「もちろん、むかしほど若かァねえけど、年のわりには元気だよ。赤いつるバラをひとたば、先生にもってってくれってさ――ちょうど、馬小屋の戸の上に咲いてんだ。だけど、おれは、やつに言ってやったのよ、『おれは、使いっぱしりじゃねえぞ、ばかにすんな』ってね。おれほどのおとながが、大西洋をずっとバラの花たばをくわえていくなんて、考えてもみてくれよ！

南極に結婚式にでも行くのかと思われちまうぜ。」

「おやおや、チープサイド！」と、先生は笑って言いました。「おまえのロンドンなまりを聞いているだけでも、早くイギリスに帰りたくなってしまうな。」

「おれもだ」と、ジップ。「まき小屋にはたくさんネズミがいるかい、チープサイド？」

「うじゃうじゃとね」と、チープサイド。「ウサギぐらいでかいのが、わがもの顔に、自分のなわばりだと言わんばかりに、ひしめいてやがらァ。」

「おれが帰り次第すぐやっつけてやる」と、ジップ。「早く帰りたいな。」

「庭はどうだった、チープサイド？」と、先生がたずねました。

「ぴか一よ」と、スズメ。「もちろん小道に雑草が生えてたりはするけど、台所の窓の下のアヤメのきれいなことといったら、ちょいとしたもんよ。」

「ロンドンで変わったことはないでちゅか？」と、たずねたのは、やはりロンドン育ちの白ネズミでした。

「あるさ」と、チープサイド。「由緒あるロンドンじゃ、いつだってなにかしらあるもんさ。四輪じゃなくて二輪の新しい馬車ができた。ハンサムって野郎が発明したんだ。以前の馬車よりずっと速えんだ。いたるところ、それぱっかさ。それからロイヤル・エクスチェンジ〔王立取引所〕の近くに新しい八百屋ができた。」

「ぼく、大きくなったら、自分の八百屋を持つんだ」と、ガブガブがつぶやきました。

「いいお野菜ができるイギリスでね。アフリカはもう、うんざりだ。イギリスなら、一年じゅう旬の野菜が楽しめるもの。」

「こいつは、いつもこんなことばっかり言ってるよ」と、トートー。「こいつの、人生をかけた野望がこれだよ――八百屋さんになりたいってさ！」

「ああ、イギリスよ！」と、ガブガブが、しんみりと言いました。「春先のレタスのしんの美しさ、それよりすてきなものはない。」

「ぬかしてらァ」と、チープサイドは目をつりあげました。「詩的なブタじゃねえか。くせえスカンク・キャベツにたんまりソネット詩でも書いたらどうだい、ベーコン肉さんよ？」

「さてさて、いいか、チープサイド」と、先生。「おまえにファンティッポの町の町内配達をなんとか立て直してもらいたい。これまでの郵便鳥は、手紙を届けるべき家を見つけるのに手こずっている。おまえは都会生まれの都会育ちの鳥だ。手を貸してくれるかな？」

「やってみましょう、センセ」と、スズメ。「センセのこの異国の町をひとめぐり見てからね。でも、まずは、ひとっぷろ、浴びさせてくださいよ。うだるような太陽の下を飛んできて、暑くてかなわねえ。このあたりに鳥が浴びるような水たまりは、ねえのかな？」

「ないね。ここは水たまりができるような気候ではないんだ」と、先生。「イギリスとちがうからね。だが、私のひげそり用のカップをもってきてやるから、そこで水浴びをするといい。」

「しゃぼんは先に洗い流しといてくださいよ、センセ。」スズメは、ピーチク言いました。「目に入ってしみるのは、かんべんだ。」

翌日、チープサイドがぐっすり寝て、長旅のつかれを落としてから、先生はこのロンドンのスズメにファンティッポの町を案内しました。

「ねえ、センセ。」あちこちを見まわってから、チープサイドが言いました。「町としちゃ、たいした町じゃねえなァ。ほんと。でかいってのはたしかだ。こんなでかい町がアフリカにあるなんて思ってもみなかったぜ。だけど、通りがせまい！　馬車が見あたらねえわけだぜ――四輪馬車どころか、ヤギだって通れねえ。それに、家ときた日にゃ、古いマットレスの中味でできてるみてえじゃねえか。センセ、まずやらなきゃならねえことは、ココナッツ王に言って、戸口にドア・ノッカーをつけるように家来に命じてもらうことですぜ。ドア・ノッカーがなきゃ、家じゃねえ。ノックをするためのノッカーがねえんじゃ、センセの郵便屋が手紙を配達できねえのも、あたりめえじゃねえかい。」

「手を打とう」と、先生。「そのことで今日の午後、王さまと会うことにしよう。」

「それから、戸口に郵便受けがねえよ」と、チープサイド。「手紙をつっこむ穴が必要ですぜ。ここじゃ、郵便屋が手紙をつっこめるのは、えんとつぐらいじゃねえか。」

「なるほど」と、先生。「それも手を打とう。郵便受けはドアのまんなかにつけるのがいいかね、それとも片側につけるのがいいかね？」

「ドアの両側においたらどうです――どの家にもふたつずつ」と、チープサイド。

「なぜかね？」と、先生はたずねました。

「ちょっとした、おれの思いつきでさ」と、チープサイド。「ひとつは請求書の郵便受けで、もうひとつは、ふつうの手紙の郵便受けにするんでさ。だって、郵便屋がノックするのを聞いて、『友だちからすてきな手紙が来たかな』とか、『お金をもらえるお知らせかな』と思って出てきたら、仕立屋から『これこれの金額をお支払いくださ い』なんて言ってくる請求書でしかなかったとしたら、がっかりするだろうよ。でも、どのドアにも両側に郵便受けがあって、一方は『請求書』って書いてあって、もう一方には『手紙』って書いてあれば、郵便屋は一方に請求書を入れて、他方にはまっとうな手紙を入れりゃあいい。まあ、さっきも言ったけど、おれのちょっとした思いつきでさ。どうせやるなら、最新式でいこうじゃねえですか。どうですか？」

「すばらしい考えだ」と、先生。「そうしたら、がっかりするのは一度ですむというわけだね。――借金をはらうと決めた日に、請求書の郵便受けを空にするときだけ。」

「そのとおりでさ」と、チープサイド。「でもって、郵便鳥に教えるのさ――ノッカーがついたらすぐに――請求書のときは一回ノックし、手紙のときは二回ノックするって。そしたら、家んなかの人は、出てきて郵便を受けとるべきかどうかわかる。ねえ、センセ、どうせなら、こいつらに、ひとつふたつ教えてやろうじゃないの。ファンテプシーの郵便局は、本格的な郵便局になりますぜ。ところで、クリスマス・プレゼントは、もらえるんですかい、センセ？　郵便屋はいつだって、クリスマスになりゃあ、すてきなプレゼントをもらえるもんだ。」

「いや、それが」と、先生は、どうかなあというふうに言いました。「ここの人たちは、クリスマスを祭日として祝わないんだ。」

「クリスマスを祝わねえだって！」チープサイドは、おどろいた声でさけびました。「なんて、ひでえ話だ！　いいですか、センセ。ココア・バター王に言ってやってください よ、王さまも国民もクリスマスを祝って、でもって、おれたち郵便鳥にクリスマスのプレゼントをくれなきゃならねえ。でなけりゃ、元日から復活祭まで、ファンテプシーでの配達はしねえって。おれがそう言ったって、言ってくれたっていいですよ。だれかが、王さまに教えてやらなくちゃならねえ。」

「わかった」と、先生。「それも手を打とう。」

「言ってやってくださいよ」と、チープサイド。「クリスマスの朝には、郵便鳥のために、どの戸口にも角砂糖ふたつおいといてくれって。砂糖がなきゃ、手紙もなしだ！」

その日の午後、先生は王さまを訪ね、チープサイドが要求したさまざまなことを説明しました。王さまは、どの要求も受け入れました。美しい真鍮《しんちゅう》のノッカーが、どの戸口にもつけられました。鳥が容易にもちあげられる軽いものです。とてもすてきでした。家はあばら屋なのに、そこだけがとびぬけて最新なのです。請求書用と手紙用のふたつの郵便受けも、つけられました。

ドリトル先生はココ王にクリスマスの意味を教え、その時期にはプレゼントをあげるのだと説明しました。そして、クリスマスにプレゼントを――郵便屋さんにだけではなく、友だちや親戚《しんせき》にも――あげる習慣が、ファンティッポの人たちのあいだでとても一般的になりました。

だから、先生がこの国を去って数年後に、ある使節がアフリカのこの地域を訪れたとき、人々がキリスト教徒でないにもかかわらずクリスマスを祝っていたことにびっくりしたのです。でも、まさかその習慣が、ロンドンの生意気なスズメ、チープサイドのおかげで根づいたなんて、だれも知りませんでした。

こうして、やがてチープサイドは、ファンティッポの町内配達を一手に引き受けました。もちろん、人々が友だちや親類にたくさん手紙を書くようになって、郵便が重くなりますと、チープサイドだけでは運びきれません。そこで、ツバメにたのんで、ロンドンの町から五十羽のスズメ（どれも、チープサイドと同じく、都会のやりかたになれている鳥です）を連れてきてもらい、手紙の配達を手伝ってもらいました。中秋の名月と、入梅というこの国の祭日の時期になると、もっと増える手紙を運ぶために、さらに五十羽を呼びました。

ファンティッポの大通りを朝の九時や夕方の四時にたまたま通りがかることがあれば、郵便スズメがトントントンとノックしている音が聞こえました——トンと二回なら請求書、トントントンと二回なら手紙です。

もちろん、小さい鳥ですから、一度に一通か二通ぐらいしか運べません。でも、次の手紙をとりに郵便局船にもどるのは、あっという間でした。郵便局船では、トートーが「町内」と書かれた窓口のところで、郵便のたばの上に乗って待ちかまえていました。郵便は、「中央区」、「西中央区」、「南西区」など、町のそれぞれの地区に分けられた箱に仕分けされていました。これもまた、チープサイドの考えでした。ロンドンでやっているように、町を地区に分けておけば、通りをあちこちさがさずに、すぐ配達できるのです。

チープサイドが手を貸してくれて、先生は本当に助かりました。王さまも、郵便の配達ぶりをほめてくださいました。きちんと配達され、誤配など一つもなかったのです。

チープサイドには、たったひとつだけ欠点がありました。それは、生意気だったということです。言いあらそいになると、チープサイドのべらんめえ口調は、聞くにたえないものになりました。「郵便局員や郵便鳥は、お客さまにていねいにしなければだめだ」と先生が何度しかっても、チープサイドは、いつもけんかをします。チープサイドのほうから、ふっかけるのです。

ある日、ココ王のペットの白クジャクが先生のところへ来て、「ロンドンなまりのスズメが、宮殿の壁の上からしかめ面をしてきた」と文句を言ったので、先生はとても腹をおたてになって、チープサイドに長々とお説教をしました。

すると、チープサイドは、乱暴なロンドンのスズメの一団といっしょになって、ある晩、宮殿の庭に飛んでいって、白クジャクをおそい、その美しいしっぽから三本の羽根をぬいてしまいました。

ドリトル先生は、この乱暴ざたをゆるさず、チープサイドを呼び出すと、ただちにクビだと言いわたしました――ほんとうは、そんなことをしたくなかったのですが。

ところが、チープサイドがやめると、そのロンドン仲間もごっそりやめてしまったので、郵便局には町内配達をしてくれる都会鳥がいなくなってしまいました。ツバメやほかの鳥たちががんばって配達しようとしたのですが、できませんでした。やがて、町民たちから苦情が出てきました。

町内配達がきちんとできるのはチープサイドたちだけだとわかり、先生はチープサイドをクビにするのではなかったと思いました。

ところがある日、先生がとてもよろこんだことに――と言っても、怒っているふりをしつづけましたが――チープサイドが、なにごともなかったかのように、口のはしにわらをくわえて、郵便局にぶらりとあらわれたのです。

チープサイドとその仲間はロンドンへ帰ってしまったのだとドリトル先生は思っていましたが、そうではなかったのです。先生からまた呼びもどされるとわかっていて、町の外でぶらぶらしていただけなのです。そこで先生は、チープサイドにお行儀よくするようにお説教したあとで、また仕事につけました。

ところが、翌日、けんか好きなこの小さなスズメは、王さまと白クジャクが郵便局船へお茶をしにやってくると、気どった白クジャクに郵便局のインクつぼを投げつけました。そこで先生はまた、チープサイドをクビにしました。

実際、チープサイドは、ほぼ月に一度は必ず乱暴ざたを起こしてクビになりました。すると、たちまち町内郵便は行きづまりました。しかし、もうにっちもさっちもいかなくなってしまってどうしようもないというときに、ありがたいことに、チープサイドはもどってくるのです。

チープサイドはすばらしい鳥でした。しかし、だれかに無礼を働かずには、ひと月もいられないのです。先生によれば、それがチープサイドなのだそうです。

第三章　コロンブスを助けた鳥

ツバメ郵便で最初の手紙をネコのエサ売りのおじさんへ出して以来、先生はもう何年もごぶさたしていたいろんな人のことを思い出しました。やがて先生は、ひまさえあれば、あちらこちらの友だちや知り合いに手紙を書くようになりました。

それから、もちろん、先生は、世界じゅうの動物たちとも文通しました。まず、ホーン岬、チベット、タヒチ、カシミール、クリスマス島、グリーンランド、湿原のほとりのパドルビーの各郵便支局の責任者である鳥のリーダーたちへ手紙を出しました。郵便局の運営のしかたについて細かな指示を書き送り、郵便局員はすべからく親切ていねいたるべしと命じたのです。そして、支局長が指示をあおいできたときは、必ず答えました。

それから、いろいろな国の知り合いの博物学者へも手紙を出して、毎年のわたり鳥の移動のようすについてくわしい情報を書き送りました。なぜなら、鳥の郵便を手がけたことで、これまで博物学者が知っていたよりもずっとくわしくどんなふうに鳥が移動するかがわかったからです。

郵便局の外には、「到着便」という札と「出発便」という札を立てました。そして、こんなお知らせをはり出しました。

　次の水曜日の七月十八日にアカバネチドリが、本郵便局よりスカゲラク海峡の岬を通って、デンマークへむけて飛びたちます。郵便は早めに投函《とうかん》してください。どの手紙にも四ペンス切手をはってください。モロッコ、ポルトガル、チャネル諸島への小包もこの飛行で届けます。（チャネル諸島というのは、イギリス海峡にある、フランスの海岸近くの島々のことです。）

人なし島から新たに鳥が飛びたつ予定があるたびに、先生はいつもその鳥の種類ごとに、それぞれの好みの食べ物を前もってどっさり準備しておきました。先生は、鳥のリーダーたちとの大きな会合で、それぞれの種類の鳥たちの毎年の飛行予定の日程や、出発地、目的地をノートに書きとめていたのでした。このノートはとても大切にあつかわれました。

　ある日、先生がこれから配達される郵便物の大きな山を仕分けしているとき、スピーディーが計りの上にすわって、とつぜんさけびました。

「たいへんだ、先生、ぼく、三十グラムも太ってしまいました。もうレースに出場できません。ほら、目もりは百三十グラムを指しています！」

「いや、スピーディー」と、先生。「ごらん。皿の上に君といっしょに三十グラムの分銅がのっている。つまり、君は百グラムってことだよ。」

「ああ」と、スピーディー。「そういうことですか？　算数は苦手なもんでね。ああ、ほっとした！　ありがたい。太っていないんだ。」

「ところで、スピーディー」と、先生。「この郵便の山にはパナマ行きのものが多いんだが、あしたの配送はだれかな？」

「だれでしたかね」と、スピーディー。「掲示板を見てきます。たしか、金色カケスじゃなかったかな……そうそう」と、スピーディーはすぐもどってきて言いました。

「そうでした。あした、十五日の火曜日は、天気がよければ、金色カケスです。」

「どこ行きかな、スピーディー？」と、先生。「ノートを金庫にしまってしまったのでね。」

「ダオメー〔今のベナン共和国〕からベネズエラ行きです」と、スピーディーは右足をあげて、あくびをかみ殺しながら言いました。

「よろしい」と、ドリトル先生。「それなら、パナマ行きの手紙も運んでもらえるな。さほど遠まわりではないから。金色カケスは、なにを食べる？」

130 - 30 =100g

「ドングリが好物です」と、スピーディー。

「わかった」と、先生。「すまんが、ガブガブに、私からだと言って、島へ行って野生イノシシにドングリを二袋集めるようにたのんでほしいと言ってくれんかね。この郵便局を飛びたつ前に、どの鳥にもたっぷり食事をしていってもらいたいのだよ。」

翌朝、先生が起きると、郵便局のまわりが鳥の鳴き声でたいへんなさわぎになっているので、夜どおしかけて金色カケスがやってきたのだとわかりました。着がえてベランダへ出てみると、そこには、とてもきれいな金色と黒色の鳥たちが数えきれないほど飛びまわり、ひっきりなしにおしゃべりをし、どっさりばらまいてあるドングリを食べていました。

リーダーは、もちろん先生のことを知っていて、指示を受けるべく前へ出て、配達する郵便がどれぐらいあるのか教えてもらいました。

すべての手はずがととのって、これから二十四時間以内に嵐もなければ天気が悪くなることもないと知ると、リーダーは仲間に号令をかけました。すると、鳥たちは、ドリトル郵便局長と郵便局にさようならと鳴きながら、いっせいに飛びたちました。

「ああ、ところで、先生」と、リーダーは、ふとふりむいて言いました。「クリストファー・コロンブスという人、聞いたことがありますか？」

「もちろん」と、先生。「一四九二年にアメリカを発見した人だ。」

「ちょっとお伝えしたかったのですが」と、カケス。「私たちの祖先がいなかったら、あの人は一四九二年に発見できなかったんです。あとで発見したかもしれませんが、一四九二年にはむりでした。」

「おや、ほんとかい！」と、先生。「くわしく教えてくれたまえ。」そして、先生は、ポケットからノートをとり出して、メモをとりはじめました。

「はい。この話は、母から聞いたのですが、母は祖母から聞き、祖母は曾祖母《そうそぼ》から聞いた、という具合にさかのぼって、十五世紀にアメリカに住んでいた私たちの祖先にたどりつきます。当時、カケスは、夏であれ冬であれ、はるばる大西洋のこちら側に来たりしていなかったんです。三月から九月までバミューダ海峡ですごし、それ以外はベネズエラですごしていました。秋に南へむかうときは、とちゅう、バハマ諸島で休んでいきました。

一四九二年の秋は、嵐でした。強風やスコールがしじゅう吹き荒れ、十月の第二週になってようやく旅に出ることができました。私の祖先は、長いあいだカケスのリーダーをしておりましたが、年をとって弱くなり、その年は、金色カケスをベネズエラへ連れていく新しいリーダーとして若い鳥がえらばれました。この若鳥は、うぬぼれ屋で、自分がえらばれたものだから、航行やら天候やら海をわたることやら、なんでも知っている気になっていました。

カケスのむれは、出発してまもなく、バミューダ海峡とバハマ諸島のあいだあたりで、これまでに見たことがないほど大きな船団が西へ進んでいるのを見てたいへんおどろきました。それまでは、せいぜいアメリカ原住民が乗るカヌーぐらいしか見たことがなかったからです。

新リーダーはおじけづき、この大船団に大勢乗っている人たちから見つからないように、むれに陸のほうへ旋回するように号令をかけました。縁起を気にするリーダーだったので、わからないものには近づかないようにしようとしたのです。ところが、私のご先祖さまは、むれからはなれて、まっすぐ船を目指しました。

二十分ほど飛んでから、ご先祖さまは仲間のところへもどってきて、新リーダーに言いました。『あそこの船で、勇敢な男の人がたいへん危ない目にあっている。連中は、新大陸をさがしてヨーロッパから来たのだ。ところが、船乗りたちは、もうすぐ大陸が見えることも知らずに、反乱を起こした。私は年をとった鳥だから、この勇敢な船長のことを知っている。むかし、私は、初めて海をわたったとき、強風に吹かれて、仲間とはぐれてしまい、三日間というもの、荒れくるう風のなかを飛ばなければならなかった。とうとう、ヨーロッパ大陸の近くまで東へ吹き流され、つかれはてて海に落ちそうになったとき、船を見たのだ。ひどい天候でさんざんな目にあい、おなかがすきすぎて死にそうだった私は、とにかく休みたかった。そこで、船に近づいて、なかば死んだようになって甲板にたおれこんだ。船乗りたちは私をかごに入れようとしたが、船長が――それこそまさに今、むこうで反乱を起こした乗組員に殺されかけている人だが――私にパンくずをあたえ、生き返らせてくれた。それから、船長は、天気がよくなると、私がベネズエラへ飛んでいけるように、空へ放してくれた。この善良な男の命を救おうではないか。私たちは陸の鳥だから、あの船へ飛んでいって、私たちのすがたを見せれば、陸が近いとわかって、船乗りたちは船長にしたがうだろう。』」

「そうだった、そうだった」と、先生。「つづけてくれ。コロンブスは、たしかに日記に陸の鳥のことを書いていたよ。つづけてくれたまえ。」

「そこで」と、カケス。「むれ全体がむきを変えて、コロンブスの船団を目指し、ちょうど間に合いました。船乗りたちは、まさに船長を殺そうとしていたのです。『大陸などないくせに、あるとだまして連れてきた。だから、船をひきかえしてスペインに帰れ、さもなければ殺す』と、船乗りたちは言っていたのです。

ところが、私たち陸の鳥が大群をなして西ではなく南西へむかうのを見て、船乗りたちは、きっと南西の方角に、遠からず陸があると考え直したのです。

そうして、私たちは船団をバハマ諸島へ連れていきました。七日めの朝早く、船乗りたちは『陸だ！　陸だ！』とさけんで、ひざまずき、天に感謝をささげました。バハマ諸島のなかの小さめの島であるサンサルバドル島（別名ワトリング島）が、行く手の海の上で、ほほ笑んでいたのです。

すると、船乗りたちは、ついさっきまで殺そうとしていた船長クリストファー・コロンブスのまわりに集まって、世界一の航海士だと言って、ばんざいをさけびました。たしかに、世界一の航海士でしたからね。

しかし、コロンブスその人でさえ、新大陸への近道を教えてくれたのが、数年前に船の甲板にたおれこんできた、ぼろぼろの鳥だったとは、死ぬまで知るよしもなかったのです。

——というわけで、先生」と、カケスは、郵便をもちあげて飛ぶ準備をしながら話を終えました。「私のご先祖さまがいなければ、クリストファー・コロンブスは、船乗りの求めに応じてひきかえしたか、さもなければ殺されていたんです。ご先祖さまがいなければ、アメリカは一四九二年に発見されていませんでした——もっとあとで発見されたかもしれませんが、一四九二年にはできなかったというわけです。さようなら！　もう行かなければなりません。ドングリをありがとうございました。」

第四章　スティーブン岬の灯台

アフリカ西海岸、ファンティッポの北方約三十二キロのところに、海につき出した岬があり、そこにスティーブン岬の灯台と呼ばれる灯台がありました。この灯台は、西アフリカのそのあたりを統治していたイギリス政府が注意深く管理しており、船は、灯台を見て自分の位置を確認できました。このあたりの海岸は危険でした。スティーブン岬の近くには岩や浅瀬が多かったため、もし夜に灯台が消えるようなことがあったら、あたりの海を航行する船は、当然ながら、長い岬にぶつかってこなごなになってしまう危険があったのです。

さて、金色カケスが西へ出ていってまもないある日の夕方、郵便局にいた先生はロウソクの明かりで手紙を書いていました。夜もふけて、動物たちはとっくのむかしにぐっすりと眠っていました。やがて、手紙を書きながら先生は、すぐわきにある開いた窓の外の、はるかかなたから聞こえてくる音に気づいて、ペンを置いて、耳をかたむけました。

それは、沖合のほうから呼ぶ海鳥の鳴き声でした。海鳥というのは、大勢でむれているときでなければ、ふつう鳴かないものです。この呼び声は、一羽の鳥の鳴き声のようでした。先生は窓から顔をつき出して、外を見ました。

真っ暗な夜で、特にロウソクの明かりになれてしまった目には、なにも見えませんでした。ふしぎな呼び声は、何度も何度も聞こえます。まるで海からのなげき声のようです。先生は、それがいったいなんなのか、さっぱりわかりませんでした。しかし、やがて、その音はどんどん近づいてきているように思われました。先生は、ぼうしをひっつかむと、ベランダへかけだしました。

「なんだ？　どうしたんだ？」先生は、海のむこうの暗闇にさけびました。

返事はありません。しかし、やがて、先生が持っていたロウソクを吹き消さんばかりのつばさの風を起こしながら、大きな海カモメが、先生のそばの手すりに降りたちました。

「先生」と、カモメはあえぎながら言いました。「スティーブン岬の灯台の明かりが消えています。どうしたのかわかりません。こんなこと、今までありませんでした。暗くなったあとに空を飛ぶとき、灯台は目じるしになっていたんです。今晩は、墨を流したように真っ暗です。きっと岬にぶつかる船が出てくるにちがいありません。だから、先生にお知らせしなきゃと思ったんです。」

「なんてこった！」と、先生はさけびました。「どうなってしまったんだ？　明かりの係の人が灯台に住んでいるはずだが。夕方ごろには、明かりがついていたかね？」

「わかりません」と、カモメ。「ぼくは、ニシンをとりに行ってきたところなんです――ニシンは今の時期、少し北のほうへ泳いでいきます。ぼくは明かりが見えるものとばかり思っていたものですから、もどってくるときに迷ってしまって、数キロ南へ行きすぎてしまいました。まちがいに気づいてひきかえして、岸近くを飛んでまいりますと、スティーブン岬まで来ても、明かりがついていないんです。真っ暗でした。気をつけて飛んでいなければ、岩にぶつかるところでした。」

「灯台は、ここからどれぐらい先かね？」と、ドリトル先生はたずねました。

「ええっと、陸路で行けば、ここから灯台までは四十キロほどです」と、カモメ。「海の上を行くなら、二十キロほどでしょう。」

「わかった」と、先生は言って、急いで上着をはおりました。「ダブダブを起こすから、待っていてくれたまえ。」

先生は、郵便局の台所へかけこむと、台所のストーブのそばでぐっすり眠っていた家政婦を、気の毒にも起こしました。

「聞いてくれ、ダブダブ！」と、先生はアヒルをゆりうごかしました。「起きろ！　スティーブン岬の灯台の明かりが消えたんだ！」

「なんですか？」と、ダブダブは眠そうに目をあけながら言いました。「ストーブが消えた？」

「いや、スティーブン岬の灯台だ」と、先生。「今、カモメが来て教えてくれた。あたりを通る船が危ない。難破とか、そういう事件が起きてしまう。目をさまして、しゃんとしてくれ、たのむから！」

とうとう気の毒なダブダブは、すっかり目をさまし、事の次第を理解しました。そしてすぐ、たち働きました。

「灯台の場所はわかります、先生。行ってまいりましょう――いえ、カモメの案内は要りません。カモメは先生の案内役にお使いください。先生は、カヌーですぐにあとからいらしてください。私は、なにかわかったら、すぐもどってきて、とちゅうで先生とお会いすることにします。わからなければ、灯台で先生のおこしをお待ちします。でも、よかったですよ、今晩は、海が静かですから。真っ暗ですけどね！」

つばさをパタリとひと打ちして、ダブダブは開いた窓から外へ飛んでいき、夜のなかへ消えました。先生は、小さな黒い診察かばんをつかむと、カモメについてくるように声をかけて、郵便局船の反対のはじへと走っていき、カヌーのロープをほどいて、飛び乗りました。それから、オールで船をおしてカヌーを出し、人なし島をまわりこむようにして、いっしょうけんめいスティーブン岬を目指してこぎはじめました。

暗い海へつき出た細長い岬のなかばぐらいまで来たところで、先生のカヌーはダブダブと出会いました。オールをこぐ音ぐらいしか手がかりがないのに、どうやって先生を見つけたのかは、だれにもわかりません。

「先生」と、ダブダブ。「灯台守《とうだいもり》があのなかにいるなら、病気かなにかでしょう。窓をドンドンとたたいてみましたが、返事がありません。」

「なんてこった！」と、先生はいっそうはげしくこぎながら、つぶやきました。「どうなってしまったのだろう？」

「それだけじゃありません」と、ダブダブ。「ここからじゃ見えませんが、岬のむこう側で、白色灯をつけた大きな帆船が南へ進んでいて、まっすぐ岩場へつっこもうとしています。どこに灯台があるかわからないので、目の前に危険があると気づいていないのです。」

「まずいぞ！」先生はうなり、カヌーをもっと速くこごうとして、オールを折らんばかりに、水をうしろへかきました。

「岩場と船のあいだの距離は？」と、カモメがたずねました。

「一キロ半ぐらいです」と、ダブダブ。「でも、白色灯の高さから見て、大きな船ですから、もうすぐ岬にぶつかるでしょう。」

「このまま進んでいてください、先生」と、カモメ。「ぼくは友だちを呼んできます。」

海カモメは、つばさを広げ、先生が郵便局の窓から聞いたのと同じ鳴き声をあげながら、陸のほうへ飛んでいきました。

ドリトル先生は、カモメがどうするつもりか、わかりませんでした。カモメもまた、ある計画を考えていたものの、その計画がうまく間に合うのかわかりませんでした。しかし、うれしいことに、暗闇のむこうの岩場の岸から、カモメの呼び声に応《こた》える声が聞こえてきました。やがて、夜空を飛ぶカモメのまわりには、何百という仲間のカモメたちが飛びまわっていました。

カモメは、仲間を大きな船のところへ連れていきました。岩場にぶつかってこなごなになる運命にむかって静かに進んでいる船です。操舵手《そうだしゅ》が舵《かじ》をにぎって、小さな暗いランプの明かりで羅針盤の針がゆれているのを見ています。カモメたちは、その操舵手の顔めがけて突撃をかけ、羅針盤のガラスをおおってしまったので、操舵手は船の舵をとれなくなってしまいました。

操舵手は鳥と戦いながら、助けを求め、「前が見えなくて、舵がとれない！」とさけびました。すると、上官たちや船乗りたちが助けにかけつけ、鳥を追いはらってくれました。

一方、カヌーに乗った先生は、スティーブン岬の先頭に着いて、岸にあがり、岩をよじのぼって、真っ黒な海を照らすこともなく空高くそびえたっている大きな灯台を

目指しました。手さぐりで戸をさがしあて、ドンドンとたたき、なかへ入れてくれとさけびました。しかし、なんの答えもありません。ダブダブがしわがれた声で、船の光がもう近くまで来ている――岩場から八百メートルもない――と言いました。

そこで先生は、うしろにさがって走りこみ、ドシンと戸に体当たりをくらわせました。ところが、戸のちょうつがいも、鍵《かぎ》も、荒波がぶつかってもだいじょうぶなように作られていたものですから、まるでハエでもぶつかったかのように、びくともしません。

ついに先生は、怒りのさけびをあげて、いすほどもある大きな岩をもちあげて、力いっぱい灯台の戸の鍵へぶつけました。ガチャンと戸が開いて、先生はなかへ飛びこみました。

船の上では、船乗りたちはまだカモメと格闘していました。何千ものつばさが顔にぶつかってはどんな操舵手も船をあやつれないとわかって、船長は、しばらく船を泊めて、ホースをもってくるように命じました。そして、操舵手のまわりのカモメにむかって強力な放水を浴びせたので、カモメは操舵手に近づけなくなりました。それから、船はまた発進し、ふたたび岬を目指して行きました。

灯台では、先生があいかわらず暗闇のなかでまごまごしていました。両手を前につき出して前へ急ぐと、まず戸口を入ったすぐのところで、たおれていた男の人につまずきました。どうしたのかと、かまってやるひまもなく、先生はその人をとびこえて、塔のらせん階段を手さぐりでのぼりはじめ、てっぺんにある大きなランプを目指しました。

一方、ダブダブは下の戸口のところにいて、海を見張り、船のマストの明かりを見つめました。それは、ほんの少し泊まったのですが、また岩場にむかって近づいてきています。ダブダブは、灯台から大きな光線がぴかっと海を照らしだすのを今か今かと待ちました。先生がランプをつけたらすぐ、船乗りたちに危険を知らせることができるのです。ところが、明かりがつくどころか、やがて聞こえてきたのは、先生が階段の上から呼ぶ、苦々しそうな声でした。

「ダブダブ！　ダブダブ！　灯がつかん。マッチを忘れてきた！」

「えっ、マッチをどこへやったんですか、先生？」と、ダブダブ。「いつも上着に入れていらっしゃるじゃありませんか。」

「受付の机の上の、パイプの横においてきた。」先生の声が暗い階段の上から聞こえます。「でも、この灯台のどこかにマッチがあるはずだ。さがし出そう。」

「そんなこと、できるもんですか」と、ダブダブは大声を出しました。「ここは、真っ暗です。それに、もう今にも、船がやってきちゃいますよ。」

「その男のポケットをさぐってみてくれ」と、ドリトル先生はさけびました。「早く！」

すぐさまダブダブは、まだ床にのびている男のポケットをすっかりさがしました。「マッチはありません」と、ダブダブは大声で言いました。「一本も。」

「なんてこったい！」と、ドリトル先生は、ぶつぶつ言いました。

先生が上で、ダブダブが下で、マッチがないためにあの大きな船がこれから難破しようとしているのだと考えて気落ちしているあいだ、灯台はしんと静まりかえっていました。

ところが、とつぜん、真っ黒な夜のしじまのなかの、どこか近いところから、やさしい、歌うような小声が聞こえました。

「ダブダブ！」と、先生はささやき声で呼びました。「聞こえたか？　カナリアだ！　どこかでカナリアが歌っている――たぶん、灯台の台所に、鳥かごがあるんだ！」

先生は、ドタドタと階段を下りてきました。

「さあ」と、先生。「台所をさがそう。カナリアは、きっとマッチがある場所を知っている。台所をさがすんだ！」

ふたりは暗闇のなかを転がり、壁を手さぐりしました。そのうちに、やがて背の低いドアを見つけ、それをあけると、ふたりは台所へつづく短い階段を頭から転げ落ちました。そこは、灯台が立っている岩をくりぬいて造った小さな地下室でした。ほかと同様に真っ暗でしたので、もし火かストーブがそこにあったとしても、消えてからずいぶんたっていたはずです。しかし、ドアが開くとすぐに、カナリアがさえずる歌声が大きく聞こえました。

「教えてくれ」と、ドリトル先生は、カナリアのことばで呼びかけました。「マッチはどこだ？　急いで！」

「ああ、やっと、いらしてくださいましたね」と、かん高い、礼儀正しい、小さな声が、暗闇から聞こえました。「私のかごにカバーをかぶせてくださいませんこと？　すきま風があって、よく眠れませんの。お昼すぎから、どなたもいらっしゃらなくって。灯台守はどうしてしまったのかしら。お茶の時間には、いつもカバーをかけてくださるのに。今晩はぜんぜんカバーをかけてくださらないから、ずっと歌っていたんですのよ。カバーは、そこの――」

「マッチよ！　マッチ！　マッチはどこ？」と、ダブダブが金切り声をあげました。

「灯台の明かりが消えて、船が危ないのよ！　マッチはどこにおいてあるの？」

「暖炉のかざりだな《マントルピース》の上、こしょうの箱のとなりですわ」と、カナリア。「こちらへ、私のかごのところへいらして、左側の壁をずっとさわって――高いところを伝っていらっしゃれば、手にさわりますわ。」

先生は、部屋のなかを、とちゅうでいすをひっくりかえしながら、急いで、壁を手でさぐりながら進みました。石造りのたなの角に手がふれると、次の瞬間、ダブダブはほっと深いため息をつきました。カシャカシャというマッチ箱のうれしい音が聞こえ、先生がまごつきながらも、マッチをすってくださったからです。

マッチがぼんやりと台所を照らしだすと、カナリアが言いました。「テーブルの上にロウソクがございますわ――そこ――ほら――うしろです。」

ふるえる指で、先生はロウソクをともしました。それから、手で炎を守りながら、部屋からとびだして、短い階段をのぼりました。

「ようやくだ！」と、先生は、ぼそぼそと言いました。「手おくれにならんといいが！」

台所から出る短い階段をあがったところで、海カモメと出会いました。仲間を二羽連れて、灯台へ来てくれたのです。

「先生」と、カモメはさけびました。「ぼくたち、できるかぎり船をとどめたんですが、おろかな船乗りたちは、ぼくたちが助けようとしていることもわからずに、ぼくたちにホースで水をかけたので、あきらめなければなりませんでした。船はもうすぐそこまで来ています。」

先生はものも言わずに、灯台のらせん階段を急ぎました。ぐるぐると上へあがっていくと、目がくらんで転げ落ちそうになりました。

とうとう、てっぺんの大きなガラスのランプのある部屋まで来ると、先生はロウソクをおいて、同時にマッチを二本すって、両手に一本ずつ持って、大きなしんの二か所に火をつけました。

　このときまでにダブダブはまた外へ出て、近づいてくる船をさがして海を見つめました。そしてついに大きな光が、灯台のてっぺんの巨大なランプからふいに海全体へ広がりますと、船の先がなんと岬の岩の岸から九十メートルもないところまでせまっているのが見えました！

　それから、見張りが危ないとさけび、船長が命令をどなり、笛がピーピー鳴り、鐘がジャンジャン鳴りました。そして、なんとか間に合って、海底の墓にしずむこともなく、大きな船はその鼻先を海のほうへぐるりと回転させて、ぶじに進んでいったのでした。

第五章　カモメと船

朝日が灯台の窓からさしこんできたとき、先生はまだ灯台の階段の下でたおれていた灯台守のようすを見ていました。

「気がつきますよ。」ダブダブが言いました。「ほら、目がぱちぱちしはじめました。」

「台所からきれいな水をもう少しもってきてくれないか」と、先生は、男の頭の横にできている大きなこぶに、水をふくんだ布を当てながら言いました。

やがて、灯台守は目をぱっちりとあけて、先生の顔をじっと見つめました。

「だれだ？——どうしたんだ？」男は、ぼけたようにつぶやきました。「明かりだ！——明かりをつけなくちゃ！——明かりをつけなくちゃ！」そして、弱々しく起きあがろうと、もがきました。

「だいじょうぶだよ」と、先生。「明かりはつけた。それにもう、ほとんど朝だ。ほら、これをお飲みなさい。そうしたら、気分がよくなる。」

先生は、小さな黒いかばんからとり出したお薬を男の口にあてがいました。

しばらくして、男は自分の足で立てるぐらい元気になりました。そして、先生にささえられながら、男は台所まで歩いていきました。そこで、先生とダブダブは、男をひじかけいすにすわらせてやり、ストーブをつけ、男のために朝食を作ってやりました。

「どなたかは知りませんが、ほんとにありがとうございます」と、男は言いました。「いつもはここに、おいらと相棒のフレッドのふたりがいるんです。でも、きのうの朝、やつは牡蠣《かき》をとりに二本マストの帆かけ舟で出かけちまって、それで、おいらはひとりっきりでした。昼ごろ、ランプに新しいしんをつけたあと、階段を下りてたら、足がすべって下まで転げ落ちたんでさ。でもって、頭が壁にぶつかって、すっかり気を失っちまった。あなたが見つけてくれるまで、あそこにどれぐらい長くのびていたのか見当もつかねえんですよ。」

「まあ、終わりよければすべてよしだ」と、先生。「これを飲みなさい。君、おなかがぺこぺこだろう。」

先生は、湯気のたっているコーヒーの入った大きなカップを灯台守に手わたしました。

朝の十時ごろ、相棒のフレッドが牡蠣とりから小さな帆かけ舟で帰ってきました。そして、自分が休みをとっているあいだに起こった事故について聞くと、たいへん心配しました。フレッドは、相棒と同じくロンドンっ子の船乗りでした。ゆかいな男で、先生がいっしょにいてくださると、さびしくつまらない生活が楽しくなると、相棒——けがは、もうほとんどよくなっていました——とともによろこびました。

ふたりはドリトル先生を灯台じゅう案内して、灯台の仕組みをお見せしました。そして、外に出ると、自分たちが塔のそばに植えたトマトやキンレンカの小さな菜園も見せて、大得意でした。

ふたりは、年に一度だけ休みをとるのだと、ドリトル先生に語りました。すなわち、政府の船がスティーブン岬の近くへ、留守番役のべつのふたりを連れてきてくれるので、六週間の休みのあいだ、イギリスに帰してもらえるのだそうです。

ふたりは、自分たちの大好きなロンドンについてなにか知らせはありませんかと先生にたずねましたが、先生もまた、ずいぶん長いあいだロンドンに行っていませんでした。ところが、三人で話しているときに、チープサイドが先生をさがして灯台の台所へ飛んできました。ロンドンのスズメは、灯台守たちもロンドンなまりでしゃべるので、大よろこびでした。そして、先生に通訳をしていただいて、ロンドン東部の湾岸地区であるワッピング地区やライムハウス地区、東インド会社の波止場、テムズ河での荷の積み降ろしについて、最新のうわさ話をしました。

先生がチュンチュンと言いながら、チープサイドを相手に話しはじめたとき、ふたりの灯台守は、先生がまちがいなく、いかれてしまったと思いました。でも、自分たちがたずねたことへの答えを聞いてみると、スズメが教えてくれるロンドンのニュースはでたらめではないとわかったのです。

チープサイドは、アフリカに来てから、このふたりのロンドンっ子の顔ほどいいものを見たことがないと言いました。そして、それ以来、この新しい友だちを訪ねに、ひまなときにはいつも灯台へ飛んできました。もちろん、ふたりのどちらも、スズメのことばを知りませんでしたし、ましてやロンドンなまりのスズメ語などわかるはずもありませんでしたので、ふたりと話すことはできませんでしたが、チープサイドはそれでもふたりといっしょにいるのが好きだったのです。

「まったく、すてきな、まっとうなキリスト教徒たちだぜ」と、チープサイド。「ここいらの異教徒とは月とスッポンさ。ちょいとフレッドが『わが墓よ、緑なれ』を歌うのを聞いてみやがれってんだ。」

灯台守たちは、先生がお帰りになるのをざんねんがり、今度の日曜に先生が夕食を食べにまた遊びに来ると約束なさるまで先生を帰しませんでした。

それから、ふたりは先生のカヌーに真っ赤なトマトやキンレンカの花たばをどっさり積みこみました。灯台守たちが灯台の戸口から手をふって見送るなか、先生は、ダブダブとチープサイドをカヌーに乗せて、ファンティッポを目指してこぎ出しました。

郵便局への帰り道、さほどこぎ進まぬうちに、灯台のことを知らせてくれた海カモメが先生に追いつきました。

「もうだいじょうぶなんですか、先生？」カヌーのまわりを優雅にぐるりと飛びながら、カモメはたずねました。

「ああ」と、先生はトマトをがぶりとかじりながら言いました。「灯台守が階段から落ちて頭をひどく打ったんだ。でも、しばらくして、すっかりよくなったよ。しかし、カナリアがマッチのありかを教えてくれなかったら——それから、君たちがあの船を泊めてくれなかったら——あの船はおだぶつだったね。」

先生がトマトの皮をカヌーの外へ投げると、カモメはそれが海へ落ちる前にじょうずに空中でキャッチしました。

「間に合ってよかったですね」と、カモメ。

「教えておくれ」と、先生は、カヌーのまわりを、カーブを描いたりしながらふわふわ飛んでいるカモメを考え深そうに見つめながらたずねました。「どうして明かりのことを知らせにきてくれたんだね？　カモメは、ふつう、人や船のことなど気にしないのではないかね？」

「そんなことはありません、先生」と、カモメは、すばらしい正確さでまたトマトの皮をキャッチしながら言いました。「船も、船に乗っている人たちも、ぼくたちには大切なんです。この南方ではそれほどでもありませんが、北方では、冬に船がいないと、ぼくたちカモメは食べ物が見つけられなくてこまってしまいます。寒くなって魚や海の食べ物が少なくなると、ぼくたちは河をたどって町まで出たり、きれいな水鳥が飼われている公園の人工湖でたむろしたりすることもあります。人間は公園にやってきて、湖の水鳥にビスケットを投げますが、ぼくたちがいると、ビスケットは、湖にとどく前に、こんなふうにとられてしまうわけです。」

そう言ってカモメは、いなずまのようにつっこんで、三つめのトマトの皮をキャッチしました。

「でも、船のことはどうなんだい」と、先生。

「ええ」と、カモメは、口のなかがトマトの皮でいっぱいだったので、もごもごと、つづけました。「ぼくたちは、冬にエサを食べるには、船の近くにいるほうがずっといいんです。だって、公園のきれいな水鳥から食べ物をぜんぶひったくるのは、あまりほめられたことではありませんからね。だから、しかたがないとき以外はやりませんん。いつもは、冬のあいだ、船にくっついているんです。二年前などは、いとこといっしょに、客船の旅客係が海に投げ捨てる残飯をもらって、一年じゅう船を追いかけていました。天候が悪ければ悪いほど、たくさんもらえます。なぜなら、海が荒れると、乗客の食欲がなくなって、ごはんがごっそり捨てられてしまうからです。ぼくといとこは、イギリスのグラスゴーとアメリカのフィラデルフィアのあいだを往復する大西洋横断郵便定期船にぴったりくっついて、海を何十回と往復したものです。でも、そのあと、イギリスのティルベリーとアメリカのボストンのあいだを往復するビナクル定期便というのに乗りかえました。」

「なぜだい？」と、先生はたずねました。

「そちらの船のほうが、おいしい料理を出しているってわかったんです。ビナクル定期便だと、毎日三度三度のごはんのほかに、朝のおやつにビスケットを投げてくれて、午後のおやつや夜食のサンドイッチもくれました――ぼくたちは、まるで軍鶏《シャモ》みたいにごちそうをたらふく食べて暮らしました。もう永遠に船にくっついていようかと思ったくらいですよ。すごい生活でした。食べてばっかりいたんですから、先生――ほんと。ですから、船には――特に客船には――まちがいがあってほしくないんです。」

「ふむ！　実におもしろい」と、先生はつぶやきました。「君は、これまでに何度も船の事故を見てきたのかね？」

「そりゃあ、どっさりとありました」と、カモメ。「嵐もあれば、夜間の衝突もあれば、霧で迷子になることもあり、そりゃあ、いろいろありましたよ。そうです、ずいぶんたくさんの船が海でこまっているのを見ました。」

「おっと！」と、先生は、こぐのをやめて顔をあげました。「そら、もう郵便局にもどってきた。あそこでボクコチキミアチがお昼ごはんの鐘を鳴らしている。ちょうど間に合った。レバーとベーコンのにおいがする――このトマトは、つけ合わせにぴったりだな。君もいっしょにどうだね？」と、先生はカモメにたずねました。「君の船での生活についてもっといろいろ聞きたい。ちょっと思いついたことがあるもんだからね。」

「ありがとうございます」と、カモメ。「少しおなかがすいていましてね。ご親切にどうも。船の食べ物を船のなかで食べるなんて、初めてですよ。」

カヌーが郵便局船に結わえつけられると、みんなは船にあがって、お昼を食べようと台所のテーブルにつきました。

「さて」と、みんなが席に着いたとたん、先生はカモメに言いました。「霧のことを言っていたね。そんな天気のときは、君自身はどうするんだい――君だって、船乗りと同じように、霧のなかで目はきかないだろう？」

「ええ」と、カモメ。「たしかに人間と同じで、霧のなかでは見えません。でもね、もし霧が出たからって、船乗りみたいにどうしようもなくなってしまったら、ぼくたちはしょっちゅう迷子になりっぱなしですよ！　コツがあるんです。つまり、どこかへ行くとちゅう、霧のなかへ入りこんでしまったら、その上へ飛びあがるんです――空気の澄んでいる上空へ。そうしたら、どちらへ行けばいいか、すぐわかります。」

「なるほど」と、先生。「だが、嵐は？　嵐にあったら、どうやって身を守るのかね？」

「そうですね。もちろん、嵐だと――ひどい嵐だと――海鳥でも、好きなところへ行けなくなります。ぼくたち海鳥は、本格的な強風には決して逆らいません。海ツバメは逆らうこともありますが、ぼくたちは逆らいません。つかれてしまいますからね。それに、嵐の最中に降りてきて海面に浮かぶなにかにとまったり、泳いだりするのは、危ないんです。ぼくたちは、嵐といっしょに飛ぶんです――飛ばされるままに。そして、風がやんだら、もどってきて目的地へむかいます。」

「だが、それでは、ずいぶん時間がかかってしまうだろう？」と、先生はたずねました。

「ええ」と、カモメ。「少し時間をむだにしますが、でも、めったに嵐にあったりはしませんから。」

「どういうことかね？」と、先生。

「嵐にあう前に、どこに嵐があるかわかるんです。ですから、それをさけて、まわり道をします。経験をつんだ海鳥なら、ひどい嵐につっこんだりはしません。」

「しかし、どこに嵐があるか、どうやってわかるんだね」と、先生。

「それはですね」と、カモメ。「いつどこで天気が悪くなるか、ぼくたち鳥は、船乗りなどよりもずっとよくわかるんですが、それは、ぼくたちはとても目がよくて、経験があるからです。第一に、空高くまいあがって、百キロ四方の海を見わたすことができます。それから、強風が近づいているとわかれば、むきを変えて逃げることができます。しかも、どんな強風よりも速く飛ぶことだってできるんです。そして、ぼくたちは船乗りよりずっと経験をつんでいます。船乗りは気の毒に、自分たちは海のことを知っていて、海の上で生きているなんてばかなことを思っていますが、そんなことはないんです。ほんと、そんなことは、ありません。船乗りは、船に乗っている時間の半分は船室ですごしているんです。岸にあがったりもしますし、寝ている時間も多いです。甲板に出てきたとしても、必ずしも海を見ていません。ロープだの、ペンキのはけだの、モップや、バケツだのをいじっているんです。船乗りが海を見ているときなんてめったにありませんよ。」

「船乗りは海にうんざりしているんだろう、気の毒に！」と、先生はつぶやきました。「そうかもしれませんが、結局のところ、腕のいい船乗りになりたければ、海を知らなきゃしょうがないじゃありませんか？　海を見て、勉強しなきゃ。ぼくたち海鳥は、昼も夜も、春夏秋冬いつだって、ほとんど一生、海を見て暮らしています。そこが、ちがうんです。」

カモメは、ダブダブがもってきたパン立てから新しいトーストを一枚とりながら言いました。

「ちがいは、こうです。ぼくたちは海を知っているっていうことです。ねえ、先生、ぼくを窓のない小さな箱にとじこめて、どこでも、てきとうに大海原のまんなかへ連れていって箱をあけて、ぼくに海を見せてくだされば――たとえ、あたりに陸地がちらりとも見えなくたって――そこがどこの海かわかりますし、しかも、ほとんどキロ単位の正確さで、位置だって言えます。でも、もちろん、何月何日だか知っている必要はありますけれどね。」

「それはすごい！」と、先生は大声を出しました。「どうやるんだね？」

「海の色でわかるんです。海に浮かんでいる小さなものでわかります。海にどんな魚や生物が泳いでいるかでわかるんです。小さなさざ波や大波のようすでもわかります。海のにおい、海の味、塩からさ、そのほか二百ぐらいのいろんなことでわかります。でも、たいていは――いつもではないですが、たいていは――箱から出たとたん目をつむっていても、この羽にあたる風を感じるだけで、どこだかわかりますよ。」

「こりゃ、たまげた！」と、先生はさけびました。「信じられん！」

「そこが、船乗りの一番こまったところです、先生。連中は、風のかんじんなところがわかっていないんです。北東の風と西風がちがうことはわかるでしょうし、強風と弱風の区別もつくでしょうが、せいぜいそれぐらいです。ところが、ぼくたちみたいに、生まれてからほとんどずっと風に乗って、まいあがったり、まいおりたり、宙に浮かんだりしていれば、風には方角や強さ以外に、もっといろいろあるとわかります。風の科学さえ知っていれば、風がどんなふうに吹きあげたり吹きおりたりするか、どんなふうに強まったり弱まったりするかということから、いろいろなことがわかるんです。」

第六章　気象局

お昼ごはんがすむと、先生は台所のストーブの横のひじかけいすにすわって、パイプに火をつけて、カモメに言いました。

「この郵便局で、もうひとつ新しい仕事をはじめようと思う。郵便の仕事を手伝ってくれた鳥の多くは、ずいぶん正確に天気予報ができるようじゃないか。それに今、君が海や嵐について教えてくれたことを聞いていて、気象局をやってみたらどうかなと思ったんだ。」

「なんですか、それ？」テーブルの上のパンくずを集めて、あとで甲板にまいておいて鳥たちにやろうとしていたジップがたずねました。

「気象局というのは」と、先生。「特に船に乗っている人や、農民にとって、とても大切なものだ。これから天気がどうなるかを教えてくれる役所だよ。」

「どうやって先の天気を当てられるんですか？」と、ガブガブ。

「当てられないさ、これまでの天気予報ではね」と、先生。「当たることもあったが、しょっちゅうはずれていた。温度計、晴雨計、湿度計、風速計といった道具を使って予報するんだが、これまでの天気予報は、かなりひどかった。鳥だったら、ずっとうまくいくんじゃないかな。鳥は、めったにまちがえずに、先の天気を読みとるわけだから。」

「どんなところの天気をお知りになりたいんですか、先生？」と、カモメはたずねました。「ファンティッポとか西アフリカとかだけなら、お茶のこさいさいですよ。このあたりで変わった天気と言えば、トルネード〔アフリカ西海岸などに起こる雷雨〕ばかりですからね。あとは、ずっと干あがるような暑さです。でも、マゼラン海峡とか北極海の島ノヴァヤゼムリャとか、いろいろなところのおもしろい天気を予報したいというなら、話はちがいます。イギリスの天気予報をするのだって、かなりたいへんですよ。イギリスじゃ、どんな天気になるか、天気のほうだってわかっていませんからね。」

「イギリスの天気に文句つけてんじゃねえよ」と、チープサイドが、羽を逆立てて、けんかごしで言いました。「てめえ、船乗りより海を知ってるからって、えらそうにイギリスのことをつべこべぬかすんじゃねえ。ここの天気がなんだって？　こりゃ、天気じゃねえだろ？　こりゃ、サウナぶろじゃねえか。イギリスじゃ、天気にゃ、うつり変わりがあるのさ。おれはそれが気に入ってんだ。だから、イギリス人は元気な赤ら顔をしてるのさ。ここじゃみんな真っ黒じゃねえか。」

「できれば」と、先生。「世界じゅうの天気の予想ができるといい。いや、そうすべきだろう。この郵便局と、あちこちにある郵便支局は、地球のすみずみまで行く鳥たちと連絡している。全人類の農業を改善することができるぞ。だが、とりわけ、船を助ける海洋気象局がいるな。」

「あっ、そうだ」と、カモメは言いました。「陸の天気についてはあまりお力になれませんが、海のこととなれば、どんな気象局よりも海の天気についてわかっている鳥がいますよ。」

「ほう」と、先生。「だれだね？」

「ワンアイと呼ばれています」と、カモメ。「とても年寄りのアホウドリです。何歳なのか、だれも知りません。ミサゴ相手に、カレイをとりあうけんかをして、片目を失いました。でも、あれほどすばらしい気象予報士は、ほかに、この世のどこにもいません。海鳥はみな、ワンアイの意見に最大の敬意をはらっています。一度もまちがえたことがないんですから。」

「そうなのかね？」と、先生。「ぜひ会ってみたいものだ。」

「連れてまいりましょう」と、カモメ。「ここからあまり遠くないところに住んでいます――アンゴラの海岸から少しはなれた岩の上に家があります。ワンアイは体が弱く、目も悪くなって、生きのいい魚などをとることができなくなってしまい、貝がどっさりいる岩に住んでいるんです。すばらしい旅をつづけてきた鳥にしては、年をとってつまらない生活をしているんですよ。先生がワンアイに助けを求めていると知ったら、そりゃあ大よろこびしますよ。今すぐ話してまいりましょう。」

「そうしてくれるとありがたい」と、先生。「君の友だちは、とても役に立ってくれそうだ。」

そこでカモメは、先生とダブダブにおいしいお昼ごはんの礼を言い、アンゴラ行きのはがきを二枚くわえると、片目のアホウドリを連れてくるために飛びさりました。

その午後、カモメは、年寄りの鳥の気象予報士である偉大なワンアイを連れて帰ってきました。

先生がのちに語ったところでは、これほど船乗りを思わせる鳥には会ったことがなかったそうです。船乗り特有の体をゆするような大また歩きをし、魚のにおいがぷんぷんして、天気のことを話すときは、年寄りの船乗りがよくやるように、片目で空をにらみあげるくせがありました。

鳥の気象局とはなかなかよいアイデアで、これまでよりもずっとよい天気予報ができるだろうと、ワンアイは先生に賛同しました。それからワンアイは、まるまる一時間半、先生に風についての講義をしました。そのひとことひとことを、ドリトル先生はノートに書きとりました。

天気が変わるのは風のせいだ、というのが、その講義の要点でした。たとえば、木曜日のお茶の時間にチャネル諸島で雨が降っていて——北東の風が吹いていたら——木曜の夜には、その雨はきっとイギリスにやってきます。

次に先生がなさったのは、郵便支局長全員に手紙を書いて、さまざまな種類の鳥たちに毎年のわたりをはじめる時を正確に——十一月の第二週とかそういうことではなく、正確に何時何分というように——してもらいました。それから、それぞれの種類の鳥の速さを知ることで、ほとんど分刻みで目的地への到着時間を計算しました。到着がおそくなれば、とちゅうで天気が悪いせいでおくれたとか、嵐がやむまで出発を延期したとかいうことがわかるわけです。

先生は、カモメ、ワンアイ、ダブダブ、チープサイド、波飛びのスピーディー、算数の得意なトートーらと頭をよせ合って、夜おそくまで議論し、きちんとした気象局を運営するための準備について細かなところまでいろいろ決めました。数週間後、ふたつめのできたての掲示板が先生の郵便局の壁に、到着便と出発便の掲示板のとなりに、立てられました。

新しい掲示板には、一番上に「天気予報」と記され、こんなふうに書いてありました。

アメリカササゴイが、サンドイッチ島からホーン岬へ着くのに、一日と三時間九分おくれました。南南東の風が吹くでしょう。チリ西海岸沿岸は時化《しけ》となるでしょう。南極海に強風注意報が出ています。

それからまた、陸鳥――特に木の実を主食とする鳥――は、自分たちの国で冬がきびしくなるかどうかを先生に手紙で教えて、先生のお役に立ちました。先生は、世界じゅうの農民に手紙を書いて、これからひどい霜がおりますとか、春に雨が多くなるでしょうとか、夏に雨が少ないでしょうと教えてあげたので、農民は大いに助かりました。

こうなると、今までは嵐をおそれて海になかなか出かけなかったファンティッポの人たちも、りっぱな気象局のおかげで、どんな天気になるかがわかったので、これまでのちっぽけなカヌーの代わりに、大きな帆船を造るようになりました。そして、いわゆる貿易国となり、西アフリカ海岸のほかの国々と貿易をし、ずっとアフリカ大陸沿いに南下して喜望峰《きぼうほう》まで行き、そこからぐるりとインド洋側へもまわりこんで外国の人々と商売をしました。

こうして、もちろん、ファンティッポの王国は、前よりもずっとお金持ちになり、ずっと重要な国になりました。王さまは多額のお金を国際郵便局へあたえたので、先生はそのお金を使って郵便局船を大型の最新式にしました。

やがて、人なし島の気象局は、海外でも知られるようになりました。先生からとてもよく当たる天気予報を手紙でもらっていたイギリスの農家の人たちは、ロンドンへ出むいて、「ロンドンの天気予報はだめだ。アフリカのどこからか、ジョン・ドリトル医学博士とかいう人が送ってくれる天気予報のほうがずっといい」と、政府に伝えました。

そこで、政府は、これは一大事と、白髪のお年寄りの王立気象協会員をファンティッポへ送りこんで、先生がどうやっているのか調べさせました。

ドリトル先生は、ある日、そのおじいさんが、郵便局のまわりをこそこそうろついて、掲示板を読んだりして、どうなっているのか見てやろうとしているところを見つけましたが、おじいさんにはなにもわかりませんでした。老人は、イギリスにもどると、政府にこう言いました。

「なにも新しい道具を使っているわけではありません。あれは、いんちきです。古い船のまわりに、うるさい鳥がたくさん飛びまわっているだけでした。」

第七章　通信教育

先生の郵便局は、教育面でもとても重要な役目を果たし、どんどん発展していました。最初に先生がスピーディーに言ったとおり、動物たちは、自分たちの郵便局があることの便利さがわかるようになると、みんな、どんどん利用するようになりました。そして、もちろん、スピーディーが予言したとおり、みんなが書く手紙のほとんどは、先生あてでした。やがて、お気の毒に、先生は病気のことをたずねてくる手紙にうもれてしまいました。

イヌイット〔エスキモー〕のそり犬たちは、はるばる北極圏から、体毛がぬけるのをどうしたらいいだろうかと書いてよこしました。体毛は、北極の風から身を温かく守るために必要なもので、もちろんとても重要なのです。そこで、ドリトル先生は、ぬけ毛を治すやりかたを見つけるべく、土日をまるまるつぶして、ジップに育毛剤《ヘア・トニック》をかけて実験してみました。ジップは、先生が仲間の犬のためにやっていることを知っていましたから、しんぼう強く、文句ひとつ言わず、じっとがまんをしていました。

ただ、先生があまりにいろいろな油を毛にかけるので、自分が薬屋にでもなったような気がすると言い、二週間ものあいだ鼻がきかなくなってしまったとこぼしました。

病気のことをたずねる手紙のほかに、先生は、世界じゅうの動物たちから、あかちゃんになにを食べさせたらよいかとか、巣作りになにを使ったらよいかといった、ありとあらゆることについていろいろな手紙をもらいました。勉強したいという新たな意欲を持った動物たちは、さまざまなことをたずねてきたので、なかには、先生にもだれにも答えられないものもありました。たとえば、星はなにからできているのですか、どうして潮の満ち引きがあるのですか、それを止めることはできますか、といったことです。

そこで、先生の郵便局がきっかけとなって出てきたこうした多くの求めに応じるために、ドリトル先生は、史上初めて、動物のための通信教育をはじめました。

すなわち、「若いウサギが知っておくべきこと」「霜がおりる季節の足のお手入れ」などと記したパンフレットを印刷して、何千冊も郵送したのです。

それから、行儀作法についても、たいへん多くの手紙が先生によせられたので、先生は『動物のエチケット』という本をお書きになりました。今となっては、めったに手に入りませんが、とても有名な本です。先生は、それをお書きになったとき、初版を五万部も刷って、一週間ですべて郵送なさったのです。『ペンギンのための一幕劇集』という、やはりとても有名な本をお書きになって配布なさったのも、このころでした。

でも、ざんねん！　お返事をしなければならない手紙の数は、へるどころではありませんでした。すでにたくさん来ていた先生あての手紙は、べんりな本を出した結果、百倍にも増えてしまったのです。

パタゴニアにいるブタからは、こんな手紙をもらいました。

こんにちは、先生。先生の『動物のエチケット』を読んで、とてもためになりました。私《わたくし》はもうすぐ結婚します。結婚式に出席してくださるかたへ、お花の代わりにカブをもってきてくださいとおねがいするのは、正しいでしょうか？
育ちのよいブタを紹介するときは、「ヴァージニア・ハムおじょうさん、こちらは、フランク・フッターさんです、お会い肉さま」と言うのでしょうか、「どうぞよろしく」と言うのでしょうか。
さようなら
バーサ・ベーコン
追伸　婚約指輪はもう鼻にはめていますが、鼻にはめるのでよいのでしょうか？

そして、先生はこんなお返事を書きました。

こんにちは、バーサさま。ブタを紹介するときは、私なら「お会い肉さま」と言うのはさけます。「どうぞよろしく」で、まったくかまいません。エチケットや行儀作法というものは、相手を気持ちよくさせるためにあるもので、こまらせるためのものではありません。

結婚式にカブというのはまったく正しいと思います。へたを切り落とさないで、そのままもってきてもらうのがいいでしょう。花たばのように見えますから。

さようなら

ジョン・ドリトル

第三部

第一章　動物の雑誌

次にみなさんにぜひお話ししたいのは、お話懸賞コンテストのことです。先生が動物たちにいろんなおもしろい話をしてあげた「パドルビーの暖炉ばたのお話会」は、すっかり有名になりました。トートーは、いつもその話ばかりし、ジップと白ネズミは、そのじまんをしました。(だって、あのえらい先生のおうちのものだと言えるなんて、たいへんほこらしいことでしたもの。)

やがて、世界じゅうの動物たちが、この新しい郵便局が配達する手紙によって、お話会のことを知ってうわさしたりしました。そのうち、先生は、お話をしてくださいというおねがいの手紙をたくさん受けとりました。先生は、動物のお医者さんや動物の教育者としてのみならず、動物の本の作家としても有名になったのです。

北極から、ホッキョクグマ、セイウチ、ホッキョクギツネが、何十通と手紙をよこして、先生の医学のパンフレットや、エチケットの本のほかに、軽い楽しい読み物を送ってくださいと言ってきました。冬の夜(北極では、長い夜が何週間もつづきます）には、自分たちの知っているお話を話しつくしてしまうと、すごくつまらなくなってしまうと言います――冬のあいだずっと眠りつづけるわけにもいかず、さみしい氷盤の上や、ふぶきが運んできた雪の下のほら穴や巣のなかで、なにか楽しいことをしないではやっていられないのだそうです。しばらくのあいだ、先生は、もっと深刻なことでずっといそがしくしておられたので、そのことを考えてあげられなかったのですが、ずっと忘れずにいらして、ついに、その問題にとり組むにはどうしたら一番よいだろうと考えるようになったというわけです。

さて、先生の動物たちも、郵便局が一段落して、おちついてしまうと、夜になにか楽しみはないかとひまをもてあますようになりました。ある晩、みんなが郵便局船のベランダにすわって、なにして遊ぼうかと考えていると、ジップがふいに言いました。

「いいこと思いついた。先生にお話をしてもらおう。」

「いやいや、みんなは、私の話をもうぜんぶ聞いてしまったよ」と、先生。『スリッパさがし』でもしたらどうかね？」

「この郵便局船じゃ、せますぎます」と、ダブダブ。「前にここでやったとき、ガブガブがボクコチキミアチの角にはさまってしまいましたからね。先生はお話をたくさんご存じです。ひとつ話してください。短いのでよろしいですから。」

「じゃあ、どんな話がいいかな？」と、ドリトル先生はたずねました。

「カブ畑のお話」と、ガブガブ。

「そんなのは、だめだ」と、ジップ。「先生、パドルビーの暖炉のそばで、ときどきなさっていたことはどうです。なにかお話を思い出させてくれるものが出てくるまでポケットのなかのものをテーブルに出していくんです。おぼえていらっしゃいますか？」

「それはいいが……」と、先生。

そのとき、先生は、いいことを思いつきました。

「いいかな」と、先生は言いました。「みんなも知ってのとおり、いろいろな動物たちが私に手紙をよこして、お話を送ってくれとたのんできている。北極あたりの動物たちは、長い冬の夜をすごすために、軽めの読み物がほしいそうだ。そこで、動物雑誌をはじめようと思うんだ。『月刊北極』という名にしよう。そいつを郵送して、ノヴァヤゼムリャ支局へ配達してもらおう。そこまではいい。だが、大きな問題は、月刊誌をうめるのにじゅうぶんな物語や写真や記事といったものをどうやって集めるかだ。たやすいことではない。だから、いいかい、君たちに今晩お話をひとつしてあげるから、この新しい雑誌を手伝ってくれなければいけないよ。毎晩、お楽しみがほしいなら、交代でお話をしよう。それで、すぐに七つのお話がそろう。毎月ひとつのお話を印刷しよう――それ以外は、その日のニュース、医学的助言のコラム、あかちゃんとおかあさんのページなどだ。それから、お話懸賞コンテストをしよう。読者に、どのお話が一等賞か決めてもらうんだ。動物たちに意見を書き送ってもらい、勝った人に賞品をあげる。どう思う？」

「なんてすてきな考えだろう！」と、ガブガブが大声を出しました。「あしたの晩は、ぼくがお話をするよ。いいお話があるんだ。どうぞ、先をつづけてください、先生。」

そこで、ドリトル先生は、ズボンのポケットをひっくりかえし、なにか話を思い出させてくれるものはないか、とテーブルに中味を出しました。いろいろなものが出てきました。糸、針金、ちびた鉛筆、刃の折れたポケットナイフ、コートのボタン、ブーツのボタン、虫めがね、コンパス、コルクのせんぬきがありました。

「あんまりたいしたものはないね」と、先生。

「チョッキのポケットはいかがですか」と、トートー。「一番おもしろいものは、きっとそこですよ。パドルビーを出て以来、中味を出していらっしゃいませんから、たくさん入っているでしょう。」

そこで、先生はチョッキのポケットをひっくりかえしました。なかからは、懐中時計がふたつ（こわれているのと、いないの）、巻き尺、くつ直し用の糸にぬるロウ、穴のあいた硬貨《コイン》、そして体温計が一本出てきました。

「それはなあに？」と、ガブガブが体温計を指さしました。

「人間の体温を計る道具だ」と、先生。「ああ、それで思い出した。」

「お話を、ですか？」と、トートーが大声をあげました。

「ほらね」と、ジップ。「こうしたものには、お話があるものさ。なんというお話でですか、先生？」

「そうだな」と、先生はいすの背にもたれかかりながら、「このお話は『患者のストライキ』と呼ぶことにしよう」と言いました。

「ストライキってなあに？」と、ガブガブがたずねました。

「かんじゃとは、なんでございますか？」と、ボクコチキミアチが大きな声を出しました。

「ストライキとは」と、先生。「ほしいものがもらえるまで仕事をやめてしまうことだ。それから、患者とは――まあ、要するに、病気の人のことだ。」

「でも、患者のちごとってなんでちゅか？」と、白ネズミ。

「患者の仕事は――まあ、その――病気だ」と、先生。「質問ばかりされていたんじゃ、お話をはじめられないよ。」

「ちょっと待って」と、ガブガブ。「足がしびれちゃった。」

「なんだい、おまえさんの足なんかどうでもいいよ！」と、ダブダブが大声を出しました。「先生にお話をはじめていただきましょう。」

「いいお話？」と、ガブガブがたずねました。

「そうさね」と、先生。「まあ、聞いて、それから自分で判断しなさい。もぞもぞしないで。さあ、はじめるよ。夜もふけてきた。」

第二章　先生のお話

先生がパイプに火をつけて、けむりがいい調子に出はじめると、お話がはじまりました。

「何年も前に、この体温計を買ったころ、私はとても若い医者だった。希望に胸ふくらませ、開業したてだった。自分ではとても腕のいい医者だと思っていたが、どうやら私以外の世界じゅうの人たちは、そうは思っていないと気がついた。開業してから何か月ものあいだ、患者はひとりも来なかったんだ。この新しい体温計を使ってみる相手もいなかった。だから、何度も自分で使ってみたよ。でも、私はおそろしいほど健康だったので、熱なんて出なかった。風邪をひいてみようとさえ思った。ほんとうに風邪をひきたかったわけじゃないが、新しい体温計がちゃんと使えるのか、たしかめたかったんだ。だけど、風邪をひくこともできず、悲しかった。健康だったが、とても悲しかった。

さて、そのころ、私は、同じように患者がいなくてこまっていた若い医者と出会った。その人が、私にこう言った。『ねえ、サナトリウムをはじめようじゃないか。』」

「サナトリウムってなあに？」と、ガブガブがたずねました。

「サナトリウムとは」と、先生。「病院とホテルがいっしょになったようなもので、病気の人が泊まるところだ。さて、私はこの提案に賛成した。そこで、私と若い友人――名前をフィップスと言った。コーネリアス・Q・フィップス医学博士だ――ふたりでいっしょに、田舎の美しい場所を手に入れて、車いすや、湯たんぽや、補聴器といった、病人に必要なものをそろえた。

やがてすぐ、何百人という患者がやってきて、私たちのサナトリウムは満員となり、私の新しい体温計は引っぱりだこになった。もちろん、お金もたくさんもうかった。サナトリウムに来た人たちは、きちんとお金をはらってくれたからね。フィップスも、とてもよろこんでいた。

でも、私はあまりうれしくなかった。どの患者も、よくなって退院していかないということに気がついたんだ。私はついに、このことをフィップスに言った。

『えっ、ドリトル君』と、フィップスは答えた。『退院だって？――もちろん、させないさ。退院なんかしてほしくないもの。ここにいて、お金をはらいつづけてもらうのさ。』

『フィップス君』と、私は言った。『それは、おかしい。私が医者になったのは、病気を治すためだ。ちやほやしてお金をもらうためじゃない。』

このことで私たちは、けんかをした。私はとても腹をたてて、もういっしょに仕事をしないと言ってやった。荷物をまとめて、あした出ていくとね。ぷんぷんに怒って部屋を出ようとしたとき、車いすに乗っている患者と出会った。それは、ティモシー・クイズビー卿《きょう》で、たくさんお金をはらってくれる最も重要な患者だった。卿は、通りがかった私に、また熱が出たような気がするから体温を計ってくれとたのんできた。ティモシー卿には悪いところなどどこにも見つからなかったので、病人であることは卿にとって趣味のようなものなのだろうと私は思っていた。そこで、まだとても怒っていた私は、卿の体温を計ってあげるどころか、かなり乱暴にこう言ってしまった。

『ふん、知るか!』

ティモシー卿は、怒ったのなんの。フィップス医師を呼びつけ、私にあやまれと要求した。私はいやだと言った。そこでティモシー卿は、私があやまらないなら、患者のストライキをするとフィップスに言ったのだ。フィップスはたいへん心配して、このとても特別な患者にあやまってくれと私にたのみこんだ。私は、やはりことわった。

それから、奇妙なことが起こった。ティモシー卿は、それまでずっと足こしが弱くて歩けないようすだったのに、車いすから立ちあがって、補聴器を乱暴にふりまわして、サナトリウムじゅうを走りまわって、ほかの患者たちにむかって演説をし、いかにひどい目にあったかを話して、自分たちの権利を守るべくストライキをしようと呼びかけたのだ。

そして、たしかに、ストライキがおこなわれた。その晩、夕飯のとき、みんなは薬を飲むのをこばんだ——食前の薬も、食後の薬もね。フィップス医師はみんなを教えさとし、ちゃんと患者らしくふるまって先生の言うことを聞いてくださいとたのみこんだが、だれも耳を貸さなかった。食べてはいけないと言われたものを食べ、夕食後は散歩に出るように言われていた人は屋内にとどまり、なかで静かにしていなさいと言われた人は外へ出て通りを走りまわったのだ。夜は、とっくに寝ていなければいけない時間に、まくらの投げ合いの代わりに、湯たんぽを投げ合うしまつだ。そして翌朝、みんな荷造りして立ちさってしまった。こうして私たちのサナトリウムは終わりとなったのだ。

ところが、この話の一番おかしなところは、こういうことだ。あとでわかったのだが、患者たちは、ひとり残らず元気になったんだ！　車いすから立ちあがってストライキをしたことが、たいへんよい効果をもたらし、みんなは患者をすっかりやめてしまったのだ。サナトリウムの医者として、私は成功者ではないが——でも、どうだろうね。フィップスがサナトリウムでもうけようとしたのとは逆に、その仕事をやめようとしたことで、たくさんの患者を治してしまったわけだよ。」

第三章　ガブガブのお話

次の晩、夕食後みんながベランダで、ぐるりとすわったとき、先生がたずねました。

「さて、今晩はだれがお話をしてくれるのかな？　ガブガブがたしか、いいお話があるって言っていなかったっけ？」

「ああ、あいつに話をさせないでくださいよ、先生」と、ジップ。「ばかな話に決まっていますから。」

「まだ小さいから、ちゃんと話ができませんよ」と、ダブダブ。「経験がありませんから。」

「どうせ、食べることしか興味ないんだから」と、トートー。「ほかのものに話をさせましょう。」

「いや、ちょっと待ちたまえ」と、先生は大声を出しました。「そんなふうに、決めつけるものではない。だれだって若いころはあったはずだ。話をさせよう。一等賞になるかもしれない。わからないだろう？　おいで、ガブガブ。お話をしてくれ。なんていうお話かな？」

ガブガブは、足をもじもじさせて、耳まで真っ赤になって、やっとのことで言いました。

「ばかげた話なの。でも、いいお話だよ。あの……えっと……えっと……ブタのおとぎばなしで、『魔法のきゅうり』と言います。」

「ほーら！」と、ジップがうなりました。

「また食い物だ！」と、トートーがつぶやきました。「言ったろ？」

「ちゅちゅちゅちゅちゅ！」と、白ネズミが笑いました。

「はじめなさい、ガブガブ」と、先生。「気にしなくていい。私は聞いているよ。」

「むかし、むかし」と、ガブガブは、はじめました。「子ブタが、おとうさんといっしょに、トリュフというキノコをほりに森へ行ったの。おとうさんブタは、とてもじょうずなトリュフほりでした。地面をくんくんかぐだけで、どこにトリュフがあるか、ぴたりと当ててしまうんだ。さて、その日、ふたりは大きなナラの木の下へやってきて、ほりはじめました。やがて、おとうさんブタが大きなトリュフをほりだして、ふたりでそれを食べていると、おどろいたことに、トリュフをほったあとの穴のなかから、声が聞こえてきました。

おとうさんブタは魔法がきらいだったので、子どもを連れて逃げました。けれども、その晩、子ブタは、おかあさんとおとうさんがぐっすり眠っているあいだに、ブタ小屋からぬけだして、森へ行ってしまったの。地面の下から聞こえてくる声のなぞを知りたかったんだ。

そうして、おとうさんがトリュフをほり出した穴に着くと、子ブタは自分でほりはじめました。あまりほらないうちに、足もとの地面がくずれ、子ブタはみるみる下へ落ちていきました。とうとう、まっさかさまに、食卓のまんなかへどすんと落ちて止まりました。食卓には食事の用意がしてあって、子ブタはスープのなかへ落ちてしまいました。まわりを見まわすと、小さな人たちが食卓についていて、どの人も子ブタの半分もない小ささで、みな深緑色をしていたの。

『ここはどこ？』と、子ブタはたずねました。

『そこはスープのなかだよ』と、こびとたちは言いました。

子ブタは、最初とてもこわかったけれど、まわりにいる人たちがとても小さいとわかると、こわくなくなりました。そして、食卓のスープの容器から出てくる前に、スープをぜんぶ飲みほしました。それから、こびとたちに『あなたたちはだれ？』とたずねました。すると——

『ぼくらは、こびとのコックさんさ。地面の下に住み、人生の半分は新しい料理を考えだし、もう半分はそれを食べて暮らしている。君が聞いた穴からの音は、ぼくらが歌っていた食事の歌さ。とりわけおいしいごちそうを料理しているときには、いつも料理の歌を歌うのさ。』

『すてき！』と、子ブタ。『いいところに来たなあ。ごちそうを食べようよ。』

でも、お魚料理を食べようとしたとき（だって、スープはもうなくなっていたからね）、食堂の外で大きな音がして、明るい赤色の服を着たこびとたちがどっと大勢入りこんできました。それは毒キノコの妖精《ようせい》で、こびとのコックさんの宿敵でした。たいへんなけんかとなり、こちらでは、槍《やり》の代わりにようじを使い、あちらでは、棍棒《こんぼう》の代わりにクルミ割りをふりまわしました。そして、お友だちのコックさんたちの味方についた子ブタは、敵ふたり分ほど大きかったので、毒キノコの妖精たちをたちまち追いはらってしまいました。

けんかが終わって食堂がすっきりすると、こびとのコックさんたちは、子ブタに助けてもらってとても感謝しました。敵をやっつけた英雄だと言って、パセリの花輪をつけてやり、一番いい席にすわらせて、食事を食べさせました。

子ブタは、こんなにおいしい食事を食べたのは、生まれて初めてでした。それから、こびとのコックさんたちは、新しくてすばらしくおいしい料理を発明するだけじゃなく、食卓で使う道具にも、いろいろ新しい工夫をこらしていたんだよ。たとえば、お魚料理には針をさす針山をつけるの。魚の骨をお皿の上にちらかしておかないで、針山につきさしておくんだ。〝プディングうちわ〟というのも新発明だよ——熱いプディングを、ふうふう吹いて冷ますんじゃなく、うちわであおぐんだ。それから、ココアのまくを干すためのロープ——小さなおもちゃのせんたく物干し用のひもに、ココアに浮かぶまくをきちんとかけておくの（コップのはしにべろんとかけておくのは、きたならしいでしょ。）お食後のくだものが来ると、テニスのラケットをわたされるんだ。食卓の反対側にいる人がリンゴをとってくださいと言ったら、重たいくだもののお皿をもちあげたりしないで、リンゴだけをとってテニスボールのようにそれをその人めがけて打つんだよ。そうしたら、食卓のはしで受ける人は、フォークでリンゴをさして受けるの。

こんなふうだと、食事がとても楽しくなるでしょ。なかにはすごい発明もあったよ。食卓で言ってはいけないことばも、伝声管を使えば言えるんだ。」

「伝声管《でんちぇいかん》！」白ネズミが口をはさみました。「それって、どうやって使《ちゅか》うの？」

「えっと」と、ガブガブ。『そんなことを食事中に言うものではありません』ってしょっちゅう言われるでしょ。だから、こびとのコックさんたちは、壁に伝声管を用意しておいて、管の反対のはしは外に出しておくんだ。でもって、食事中に言ってはいけないことを言いたくなったら、テーブルをはなれて、伝声管のなかへ言うの。それから、席へもどってくる。すごい発明だよ。で、さっきも言っていたとおり、子ブタはとても楽しい思いをしました。食事が終わると、おかあさんとおとうさんが目をさます前にブタ小屋にもどりたかったので、もう帰ると言ったの。

こびとのコックさんたちは、子ブタが帰ってしまうのはとてもさみしいと思い、敵をやっつけてくれたお礼とお別れのおみやげに、魔法のきゅうりをあげました。このきゅうりは、どんなに小さく切っても、それを地面にうめれば、たちまち大きくなり、自分の好きなくだものや野菜の畑になってくれるんだ。ただ、ほしい野菜やくだものの名前を言いさえすればいいんだよ。子ブタはお礼を言って、こびとのコックさんたちにお別れのキスをして、おうちに帰りました。

帰ってみると、おかあさんもおとうさんも、まだ眠っていました。そこで、そっと魔法のきゅうりを牛小屋の床下へかくすと、ブタ小屋へ入りこんで、ぐっすりと眠りました。

さて、数日後、となりの国の王さまが、ブタの一家が住んでいる国の王さまにいくさをしかけました。ブタが住んでいる国の王さまの旗色は悪く、敵は近くまでせまっていました。「家畜も、農場の動物も、人間も、みな城の城壁内に入れ」と、王さまは命令しました。ブタ一家も城のなかへ追われました。でも、逃げる前に、子ブタは魔法のきゅうりを少しかじりとって、それを持って城へ入りました。

やがて、敵の軍勢が城をとりかこみました。「どうせ城のなかにいる王さまも人々もそのうちに食べ物がたりなくなって降参するだろう」と思った敵は、何週間もそこにいつづけました。

さて、お妃《きさき》さまは、城内に子ブタがいるのにお気づきになりました。お妃さまは、ブタを愛するアイルランドの出身だったために、その子ブタがたいそうお気にめしました。子ブタの首に緑色のリボンをつけて、いつもかわいがっていらしたので、夫の王さまはご機嫌ななめでした。

敵がやってきて四週間後、城内の食料はすっかりなくなってしまい、王さまは、ブタを食べるしかないと命令をくだしました。お妃さまはたいへんな悲鳴をあげて、自分のペットだけは助けてほしいとうったえました。でも、王さまは、がんとして聞き入れてくれません。

『わが兵士たちが飢えているのだ』と、王さま。『妃よ、おまえのペットは、ソーセージにしなければならない。』

そこで、子ブタは、こびとたちのくれた魔法のプレゼントを使うときが来たと思いました。そして、城のお庭へ走りだすと、穴をほって、きゅうりのかけらを王さまの一番上等なバラの花だんのまんまんなかにうめました。

「パースニップになあれ!」と、子ブタは穴をうめながら、言いました。「広く広がれ、花咲きほこれ!」

するとと、見る間に、そのことばを言い終わりもしないうちに、王さまの庭じゅうに、パースニップ〔サトウニンジン〕がどっさりと実っていたのです。砂利道でさえ、パースニップだらけになりました。

そこで、王さまとその軍隊はおなかいっぱいに食べることができ、栄養満点のパースニップで強くなり、城から反撃に出て、敵をさんざんに打ち負かし、追いはらったのでした。

こうしてお妃さまは、ペットのブタを飼うことを許されたので、アイルランドの王族の血をひくやさしいお心で、たいへんおよろこびになりました。子ブタは宮廷で偉大な英雄とされ、城の庭の中央に――魔法のきゅうりをうめた、まさにその場所に――宝石をちりばめたブタ小屋をあたえられました。そして、みんな、いつまでもしあわせに暮らしましたとさ。ブタのおとぎばなしは、これで、おしまい、おしまい。」

第四章　ダブダブのお話

こうなると、動物たちは、夜のお話の時間を楽しみにするようになりました――人間がいつものお楽しみを心待ちにするのと同じです。次の夜は、ダブダブが話をする番にしようと前もってみんなで決めてありました。

みんながベランダに着席すると、われらが家政婦のダブダブは、羽づくろいをして、ひどくもったいぶった声ではじめました。

「湿原のほとりのパドルビーの郊外に、飼いネコが人間の言うことばを理解すると信じている農家が今でもおります。そんなことはないのですが、その男もその妻も、そう思いこんでいるのです。どうしてそう思うようになったのか、これからお話ししましょう。

先生がスコットランドへ化石をさがしにお出かけになり、私がお留守番役をうけたまわっておりましたある晩のこと、馬小屋の年寄り馬が私に『こまったことがある』と、もらしました。馬のエサの穀物を、ネズミにぜんぶ食べられてしまうと言うのです。私が馬小屋のまわりを歩きながら、どうしたものかと考えておりますと、たいそう大きな白いペルシャネコがしゃなりしゃなりと歩きまわっているのが目に入りました。さて、私は、ネコはあまり好きではありません。第一、ネコはアヒルの子を食べますし、それに、ネコっていうのは、どうもこそこそしているようで、いやなのです。そこで、私はそいつに『先生のおうちから出ていけ』と命じました。おどろいたことに、そのネコはとても礼儀正しく、『よそのおうちへ入りこんでいたとは気づきませんでした』と言って、立ちさろうとしました。なにしろ、先生がどんな種類の動物にもやさしくなさるとわかっておりましたし、ネコはべつにそこで悪さをしていたわけではなかったので、私はちょっと悪いことをしたと思いました。そこで、追いかけていって、もしここでなにかを殺したりしないなら、好きなように行き来してよろしいと言いました。

私たちは、人間みたいに、ちょっと立ち話をしました。それで、そのネコがオクスンソープ通りを四百メートルほど行ったところの農家に住んでいるとわかりました。とてもおしゃべりをつづけながら、私はネコを帰り道のとちゅうまで送りましたが、とても感じのよいネコだと思いました。私はネコに、馬小屋にネズミがいて、お行儀よくさせるのに苦労しているということや、先生は一匹たりとて殺してはいけないとおっしゃるのでこまっているという話をしました。すると、ネコは、『よろしければ、私がその馬小屋に何泊かしましょうか。そうすればきっと、ネズミはネコのにおいをかいだとたんに、逃げだすのではないでしょうか』と、そう言ってくれたのです。ネコはそうしてくれました。結果はすばらしいものでした。そのあと、ネズミはごっそり消え、年寄り馬のエサおけに手を出すものはいなくなりました。そのネコはいなくなってしまい、数晩のあいだ見かけることはありませんでした。そこで、ある晩私は、オクスンソープ通りのお宅にあのネコを訪ねてお礼を述べるのが礼儀ではないかと考えました。

農家へ行ってみますと、庭にあのネコがいました。『その節はとても助かりました』とお礼を述べて、最近はどうしてうちへ遊びにいらっしゃらないのですかとたずねました。

『私、ちょうど子ネコを産んだばかりなものですから』と、ネコは言いました。『六匹もいるんですのよ――ほんの少しも目をはなすことができませんの。子どもは、今、この家の客間におります。いらっしゃいな、お見せしましょう。』

そこで、私たちは、なかへ入りました。客間の床のまるいかごのなかに、見たこともないくらい最高にかわいい子ネコたちがおりました。のぞきこんでいると、農家の夫婦が階段を下りてきました。客間にアヒルがいるのを見たら、いやがるかもしれないと思って(先生とはちがって、気どっていて、せせこましい人間もいますからね)、夫婦が部屋に入ってきたちょうどそのとき、私はたんすの扉のかげにかくれました。

ふたりは子ネコの入ったかごに身をかがめて、白ネコをなでながら話をはじめました。もちろん、ネコには人間がなにを言っているのかわかりませんが、私は先生のおそばにずっとおりましたし、アヒルの文法と人間の文法のちがいについて先生と議論したこともございますので、ふたりの言っていることがとてもよくわかりました。

夫は妻にこう言っていました。『この黒と白のぶちの子ネコさ、とっとくべ、リザ。あとの五匹さ、あすン朝おぼれっちまお。六匹も家じゅう走りまわられちゃっちゃ、やってらんねえべ。』文法がめちゃくちゃの話しかたでした。

ふたりがいなくなるとすぐに、私はたんすのかげから出てきて、白ネコへ言いました。『あなた、この子ネコちゃんたちをきちんと育てて、アヒルの子に手を出さないように、しつけてくれるでしょうね。そう約束するなら、聞いてちょうだい。今晩、農家の夫婦が眠ったら、黒と白のぶちの子ネコを残して、ほかの子はぜんぶ屋根裏へかくしなさい。この家の主《あるじ》は、一匹だけ残して、あとはぜんぶおぼれさせるつもりなのよ。』

ネコは私の言ったとおりにしました。翌朝、農家の主人が子ネコを連れていこうとしてやってくると、自分が残しておこうと思っていた黒と白のぶちしかいないと知って、これはいったいどういうことかとびっくりしました。ところが、数週間後、農家の奥さんが春の大そうじをしていると、屋根裏に残りの五匹がいて、母親ネコがそこでこっそりと育てているのがわかりました。でも、子ネコはすっかり大きくなっていたので、窓から逃げだし、それぞれ自分の新しいすみかをさがしに出ていきました。

こうして今日にいたるまで、農家の夫婦は、自分の家のネコは人間のことばがわかるのだと思いこんでいるのです。ふたりがかごに身をかがめて話しているところを、ネコに聞かれたにちがいないというわけです。ふたりは、近所の人のうわさをするときも、ネコが部屋にいると、聞かれないように、いつもひそひそ声になります。でも、ここだけの話、あのネコは、ひとこともわかっちゃいないのです。」

第五章　白ネズミのお話

「今日、話をするのは、だれの番かな?」次の日、夕食の食器がかたづけられたあとで、先生がたずねました。

「白ネズミがいいと思う」と、ジップ。

「いいでちゅよ」と、白ネズミ。「若かったころの話《はなち》をちよう。先生《ちえんちえい》はご存《じょん》じの話《はなち》だけど、ほかのみんなは知《ち》らないから。」

そして、その白いひげをなでつけ、ピンクのしっぽをすらりとした小さな体にぴたりとまきつけながら、目を二回ぱちくりさせてから、ネズミは話しはじめました。

「ぼくは、七組めのふたごのひとりとちて生まれまちた。兄弟姉妹《ちまい》はみんなネジュミ色をちていたのに、ぼくだけが家族《かじょく》のなかで白《ちろ》かったんでちゅ。あまりに目立ちゅから、巣立《ちゅだ》ちをちたら、最初《ちゃいちょ》に出会ったフクロウかネコにちゅぐにちゅかまってちまうだろうって、おかあちゃんもおとうちゃんも、とても心配《ちんぱい》ちまちた。

うちは都会暮らちでちた——うちの家族《かじょく》は、ちょれがじまんでちた。粉屋の店《みちぇ》の床下《ちた》に住《ちゅ》んでいたんでちゅ。通りのむこうは肉屋、うちのとなりは染《ちょ》め物屋——ちゅまり、仕立屋《ちたてや》が服を仕立《ちた》てる前に布をいろいろな色に染《ちょ》めあげるお店《みちぇ》でちた。

ぼくたち子どもが、子どもだけで外《ちょと》に出られるほど大きくなると、両親《りょうちん》は、ネコやイタチや犬から逃げるやりかたにちゅいて、いろいろ教《おち》えてくれまちた。でも、ぼくを見ると、この子はだめだ、と首をふりまちた。一キロ先《ちゃき》からも見えるような白《ちろ》い毛皮を着ていては、ぶじに生きていけるはじゅがない、と本気で思っていたわけでちゅ。

ちょのとおりでちた。初めて冒険をちようと外《ちょと》に出てみた最初《ちゃいちょ》の週《ちゅう》に、白《ちろ》いちぇいで、こまったことになってちまったのでちゅ。でも、両親《りょうちん》が思っていたのとはちがって、ある朝《あちゃ》、カラス麦のおけのなかにぼくを見ちゅけたのは、ぼくらが住《ちゅ》んでいるお店《みちぇ》の粉屋の息子《むちゅこ》でちた。

『あっ！』と、ちょの子は声をあげまちた。『白ネズミだ！　ぼく、ほしかったんだ、白ネズミ！』

ちょの子は、ぼくを魚《ちゃかな》の網でちゅかまえて、ペットにちようと、箱に入れまちた。

ぼくは、初めはとても悲ちかったけれど、ちばらくちゅるとなれてきまちた。男の子は——まだ八歳《はっちゃい》でちた——やちゃちくて、毎日きちんとエチャをくれまちた。このおかちな、だんごっ鼻《ぱな》の男の子のことを、ぼくはほとんど好《ちゅ》きになって、なれまちたので、ときどき男の子はぼくを箱から出ちて、ぼくをうでの上で走《はち》らちぇたりちゅるようになりまちた。でも、逃げるチャンスはありまちぇんでちた。

何か月《げちゅ》かちて、ぼくは、ちょんなばかげた生きかたがいやになってきまちた。ちょれに、野生《やちぇい》のハツカネジュミたちがいじわるを言いまちた。夜になると、やちゅらは、ぼくのところへやってきて、箱の針金のむこうからぼくを指ちゃちて言うんでちゅ。

『あの飼いならされた白ネズミをごらんよ！　けけけ！　子どものおもちゃだ！

「かわいい、ちっちゃなネズミちゃん！　お顔を洗いなちゃい！」』だって。ばかネジュミどもめ！

とうとう、ぼくは、いろいろ脱出《だっちゅちゅ》計画を考えて、うまい方法を思いちゅきまちた。箱の底《ちょこ》の板をかじって穴をあけ、男の子に見えないように、わらでかくちておきまちゅ。男の子は、いちゅも、ぼくの入った箱をまくらもとにおいて寝ていたんでちゅが、ある晩、男の子がいびきをかいているあいだに、ぼくは穴からぬけて逃げだちまちた。

何度もネコにおちょわれて、ひやひやちまちた。冬で、雪が地面に厚《あちゅ》くちゅもっていまちた。ぼくは自由になったことがうれちくて、世界《ちぇかい》探検をはじめまちた。家のうちろにまわり、粉屋の庭からとなりの染《ちょ》め物屋の庭へと入ってみまちた。庭には染《ちょ》め物をちゅる小屋があって、ちょの屋根に、月明《ちゅき》かりに照らちゃれて、二羽のフクロウがとまっているのが見えまちた。

小屋に入ると、ひどく年をとって、がりがりにやちぇているドブネジュミがいて、ぼくにこう言いまちた。

『わしは、町一番の年寄りのドブネズミで、いろんなことを知っておる。だが、教えてくれ。おまえさんは、どうしてこの染め物小屋へ来たんだね？』

『食べ物をちゃがちていたんでちゅ』と、ぼくは言いまちた。

ネジュミのおじいちゃんは、わなわなとふるえた、ちわがれた声で笑いまちたが、楽ちちょうではありまちぇんでちた。

『ここに食い物はない』と、おじいちゃん。『いろんな色の染料があるだけだ。』ちょちて、うちゅ暗がりのなかに一列《いちれちゅ》にならんで高くちょびえ立っている、大きな染料《ちえんりょう》のおけを指ちゃちまちた。

『ここにあった食い物は、ぜんぶわしが食うてしもうた』と、おじいちゃんは、情《なちゃ》けなちゃちょうに言いまちた。『もっと食いたいが、外には出ていけない。屋根にフクロウどもが待ちかまえておるからのう。わしの黒い体を、白い雪のなかですぐに見つけてしまうから、逃げられっこない。もう腹がへって死にそうじゃ。』ちょして、弱々ちく、ふらふらとゆれまちた。『だが、おまえさんが来てくれたから、もうだいじょうぶじゃ。どこかのよい妖精《ようせい》が、おまえさんをわしによこしてくれたのじゃろう。わしは、昼も夜も何日もここにすわって、白ネズミが来てくれないかと思っておったのじゃ。おまえさんの白い毛皮なら、雪のなかでもフクロウどもにはよく見えん。保護色というやつじゃ。わしは博物学のことなら、なんでも知っておる――とても年をとっておるでの。保護色のおかげで、おまえさんは、つかまりもせんで、ここに入ってこられたのじゃ。おねがいだから、ここから出かけて、なんでもいいから見つけられる食べ物をもってきておくれでないか。雪が降ってからというもの、夜はフクロウ、昼はネコどもが、わしをここにとじこめ、わしは一口も食うておらん。おまえさんは、ちょうどいいときに、わしの命を救いに来てくれた。』

ちょこでぼくは、月《ちゅき》の照らちゅ雪の上を走《はち》っていきまちたが、染《ちょ》め物小屋の屋根の上で目をくるくるちゃちぇているフクロウたちは、ぼくをぜんぜん見ちゅけられまちぇんでちた。白《ちろ》いところでは、ぼくはほとんどちゅがたが見えないんでちゅ。ぼくは、とてもえらくなった気がちまちた。とうとう、この白《ちろ》い毛皮が役に立ちゅときが来たのでちゅ。

　ぼくはごみ箱を見ちゅけ、ベーコンのかけらをちゅまみだちて、ちょれを飢えたネジュミにもっていってやりまちた。おじいちゃんは、たいへんありがたがって、食べること、食べること――びっくりちゅるほど食べまちた！　とうとう、おじいちゃんは言いまちた。

『ああ、やっとおちついた。』

『ぼく、男の子にペットとちて飼われていたんでちゅが、』と、ぼくは言いまちた。

『ちゅい今ちがた、逃げて来たんでちゅ。今までは、体が白いと、たいへんでちた。ネコからも、ちゅぐに見ちゅけられて、生きた心地がちまちぇん《ちろ》。』

『そうかい。じゃあ、これからどうすればよいかを教えてやろう』と、おじいちゃん。『おまえさんは、この染め物小屋でわしといっしょに住みなさい。ここはよいところじゃ――とても暖かくて、床下はぬくぬくしていて、小屋の土台には、穴や、みぞや、かくれ場所がいっぱいある。それで、雪がつもっているあいだは、おまえさんが出ていって、わしらふたり分の食料をとってくれば、よいのじゃ――おまえさんは、雪にまぎれてよく見えんからな。冬が終わって、地面がまた黒くなれば、わしが外で食べ物さがしをして、おまえさんは家にいればよい。なにしろ、ここは、ほかの点でも、住むにはいいところなのじゃ――ここにはドブネズミやハツカネズミがいるとだめになってしまうものをなにも置いとらんから、人間は、わしらがここにいても気にしない。ほかの場所だと――家とか、食料品店とか、粉屋とかでは――人間は、いつもわなをしかけたり、白イタチをしかけてくる。でも、染め物小屋なら、ネズミが住んでも、だれも気にせんのじゃ。ばかな若いドブネズミやハツカネズミは、食い物がたくさんあるところに住むが、わしはちがう！　わしは、かしこいネズミじゃからな。』

ちょこで、ぼくはこの取り決めに同意ちて、一年間、かちこいおじいちゃんネジュミといっちょ《ちょ》に染め物小屋に住《ちゅ》みまちた。ちょれはぜいたくな暮らちでちた。ほんと

でちゅ！　だれにもじゃまちゃれることはありまちぇんでちた。冬のあいだは、ぼくが食べ物をちゃがちて、夏《なちゅ》になると、町で一番うまい食べ物を手に入れる場所《ばちょ》を知っているおじいちゃんが、食べ物置き場を最高級品でいっぱいにちまちた。ほんと、あのベテランのおじいちゃんと染《ちょ》め物小屋の床下《ちた》で、何度、楽ちい食事《ちょくじ》をちたことでちょう。染《ちょ》め物屋ちゃんたちが頭上の大きなおけで染料《ちぇんりょう》をまぜながら町のうわちゃ話《ばなち》をちているのを聞きながら、ぼくらはひちょひちょ声でくちゅくちゅ笑ってたんでちゅ！

でも、満足《まんじょく》って、ちゅじゅかないものでちゅ――ばかでちゅよね。二度めの夏《なちゅ》が来る前に、ぼくは、自由なネジュミになって世界《ちぇかい》を歩きまわりたいなんて、ちょんなことにあこがれていまちた。ちょれに、結婚もちたかった。たぶん青春《ちぇいちゅん》が、ぼくの血をわきたたちぇていたんでちょうね。ちょこで、ある晩、ぼくは、おじいちゃんネジュミに言いまちた。

『おじいちゃん。ぼく、恋をちちゃった。冬のあいだ毎晩食べ物を集《あちゅ》めに外《ちょと》へ出たとき、いちゅもネジュミのおじょうちゃんといっちょにいたんでちゅ――育ちがよくて、エレガントな身のこなちのネジュミでちゅ。ぼく、結婚ちて、自分の家庭を持ちたいと思うんでちゅ。でも、これから夏《なちゅ》になると、ぼくは、このいやな色のために、このぼろ小屋のなかにとじこもらなければなりまちぇん。』

おじいちゃんネジュミは、考え深ちょうにぼくを少ち見ちゅ《ちゅこ》めまちたから、きっと、かちこいことを言うんだなとわかりまちた。

『若者よ』と、とうとうおじいちゃんは言いまちた。『おまえさんが行くというなら、わしには、止められんだろう――若さゆえのおろかなむこうみずだとは思うがな。それに、おまえさんがいなくなっちまったら、わしはどうしたらいいのか、皆目見当もつかん。だが、おまえさんはこの一年以上わしにとてもよくしてくれたから、わしもおまえさんの力になろう。』

ちょう言うと、おじいちゃんは、染料《ちえんりょう》おけのある二階へぼくを連《ちゅ》れていきまちた。たちょがれどきで、人間はいまちぇんでちた。でも、頭上にちょびえる大きなおけのぼんやりとちた形は見えていまちた。ちょれから、おじいちゃんは、床に落ちていたひもをとって、まんなかのおけによじのぼると、ちょのひもをなかへたらちまちた。

『なにをちているんでちゅか？』ぼくは、聞きまちた。

『おまえさんが、これを伝って出てこられるようにしているのさ。ひとふろ浴びたあとにね。夏にそんな毛皮を着て外を歩いたら、確実に死ぬ。だから、おまえさんを黒く染めるんだ。』

『とびはねチージュ！』と、ぼくは、ちゃけびまちた。ありえない、という意味でちゅ。『ぼくを黒く染めるでちゅって！』

『そういうこと』と、おじいちゃん。『かんたんなことさ。そのまんなかのおけをのぼっていらっしゃい。へりまで――そして、飛びこむんじゃ。こわがらなくていい。出てくるときは、このひもにつかまればよろしい。』

ぼくは、生まれちゅき冒険好《ぢゅ》きでちたので、勇気をふるい起こちて、おけにのぼって、へりまで行きまちた。とても暗くて、なかの下《ちた》のほうに、染《ちょ》める液体が、どんよりと黒く光っているのが、かろうじて見えまちた。

『飛びこめ』と、おじいちゃんネジュミは言いまちた。『こわがるな――それから、頭も体もすっかりつかるようにするんじゃぞ。』

飛びこむには、よほどの勇気が必要でちた。恋をちていなかったら、飛びこんだかどうかわかりまちぇん。でも、飛びこみまちた――染料《ちぇんりょう》のどまんなかへ、ドボンと。二度とあがってこられないような気がちまちた。あがってきたときも、おぼれかけて、ようやく暗闇のなかでひもをちゅかみ、息もたえだえになって、おけから出てきたのでちゅ。

『よろしい！』と、おじいちゃんネジュミが言いまちた。『さあ、寒さで風邪をひかないように、小屋のまわりを何回か走っておいで。それから寝床に入って、おふとんをしっかりかけるんじゃ。朝になって明るくなったら、おまえさんは見ちがえるようになっているよ。』

ちょれから――思い出ちただけで、涙が出てきてちまうんでちゅが――翌日《よくじちゅ》、目をちゃまちて、自分が、かっこいい、ちゃんとちた黒ネジュミになっていると思ったら、なんと、明るくてけばけばちい青ネジュミになっていまちた！　あのおいぼれは、おけをまちがえたのでちゅ！」

　白ネズミは、胸にせまる思いにたえられなくなったかのように、ことばをとぎらせました。それから、またつづけました。

「あれほど、だれかに腹をたてたことはありまちぇん。

『見ろ！　なんてことをちてくれたんだ！』ぼくは、ちゃけびまちた。『紺色ならまだちも、こんなひどい色にちやがって！』

『おかしいな。』おじいちゃんは、ぶちゅぶちゅと言っていまちた。『まんなかのおけは、前は黒だったんだが。置く場所を変えちまったんだな。青いのは、いつも左側にあったのに。』

『ばかなじじいめ！』と、ぼくは言いまちた。ぷんぷんに怒って、染《ちよ》め物小屋から出たぼくは、二度ともどることはありまちぇんでちた。

　ぼくは、以前《いじえん》も目立っていまちたが、今は百倍目立ちゅようになりまちた。黒い土《ちゆち》であろうと、緑の草《くちゃ》であろうと、白い雪《ちろ》であろうと、茶色の床であろうと、ぼくのはでな空色《ちよら》の毛皮は一目瞭然《いちもくりようじえん》で、くっきりはっきり見えまちた。小屋の外《ちよと》へ出ると、たちまち、ネコが飛びかかってきまちた。ぼくはちょれをかわちて、通りへ出まちた。

悪ガキどもがぼくを見ちゅけ、『青ネズミがいる！』と友だちに声をかけ、どぶのなかを逃げるぼくを追いまちた。通りのかどでは、けんかをちていた二匹の犬が、けんかをやめて、いっちょになってぼくを追いかけまちた。ちゅぐに、町じゅうのいまいまちい連中が、ぼくを追いかけまわちたのでちゅ。最悪でちた。夜になるまで休《やちゅ》むことができまちぇんでちた。走《はち》りちゅかれてくたくたで、たおれちょうでちた。

真夜中に、ぼくは恋をちていたネジュミのおじょうちゃんに、街灯の下《ちた》で会いまちた。ところが、信《ちん》じられまちゅか？　彼女は、ぼくに口をきいてくれないんでちゅ！　完全《かんじぇん》に無視《むち》ちゃれまちた。

『こんなひどいことになっちゃったのは、君のためだったんだ。』彼女がツンとちて、気どって立ちちゃるときに、ぼくは言いまちた。『ひどいよ、君。』

『あらまぁ！』と、彼女はにやにや笑いまちゅ。『プライドがあるものだったら、青ネズミなんかといっしょにいたいと思うわけ、ないでしょ？』

ちょのあと、ぼくが寝る場所《ばちょ》をちゃがちていると、会うネジュミ、会うネジュミ、ほんの少《ちゅこ》ちでも明かりがあるところなら、ぼくをばかにちて、うちろ指を指《ちゃ》ちて、あざけりまちた。涙が出ちょうでちた。ぼくは川へ行き、染《ちょ》めたのを洗い落とちて、また白《ちろ》くなれないかと思いまちた。白《ちろ》くなれれば、少《ちゅく》なくとも青いよりはまちでちゅ。でも、洗っても、泳いでも、ちゅちゅいでも、だめでちた。水《みじゅ》では、どうにもならなかったのでちゅ。

ぼくは、絶望《じえちゆぼう》ちきって、川の土手でふるえながら、ちゅわっていまちた。やがて、東《ひがち》の空《ちょら》が青くなってきて、朝《あちゃ》が来たことがわかりまちた。朝《あちゃ》の光でちゅ！　ちょれはちゅまり、ぼくのひどい色が日光で見えるようになって、また追われて、逃げて、ばかにちゃれるということでちゅ。

ちょこで、ぼくは、とても悲ちい決断《けちゆだん》をちまちた——自由なネジュミなのにあんな悲ちい決断《けちゆだん》を下ちたのは、ぼくだけだと思いまちゅ。これ以上追われてばかにちゃれるよりは、箱にもどって、ペットのネジュミになろうと思ったのでちゅ！　ちょう、ちょちたら少《ちゅ》なくとも大切《たいちえちゅ》にちゃれて、だんごっ鼻の粉屋の男の子にきちんとエチャをもらえまちゅ。帰って、とらわれのネジュミになろう。恋人のネジュミにふられ、友だちにばかにちゃれたじゃないか？　よろちい。ちょれでは、世界《ちえかい》に背《ちえ》をむけて、とらわれの身となってやる。ぼくの恋人はちょのときになって後悔ちゅるかもちれないけれど——あとの祭《まちゆり》だ！

ちょこで、うんざりちながら起きあがると、ぼくは粉屋の店《みちえ》を目指ちまちた。入り口のところで、ぼくは少《ちゅこ》ち、まよいまちた。今ふみだちょうとちているのは、ひどい一歩でちゅ。生きるのはちゅらく、恋愛は悲ちいと思って、みじめな気持ちで通りを見ちゅめていると、こちらのほうにやってきたのは、ちっぽに包帯を巻いた、ぼくのお兄ちゃんでちた！

戸口のところで、ぼくのとなりにお兄ちゃんがちゅわると、ぼくは、どっと泣きだちて、ぼくらが親の家を出て以来、ぼくにどんなことが起こったかをお兄ちゃんに話ちまちた。

『そりゃあ、ひどいめにあったもんだな。』ぼくが話ち終えると、お兄ちゃんは言いまちた。『でも、おまえがまたとらわれの身になる前に、おまえに会えてよかったよ。というのはね、おまえを助けてやれると思うんだ。』

『どうやって？』と、ぼくは言いまちた。『ぼくは、もうおちまいだよ！』

『先生に会いに行け。』お兄ちゃんは言いまちた。

『先生《ちぇんちぇい》って？』ぼくは聞きまちた。

『先生と言えば、ひとりしかいないよ。』お兄ちゃんは答えまちた。『まさか、先生のことを知らないんじゃないだろうな！』

ちょれから、お兄ちゃんは、ドリトル先生《ちぇんちぇい》のことをちゅっかり教《おち》えてくれまちた。ちょうど、先生《ちぇんちぇい》が初めて動物のあいだで有名になりかかっていたころだったのでちゅ。でも、ぼくは、染《ちょ》め物小屋でおじいちゃんネジュミとふたりきりで住《ちゅ》んでいたものでちゅから、先生《ちぇんちぇい》のことを知《ち》らなかったのでちゅ。

『おれは、ちょうど先生のところへ行ってきたところだ。』お兄ちゃんは言いまちた。

『しっぽがわなにかかっちまって、先生が包帯をしてくださった。えらいおかただよ——やさしくて正直で。しかも動物のことばをお話しになる。会いにいけよ。ネズミから青い染料をとる方法ぐらいご存じだよ。なんだって知っていらっしゃるんだから。』

こうちてぼくは、パドルビーのドリトル先生《ちえんちえい》のおうちへ初めてやってきたのでちゅ。ぼくがなにをこまっているか先生《ちえんちえい》にお話ちちゅると、先生《ちえんちえい》はとても小ちゃなハチャミをとり出ちて、ぼくの毛皮をお切りになったので、ぼくは、はだかになって、ブタみたいにピンクになりまちた。ちょれから、先生《ちえんちえい》は、ネジュミ用の特別《とくべちゅ》な毛生え薬《ぐちゅり》——先生《ちえんちえい》の発明《はちゅめい》ちた特許品でちゅ——を、ぼくにちゅりこみまちた。ちゅると、まもなくちて、雪のように白《ちろ》い、新ちい毛皮が生えてきまちた！

ちょれから、ネコから逃げるのにどんなに苦労ちてきたかをお話ちちゅると、先《ちえん》生《ちえい》は、ご自分のおうちにぼくをおいてくだちゃいまちた——ちゅまり、先生《ちえんちえい》のピアノのなかに、でちゅ。ちょんなもったいないことをちてもらえるネジュミなんて、ぼくだけでちゅ。ちょのうえ、先生《ちえんちえい》は、ぼくが恋をちていたおじょうちゃんも呼びよちぇようとおっちゃってくだちゃいまちた。こうちてまた白《ちろ》くなったからには、きっと相手の考えも変わるだろうとおっちゃるのでちゅ。でも、ぼくは言いまちた。

『いいえ、先生《ちえんちえい》。あの子のことは、もういいんでちゅ。メチュは、もう、こりごりでちゅ！』

第六章　ジップのお話

次の晩は、ジップがお話を求められました。ちょっと考えてから、ジップは言いました。

「よし。『大道絵描きの犬』の話をしてやろう。」

動物たちは、とてもわくわくして集まりました。なぜなら、ジップは以前にもみんなにお話をしてくれたことがあり、みんなはジップの話しかたが大好きだったからです。

「少し前のことだ。」ジップは、はじめました。「おれの知り合いに、大道絵描きの犬がいた。そいつに初めて会ったのは、たまたま肉屋の荷車がひっくりかえっちまったときだった。荷車をひいていた肉屋の小僧は、ばかなやつで、町じゅうの犬から心底きらわれていた。そこで、やつの荷車が街灯にぶつかってひっくりかえり、羊の肉のかたまりが通りいちめんにぶちまけられたとき、おれたち犬は、ここぞとばかりにかけつけて、小僧がどぶからはい出してくる間もあらばこそ、ぜんぶかっさらって、逃げちまったのさ。

さっきも言ったように、おれが大道絵描きの犬とばったり会ったのは、そのときだった。肉をくわえて通りを逃げているとき、やつは最高級のステーキ肉を耳のまわりで楽しくパタパタさせながら、おれのとなりを走っていやがった。おれのほうは、ひとつながりになった長いソーセージをくすねたもんだから、そいつが足もとにからみついてこまっていた。すると、やつが助けに来てくれて、くるくると巻きあげればひっかからないでくわえて走っていけるよって教えてくれたんだ。

それ以来、大道絵描きの犬とおれは大のなかよしになった。やつの主人ってのは、片足しかなくて、とても年をとっていた。

『主人は、おそろしくびんぼうなんだ』と、やつは言った。『それに年をとりすぎていて、かりに足が二本そろっていたとしても、働けないんだ。だから、今は、歩道に絵を描いている。知っているよね、大道絵描きって——色チョークで歩道に絵を描いて、その下に「私が描きました」と書くんだ。それから、そばにすわって、ぼうしを手に持って、人が小銭をくれるのを待つんだ。』

『ああ、』と、おれは言った。『知ってるさ。前に見たことがある。』

『それがね』と、友だちは言った。『主人はお金をもらえないんだ。その理由もわかっている。絵がじょうずじゃないからだ——歩道に描くような絵としても、へたなんだ。べつに、おれだって、絵にくわしいわけじゃないけれど、主人の絵は最低だよ――へたすぎ。先日、やさしいおばあさんが、ぼくらの前に立ち止まって、主人をはげまそうとしたんだ。そして、絵を指さして、「まあ、なんてすてきな木でしょう！」って言った。その絵は、海のまんなかに立つ灯台で、まわりは嵐が吹きあれているつもりだったんだけどね。その程度の絵なんだ。どうしたらいいのかわからないよ』

『ちょっと待てよ』と、おれは言った。『いい考えがある。おまえの主人が働けないなら、おまえとおれで、骨貸し業をはじめたらどうだ。』

『そりゃいったい、なんだい？』友だちは、たずねた。

『つまりね』と、おれは言った。『人間は、自転車とかピアノとかを借りるじゃないか。だから、おまえとおれで、かむ骨を犬に貸し出すんだよ。もちろん、お金ではらってもらえないから、代わりにものをもってきてもらう。そしたら、大道絵描きはそれを売って、お金にかえればいい。』

『そいつはいい考えだ』と、友だちは言った。『あしたからはじめよう。』

そこで翌日、おれたちは、人間がごみ捨て場にしていた空き地を見つけて、大きな穴をほって、おれたちの骨の店にした。それから、朝早くに金持ちの家の裏口をまわって、ごみ箱から最上の骨を拾い集めた。犬小屋につながれていて、あとを追ってこられない犬からも少しくすねた――ちょっとひきょうな手だが、おれたちはいい目的のためにやっているんだから、細かなことはこだわらなくてもいいんだ。それから、集めた骨をおれたちがほった穴に入れた。夜は、そこに土をかけてかくした――盗まれたくなかったからね――それに、かむ前に数日うめといた骨のほうがいいという犬もいるんだ。ちょいと味が出るんだよ。それから、昼までに、おれたちは商品の上に立って、通りがかる犬たちに呼びかけた。

『骨を貸すよ！　牛の骨、ブタの骨、羊の骨、ニワトリの骨！　どれも、うまいよ！　さあ、いらっしゃい、お客さん、よりどりみどりだ！　骨を貸すよ！』

開店早々、大はんじょうだった。数キロ四方の犬は一匹残らず、おれたちのことを聞いて、骨を借りに来た。そして、借りたい時間の長さに応じて、お代をもらったんだ。たとえば、おいしいブタのもも骨を一日借りるなら、ロウソク一本か、ヘア・ブラシ一本。三日なら、ヴァイオリン一丁か、かさ一本。一週間借りたいなら、服一着って具合だ。

しばらくのあいだ、商売はすばらしく順調だった。大道絵描きは、おれたちが犬たちからもらったものを売って暮らした。

ところが、おれたちは、犬たちがそういったものをどこからもってくるかなんて考えもしなかった。そんなこと、あまり気にしていなかったんだ。とにかく、いそがしい一週間が終わってみると、大勢の人たちが通りを右往左往して、なにかさがしていた。やがて、人々は、空き地のおれたちの店を見つけ、なにやらガヤガヤ話しながら集まってきた。そうして、人間どもがおしゃべりしているところへ、レトリバー犬が、金時計とくさりを口にくわえて、おれの前へやってきて、ブタのもも骨と交換してくれと言ったんだ。

そのときの、人間どものさわぎようったらありゃしなかったね！　時計とくさりの持ち主がそこにいて、ぎゃあぎゃあ、わめいてたっけ。というわけで、犬どもは自分の主人の家からものをとってきて骨と交換していたことがわかったんだ。人間どもは、ひどくこまって、おれたちの骨の店をとじさせて、営業をやめさせた。でも、おれたちがこさえた金が大道絵描きのところへ流れていることはわからずにすんだ。

もちろん、あまり長いこと暮らせるほどの金はできなかったから、友だちの主人はすぐにまた大道絵描きにもどらなければならず、前と同じ、びんぼう暮らしとなった——しかも、描く絵は、前よりひどくなっちまった。

さて、ある日のこと。おれが町から出て、田舎をうろついているとき、ひどく高慢ちきなスパニエル犬と出会った。鼻をつんとつきあげて、お高くとまった感じで通りすぎたので、おれはこう言ってやった。『なにを気どっていやがる？』

『わが主人は、王子さまの肖像画を描くように命じられたのだ』と、やつはますます、きざな態度で言った。

『おまえの主人って、だれだ？』と、おれは言った。『おまえ、まるでおまえがその絵を描くかのように、えらそうにしているじゃないか。』

『わが主人は、とても有名な画家だ』と、スパニエル犬。

『なんて名前だ？』

『ジョージ・モーランド』

『ジョージ・モーランドだと！』と、おれはさけんだ。『今、このあたりにいるのか？』

『さよう。ロイヤル・ジョージ・ホテルに泊まっている。主人は今、田園風景を描いているところで、来週にはロンドンへもどって、王子さまの肖像画を描きはじめる。』

おれはたまたま、このジョージ・モーランドという人に会ったことがあるんだが、田園風景を描く画家としては、その当時たぶん世界一有名な人だったし、今も世界一だと思う。そんなすごい人と知り合いだと言えるのは、ほこらしいよ。馬小屋の馬とか、ブタ小屋のブタとか、台所の戸口のまわりをうろつく犬とか、そうしたものを描くのが特にじょうずだった。

そこで、気がつかれないようにして、おれはスパニエル犬のあとをつけて、どこへ行くのか見てやろうとした。

するとやつは、丘の上のさびしい古い農場へ行った。おれは、しげみに身をかくしながら、偉大なモーランドが有名な農場の風景を描いているのを見たんだ。

やがて、画家は絵筆を置いて、ひとりごとを言った。『犬がほしいな——この水おけのとなりに犬がいないと、絵がまとまらない。あのばかなスパニエル犬が五分ほどじっとしていてくれるだろうか……。おい、スポット、スポット！　ここにおいで！』

画家のスパニエル犬スポットがやってきた。モーランドさんは、しばらく絵からはなれて、スパニエル犬を水おけのそばで腹ばいにさせて、じっとしているように言い聞かせた。モーランドさんは、犬がひなたぼっこをして眠っているふうにしたいのだなと、おれにはわかった。モーランドさんは、動物がひなたぼっこをして眠っているところを描くのが、ほんとに好きなんだ。

ところが、あのスパニエル犬のばかは、一分たりとてじっとしていなかった。しっぽにとまったハエに飛びかかったかと思えば、耳をぼりぼりかくし、今度はネコにほえかかる——ちっともじっとしちゃいないから、もちろん絵など描けやしない。とうとう腹をたてて絵筆を犬に投げつけちまった。

そのとき、おれはいいことを思いついた。最高のアイデアだ。おれは、しげみをぬけだし、しっぽをふりながら、モーランドさんのところへ小走りでかけよった。おえらいモーランドさんがおれの名前を呼んでくれたとき、おれは、そりゃあもう得意で、うれしかった！　だって、モーランドさんは、おれとたった一度、一八〇二年の秋に会ったきりなんだぜ。

『やあ、ジップじゃないか！』モーランドさんは大声で呼んでくれた。『いい子だ。おいで。ちょうどおまえに会いたかったんだよ。』

そして、モーランドさんは、スパニエル犬に投げつけたものを拾い集めながら、おれに話しつづけた——もちろん、人間が犬に話しかけるように、だよ。おれが、まさか人間のことばがわかるなんて思っちゃいないからね。でも、おれにはわかったわけだ、ぜんぶ。

『この水おけのそばにおいで、ジップ。じっとしていてくれさえすればいいんだ。なんだったら、眠っちまってもいい。でも、十分間だけ、動いたり、もじもじしたりしないでおくれ。できるかい？』

おれは、モーランドさんに水おけのところへ連れていかれると、そこで横になって、モーランドさんがおれのことを絵に描いているあいだ、完璧《かんぺき》にじっとしていた。その絵は今、ナショナル・ギャラリーにかざってあるよ。『農場のゆうべ』っていう題だ。何百人もの人が、毎年その絵を見にいっている。でも、あの水おけの下で寝ているかっこいい犬がこのおれさまだってことは、だれも知らないんだ——ドリトル先生をのぞいてはね。ある日、先生がロンドンへ買い物へお出かけになったとき、おれは、先生をご案内して、あの絵をお見せしたんだ。

さて、さっきも言ったとおり、おれが絵のモデルになったのも、ある思いつきのためだ。ジョージ・モーランドのためになにかしてあげたら、ひょっとしたら、お返しになにかしてもらえるんじゃないかと思ったわけさ。もちろん、犬のことばを知らないモーランドさんにわかってもらうのは、ちょいとたいへんだけれどね。で、モーランドさんが絵の道具をかたづけているときに、おれは、まるで帰ってしまったかのように、しばらくすがたをくらました。それから、ものすごく興奮して、ほえながら、モーランドさんのところへかけもどってきて、なにかたいへんなことが起こっているからついてきてほしいっていうふりをしたわけだ。

『どうした、ジップ？』と、モーランドさんは言った。『火事でも起きたか？』

そこで、おれはもっとほえて、町の方角へちょっと走って、ついてきてほしいという感じでモーランドさんをふりかえった。

『どうしたんだ、この犬は？』モーランドさんは、ぶつぶつとひとりごとを言った。『だれかおぼれたわけじゃあるまいし。近くに川もないからな……。よしよし、ジップ。今、行くよ。この絵筆を洗っちまうまで待ってくれ。』

それから、おれはモーランドさんを町へ連れていった。その道すがら、モーランドさんはときどき、『どうしたのかなあ。なにか起こったのはたしかだが。さもなきゃ、こんなに大さわぎしないからなあ』と、つぶやいてたっけ。

おれは、モーランドさんを、町の大通りまで連れていき、大道絵描きが絵を描いているところへと引っぱって行った。モーランドさん——いや、もう友だちみたいなものだから、ジョージと呼ぼう——ジョージは、その絵を見たとたん、なにが問題かわかってくれた。

『神よ、お守りください！』と、ジョージはさけんだね。『なんてひどい絵だ！　犬がさわぐのも、むりはない。』

　ちょうどたまたま、片足の大道絵描きは、自分の犬を連れて新しい絵を描いているところだった。歩道にすわって、チョークで、ミルクを飲んでいるネコの絵をキャンバスに描いていた。さて、おれの思いつきというのは、おえらいモーランドさんというのは——人がなんと言おうと、いつも心根のあったかい人なので——大道絵描きが描いたひどいしろものの代わりに、じょうずな絵を描いてくれるんじゃないかってことだった。そして、この計画はうまくいった。

『冗談じゃない！』と、ジョージは、大道絵描きが描いていた絵を指して言った。『ネコの背骨はそんなふうに曲がっていないだろう——ほら、チョークを貸してみろ、ぼくが描いてやる。』

　それから、その絵をすっかりごしごしと吹き消してしまうと、ジョージ・モーランドは自分なりに描き直した。それはもう実物そっくりで、ネコがミルクをなめるぴちゃぴちゃという音が聞こえてきそうなくらいだった。

『うわあ！　おれもそんなふうに描けたらいいんだがなあ』と、大道絵描きは言った。

『そんなにさらさらっと、やすやすと――なんでもないみたいに。』

『かんたんさ』と、ジョージ。『たいしたことじゃないよ。でも、君はこの商売で、かせげるのかい？』

『かつかつです』と、大道絵描き。『一日に二ペンスです。ほんとのところ、絵がへたなもんで。』

　そのとき、おれはジョージ・モーランドさまのお顔をながめたね。そのお顔に浮かんだ表情を見て、このおえらいかたをここに連れてきたのもむだじゃなかったとわかったよ。

『ねえ、君』と、ジョージは大道絵描きに言った。『君の絵を描き直してやろうか？　歩道に描いた絵はもちろん売れないが、それは消しちまえばいい。ぼくのこのかばんのなかに、余分なキャンバスが少しあるから、君、何枚か売れるんじゃないかな。ぼくはロンドンでいつだって絵を売れるけれど、大道絵描きってのは、まだやったことがないから、どうなるか、ちょっとわくわくものだな。』

　そして、ジョージは、まるで小学生みたいにすっかりのぼせあがってしまって、壁にたてかけてあった大道絵描きのチョーク画をとると、それを消して、ちゃんと描き直してやった。あんまり夢中になってやっているので、まわりにやじ馬がむらがっていることにすら気がつかない。その絵はあまりにじょうずなので、描かれたネコや犬や牛や馬の美しさに、見ている人は魔法にかけられたみたいにうっとりしちまうんだ。そして、大道絵描きの絵を代わりに描いてやっているこの見知らぬ男はだれだろうって、人々はたがいにささやきあっていた。

やじ馬はどんどん増えていって、やがて、そのなかのひとりが、ジョージの絵を見たことがあって、あの偉大な画家じゃないかと気がついた。すると、「モーランドですって」——「偉大なモーランド本人だ」というささやきが、群衆のなかに広がった。そして、だれかが、大通りに店を出している画商（絵を売り買いする人）のところへ出かけていって、ジョージ・モーランドが足の悪い大道絵描きのために、市場で絵を描いていると教えた。

そして、画商がやってきた。それから、町長がやってきた——金持ちも、びんぼう人もやってきた。こうして、町じゅうの人が集まって、その絵を買おうとして、大道絵描きに値段をたずねた。年寄りの大道絵描きは、一枚六ペンスで売ろうとしていたが、ジョージがこうささやいた。

『二十ギニー〔約五十万円〕にしときな。一枚、二十ギニーより安く売っちゃだめだ。売れるよ。』

そして案の定、画商と何人かの町の金持ちは、一枚二十ギニーで、ぜんぶ買いあげたのさ。

その晩、家に帰ったとき、なかなかいい仕事をしたと、われながら思ったね。だって、おれの友だちの主人の大道絵描きは、今じゃ、一生のんびり暮らせるだけの金持ちになったんだから。」

第七章　トートーのお話

まだお話をしていない動物は、フクロウのトートーとボクコチキミアチだけになりました。その次の夜、金曜日、先生の穴のあいたコインを投げて、ふたりのうちのどちらが先に話すか決めようということになりました。コインが表ならボクコチキミアチ、裏ならトートーの番です。

先生はコインを宙でくるくるまわし、裏が出ました。

「よろしい」と、トートーは言いました。「私の番だね。それでは、私が妖精《ようせい》とまちがえられた――一生で一度きりの――話をしましょう。私が妖精だなんてね！」小さなまるいフクロウはククククッと笑いました。

「それは、こんな具合に起こりました。ある十月の夕方、私は森のなかをさまよっておりました。空気には冬の香りがして、毛皮のある動物たちは、かさかさの枯れ葉をかきわけて、雪が降ってもだいじょうぶなように、木の実や種を集めていました。私は、ちょこまかしたハツカネズミはいないかと――そのころ、私の大好きだった珍味でしてね――さがしておりました。森でエサをあさるハツカネズミをつかまえるのは、かんたんでした。

森を飛びまわっているうち、子どもたちの声と犬の鳴き声が聞こえました。今なら、そんな音のするほうをさけて、森の奥へ行くのですが、若いころは知りたがり屋で、好奇心のせいでついついいろんな冒険をしたものです。そこで、音から逃げるのではなく、聞こえてきた音のほうへ、見つからないように、木から木へとそっと飛びながら進みました。

やがて、子どもたちがピクニックをしているところへ出ました――何人かの少年少女が、ナラの木立ちで夕食を食べていました。ひとりずばぬけて大きな男の子が、犬をいじめていました。小さな女の子と小さな男の子のふたりが、かわいそうだからやめてと言いました。いじめっ子はやめません。やがて、小さな男の子と女の子は、げんこつをかため、足も出して、いじめっ子に飛びかかったので、いじめっ子はとてもおどろき、そのすきに犬は走りさりました。やがて小さな男の子と女の子――あとできょうだいだとわかったのですが――は、ピクニックをしているほかの子たちからはなれて、キノコをさがしに出かけました。

自分よりもずっと大きな子をこらしめた、ふたりの勇気を、私はえらいと思いました。ふたりきりでさまよいだしたとき、また好奇心のせいで、私はあとをつけました。

いやまあ、ちっちゃな足でずいぶんと歩いたもんです。やがて日がしずみ、森に暗闇がせまりました。

子どもたちは、お友だちのところへ帰ろうとしましたが、森になれていませんから、方角をまちがえてしまいました。時間がたつにつれてどんどん暗くなり、やがて幼いふたりは、足もとが見えないので、木の根っこにつまずいたり、ひっくりかえったりして、すっかりつかれきって迷子になってしまいました。

そのあいだ、私はそっと物音もたてずに、上空からふたりを追いかけていました。とうとう、ふたりはすわりこみ、幼い女の子が言いました。

『ウィリー、迷子になっちゃったよ！　どうする？　夜になってきた。暗いのはこわいよ。』

『ぼくもだよ』と、男の子。『エミリーおばさんが、あの「戸だなのおばけ」のこわいお話をしてくれてから、暗いのは、死ぬほどこわいんだ。』

これには、どぎもをぬかれましたね。もちろん、おわかりだろうけど、暗闇がこわいなんて話、私はそれまで聞いたことがありませんでした。みなさんにとっても、ばかばかしい話だと思うけど、まぶしい下品な日光より、すずしくて、おだやかな暗闇のほうがずっとうれしい私にとっては、太陽がおやすみなさいをしたからって、それだけでこわいなんて、もうほとんど信じられなかったわけですよ。

さて、コウモリとフクロウは特別な目があるから暗闇でも見えると思っている人がいるようですが、そうではありません。耳は特別ですが、目はふつうです。暗闇でも見えるのは、練習したからです。なにごとも練習です。ピアノとか、いろいろなおけいごとと同じですね。私たちフクロウは暗いほうが好きだから、ほかの人が寝るときに起きて、ほかの人が起きるときに寝ます。なれたらそっちのほうがずっといいとわかって、びっくりしますよ。もちろん、私たちフクロウは、かなり幼いころから、とても暗い夜でも見えるように、おかあさんやおとうさんから特訓を受けています。だから、なんでもないことなんです。でも、だれだって練習さえすれば――ある程度は――できるようになります。

さて、子どもたちの話にもどりましょう。ふたりは、地面にすわりこんで、どうしたらいいかわからず、心配してこわがって、えんえんと泣きじゃくっていました。そのとき、私はあの犬のことを思い出して、この子たちは動物にやさしいから、助けてあげようと思ったのです。そこで私は、ふたりの頭上の木の枝にぽんと入りこんで、飛びっきりやさしいネコなで声で言いました――ホーホー、ホーホー――ご存じのとおり、これはフクロウのことばで『すてきな夜ですね！　ご機嫌いかが？』という意味です。

かわいそうに、ふたりの子どもは、飛びあがりました！

『きゃあ！』と、小さな女の子は、男の子の首にだきつきました。『あれ、なあに、おばけ？』

『わかんない』と、小さな男の子。『うへえ、でも、こわかった！　暗いのって、こわいね。』

私はふたりをなぐさめようとして、もう少しフクロウのことばで、やさしく語りかけてみました。でも、ふたりは、ますますこわがるだけです。まず、ふたりは私のことをおばけだと思い、それから鬼だと思い、次に、森の巨人だと思いました――ふたりのポケットにだって入れそうなこの私のことをですよ！　まったく、人間ってのは、子どもの育てかたがめちゃくちゃですね。なんにも教えていないんですから。森であろうが、どこであろうが、おばけだの、巨人だの、鬼だのが、ほんとにいますか？　私は見たことがありませんよ。

それから、私は考えました――森からずっとホーホーと鳴きながら飛んでいって、ふたりが私についてくれば、森からおうちに帰る道を教えてあげられるんじゃないか、と。さっそくやってみました。でも、あとをついてきてくれません。ほんと、おばかさんですよ。私のことを魔女かなにか、そういった種類のありもしない悪いものだと思ったんですね。あちこちでホーホーと鳴いてやったのに、ずっと遠くにいたほかのフクロウが呼ばれたかと思って目をさましただけでした。

子どもたちにどうしてやることもできないもんですから、この目をさましたフクロウのところへ行って、どうしたもんかと相談してみました。やっこさん、起きてきたばかりで、目をこすりながら、うろになったカバノキの切り株にすわっていました。『こんばんは』と、私は言いました。『いい夜だね！』

『ああ』と、やっこさん。『でも、あんまり暗くないね。なんだってさっき、あんなに大さわぎしていたんだい？　まだちゃんと暗くもなってないうちから、ぼくを起こすなんてひどいよ！』

『ごめんなさい』と、私は言いました。『でも、あっちの谷間に迷子になったふたりの子どもがいてね。おばかさんにも、お日さまがかくれてどうしていいかわからなくなったと、地面にすわりこんで、わめいているんだよ。』

『なんてことだ！　そりゃまた、へんな考えだね。ふたりを森から外へ出してやればいいじゃないか？　あの四つ角近くの農場の子じゃないのかね。』

『出してやろうとしたんだ』と、私。『でも、こわがって私のあとをついてこようとしないんだ。私の声がいやなのかな。こわい鬼かなにかそんなものだと思いこむんだよ。』

『じゃあ、』と、やっこさん。『なにかほかのもののふりをするしかないね——ふたりがこわがらない動物のまねを。ものまねはじょうずかい？　犬みたいにほえられる？』

『いや』と、私は言いました。『でも、ネコみたいな音は出せるよ。こないだの夏、馬小屋にいたアメリカ産のネコマネドリから教わった。』

『よし。それをやってみてごらんよ！』

そこで、子どもたちのところへもどってみると、ふたりはいっそう火がついたように泣きくれていました。そこで、私は、地面に近い、しげみのなかにしっかりとかくれたまま、ネコみたいにミャー！ ミャアーオ！と鳴きました。

『あら、ウィリー』と、小さな女の子が男の子に言います。『助かったわ！』

（『助かった』ですって。泣き虫さんたちは、ちっとも危ないめにあってやしないのに！）

『助かったのよ！ 私たちのネコのタッフィーちゃんがおむかえに来てくれた。おうちへの帰りかたを教えてくれるわ。ネコはいつだって、帰りかたを知っているものね、そうでしょ、ウィリー？ あとをついていきましょう！』」

トートーは、その場面を思い出しながら、静かな笑いで太ったおなかをしばらくゆらしました。

「そこで」と、トートーは言いました。「私は、見えないように、あいかわらず気をつけながら、少し先まで行って、また、ミャーとやりました。

『あそこよ！』と、小さな女の子が言いました。『呼んでるわ。来て、ウィリー。』

そうやって、ふたりの前のほうからネコのように呼んで、とうとうふたりを森から出してやりました。ふたりとも、ずいぶん転んで、女の子の長い髪はしょっちゅうしげみにひっかかっていました。でも、ふたりがぐずぐずしていても、私はいつも待ってやりました。ついに、広い原っぱまでやってくると、地平線のかなたに家が三軒見え、まんなかの家はこうこうと明かりがともっていて、ランプを持った人たちが家のまわりを、あちらこちらへ走りまわって、なにかをさがしていました。

子どもたちをこの家へ連れていってやると、ふたりのおかあさんとおとうさんは、たいへんな大さわぎをして、まるでひどい危険から救われたかのように、ふたりをだきしめて泣きくずれました。私に言わせれば、おとなの人間というのは、子どもよりもばかですね。あのおかあさんとおとうさんのとりみだしようからすれば、ふたりの子どもは、気持ちのいい森で二時間すごしたのではなく、まるで無人島に遭難でもしていたみたいですよ。

『どうやって、帰り道がわかったの、ウィリー？』と、おかあさんが涙をふいて、満面の笑みを浮かべてたずねました。

『タッフィーちゃんが連れてきてくれたの』と、女の子。『私たちのところへ来てくれて、ミャーミャー鳴きながら私たちの前を行って、案内してくれたのよ。』

『タッフィーが！』と、おかあさんは、こまった顔で言います。『あら、あのネコは客間の暖炉の前で眠っているわ——今晩はずっと、あそこにいたのよ。』

『とにかく、ネコだったよ』と、男の子。『今もこの近くにいるはずだよ。だって、玄関のすぐそばまで連れてきてくれたんだもの。』

それから、おとうさんが、ネコをさがして、ランプであちらこちらを照らします。私がそっと立ちさる間もなく、セージ〔薬用サルビア〕のしげみにすわっていた私にしっかり光を浴びせてしまいました。

『あら、フクロウだわ！』と、小さな女の子はさけびました。

『ミャー！』と、私は、ひけらかそうとして鳴いてみせました。『ホーホー！ ミャー！ ミャー！』

そして、さよならの羽ばたきをして、納屋の屋根をこえて夜のなかへ消えました。でも、去るときに、小さな女の子がとても興奮してこう言っているのが聞こえました。

『ああ、おかあさん、妖精《ようせい》よ！ 私たちをおうちに連れてきてくれたのは、妖精だったのよ。妖精が——フクロウに化けていたんだわ！ とうとう！ とうとう、私、妖精を見たわ！』

とまあ、こういう次第で、私が妖精にまちがえられたわけですが、そんなことはこれが最初で最後です。でも、このふたりの子どもとは、なかよくなりました。ほんとにいい子たちです——女の子は私がフクロウに化けた妖精だったと言いつづけましたけどね。夜、私はネズミをさがしてふたりの家の納屋のまわりをよくぶらぶらしていたのですが、あの夜、ふたりをぶじに家へ帰してあげて以来、ふたりは私を見つけるとどこにでもついてくるんです。たとえサハラ砂漠であろうと、ふたりは私のあとを追ってきたことでしょう。私が善良な妖精のなかでも一番いい妖精で、ふたりを守ってくれると思いこんでいるんです。両親の食卓から、羊肉や、小エビなど、とってもおいしいものをもってきてくれたものです。私はまるで軍鶏《シャモ》みたいに、ぜいたくな生活をしました。ぶくぶく太ってしまって、動かないものだから、松葉づえをついたネズミ一匹つかまえられなくなったくらいです。

ふたりは、もう暗闇をこわがらなくなりました。だって――ある日、かけ算表などの学問のことで先生と話をしていたとき、先生にも申しあげたんですが――こわいのは、わからないからです。わかってしまえば、こわくなります。あのおちびさんたちは、暗闇がわかりました。だから、もちろん、暗闇は昼と同様、こわくないとわかったわけです。

私はふたりを夜に森へ山へ連れ出し、ふたりは大よろこびしました。冒険好きになったわけです。そして、日光がなくたってどこにでも行ける人間がいたほうがいいだろうと思って、ふたりに暗闇でのものの見方を教えました。私がランプの光を浴びるといつも目をかくして、強い光になれないようにしているのを見て、ふたりも、すぐに暗闇で目が見えるようになってきました。いや、実際、かなりじょうずに見えるようになったんです――もちろん、フクロウやコウモリほどではありませんが、暗闇で見るようにしつけられてこなかったものにしては、たいした上達ぶりでした。

　ふたりにとっても、夜目がきくのは便利なことでした。ある春、真夜中に国の一部が洪水にあい、かわいたマッチや明かりがどこにもなくなってしまったことがありました。そのとき、この子たちが、私といっしょに暗闇のなかをその国じゅう旅して、多くの命を救ってあげたのです。ふたりは案内役を買って出て、人々を安全なところへ連れていきました。なぜなら、ふたりは暗くても目が見えたけれど、ほかの人には見えなかったからです。」

　トートーはあくびをして、頭上にぶらさがっているランプを眠そうに見あげて目をぱちくりさせました。

「暗闇で見るってのは」と、最後に言いました。「ピアノとかと同じで、ほんと、練習次第なんですよ。」

第八章　ボクコチキミアチのお話

こうして、ついに、ボクコチキミアチがお話をする番になりました。ボクコチキミアチは、とても恥ずかしがり屋で、つつましやかなので、次の夜に動物たちがおねがいすると、とても上品にこう言いました。

「みなさんをがっかりさせるのは、たいへんもうしわけないのですが、ぼくは、みなさんを楽しませるようなお話をまったく知らないのです。」

「おいおい、なに言ってるんだ、ボクコチ」と、ジップが言いました。「恥ずかしがるなよ。みんな、話したんだ。まさか、おまえ、アフリカのジャングルでずっと暮らしておきながら、なんの冒険もしたことがないってんじゃないだろう？　したま、冒険談があるはずだ。」

「でも、ぼくは、とても静かな生活を送ってまいりましたからね」と、ボクコチキミアチ。「ぼくらは、いつもひっそり暮らしているのです。ほかの動物とは関わりあいになりませんし、めんどうなことや、けんかや、冒険に巻きこまれたりするのは、いやなんです。」

「でも、ちょっと考えてごらんなさいな。なんか、思いつくでしょ……」と、ダブダブは言ってから、「せっつくんじゃないわよ」と、ほかのものたちに言いました。「ほっておいて、考えさせてあげなさい――考える頭がふたつもあるんですから。なにか思いつくわよ。でも、なにがあっても、まごつかせるようなことをしちゃだめよ。」

しばらくのあいだ、ボクコチキミアチは、深く考えにふけっているかのように、すらりとした足でベランダのデッキをなでまわしていました。それから、一方の頭をもちあげると、静かな声で話しはじめました。反対側の頭は、小さなテーブルの下で、もうしわけなさそうに、咳《せき》をしました。

「あのう……たいした話じゃないんですが……ほんとに。でも、ひょっとしたら、時間つぶしにはなるかもしれません。バダモシ族のダチョウ狩りの話をします。まず、黒人には、野生の動物を狩る方法がいろいろあるとご理解ください。どんな方法にするかは、どんな動物を狩るかによってちがいます。たとえば、キリンなら、深い穴をほって、軽い枝や葉っぱでふたをしておきます。そして、キリンがやってきて穴の上を歩いて落ちるまで待ちます。それから、穴に落ちたところを、かけつけてつかまえるのです。けっこうまぬけなシカみたいなものでしたら、枝や葉っぱで人間の大きさぐらいの小さなついたてを作ります。狩人《かりうど》が、そのついたてをたてのように持って、ゆっくりとシカのそばまで近づき、槍《やり》でさしたり、矢を放ったりします。狩人がじょうずにそっと近づけば、まぬけなシカは、葉っぱが動いているのは、ただ風にゆれているだけだと思って、気にしないのです。

えものをつかまえるには、いろいろなやりかたがありますが、たいていはこそこそとした、目をあざむくようなやりかたです。でも、バダモシ族が発明したダチョウを狩る方法は、たぶん一番いやらしいかもしれません。かんたんに言うと、こういうことです。ダチョウというのは、牛みたいに、小さなむれで行動しますよね。しかも、かなり間がぬけています。人間がやってくると、砂のなかに頭をつっこんで、自分には人間が見えないから、人間からも自分が見えないだろうと思っているって話、聞いたことがあるでしょう。あんまり、りこうじゃありませんよね。ほんと。

さて、それでは本題です。バダモシ族の国では、ダチョウが頭をつっこむような砂があまりありませんでした。それは、ダチョウにとっては、よいことでした。だって、人間がやってきたら、逃げることになりますからね。たぶん、砂をさがしながら。とにかく、逃げれば助かるわけです。そこでバダモシ族の狩人たちは、ダチョウに近づいてむれのなかに入っていって殺すために、なんらかの方法を考えなければなりませんでした。その方法というのが、なかなかかしこいものでした。実際のところ、ぼくは、ある日、森のなかで狩人たちがその新しいわなを使う練習をしているところに、たまたま出くわしたことがあるのです。ダチョウの皮を代わりばんこに頭からかぶり、長い首を棒でささえながら、本物のダチョウに見えるように歩こうとしていました。ぼくは、身をかくしたまま、見守っていましたが、すぐ、なにをねらっているのかわかりました。ダチョウのふりをして、むれに入りこんで、かぶっている皮のなかにかくしもった斧《おの》で殺そうというのです。

このあたりのダチョウたちは、ぼくの大切なお友だちでした。ダチョウたちが、バダモシ族のテニスコートを使えなくしてくれて以来、なかよくしていたのです。バダモシ族の長《おさ》は、何年も前に、美しいネピアグラスの牧草地を見つけ——それはたまたま、ぼくの大好きなお食事場だったのですが——すてきな牧草をすっかり焼きはらって、そこをテニスコートにしてしまいました。白人がテニスをしているのを見て、自分もやってみたくなったのです。でも、ダチョウがテニスボールをリンゴだと思ってとって食べてしまいました。ダチョウって、食べるものについて、すごくいいかげんでしょう？　そう、テニスコートのはしのジャングルにひそんでいて、ボールがコートから外れて飛んでくると、それをくわえて逃げて、ごっくんと飲みこんだのです。こうして長のテニスボールをぜんぶ飲みこんでしまったので、テニスコートは使えなくなり、ぼくの美しいお食事場には、やがてまたうっそうと草が生えて、ぼくはそこへもどってくることができたのです。こうして、ダチョウたちは、ぼくのお友だちになったのでした。

　そこで、ダチョウが危ないとわかると、ぼくは出かけていって、むれのリーダーにそのことを教えました。ものすごくまぬけなリーダーだったので、なかなかわかってもらえませんでした。

『いいですか』と、ぼくは別れぎわに言いました。『足の色と形を見れば、むれに入ってきた狩人はすぐ見分けられます。ダチョウの足は――自分のを見れば、おわかりのとおり――灰色っぽいですが、狩人の足は黒くて太いですからね。』バダモシ族がかぶる皮は、狩人の足までおおわなかったわけです。『さて、』と、ぼくは言いました。『足の黒いダチョウがお友だちになろうとしてきたら、おそいかかって、たたきのめすように、ダチョウ全員に言いなさい。そうすれば、バダモシ族も思い知るでしょう。』さて、こう言っておけば、なにもかもうまくいくはずだったのです。でも、ダチョウのまぬけぶりときたら、こちらの思いもよらないものでした。そのリーダーのダチョウは、その夜、家へ帰るとちゅう、ずぶずぶと沼のようなところへ入って、おろかにも長い足をどろで真っ黒にしてしまいました。しかも、どろがかたまって、足が太くなってしまったのでした。それから、ダチョウ全員に、ぼくがあたえた細かな指示を伝えてから眠りました。

　あくる朝、リーダーは寝ぼうしました。むれは先に気持ちのいい丘で草を食《は》んでいました。すると、ぼんくらリーダーは——オスのダチョウのなかで一番の大ぼけものでした——ゆうべ汚した足の黒いどろをこすり落としもせず、大歓迎されると思って、王さまみたいにのっしのっしとやってきました。そして、大歓迎されたわけです——ほんとに、あほ！ みんなは、その黒い足を見るやいなや、たがいに合図を交わして、一、二の三で、気の毒なリーダーにおそいかかり、半殺しの目にあわせました。まだすがたを見せていなかったバダモシ族は、ちょうどそのときやってきましたが、どじなダチョウたちは、変装した狩人とまちがえて自分たちのリーダーをなぐるのに大いそがしでしたから、黒人たちはつつっと近づいてきて、もう少しでみんなをつかまえてしまうところでした。ぼくが大声で危険を教えてやって、なんとかぎりぎり助かったのです。

こうして、善良だけれどもおろかなお友だちの命を助けたければ、ぼくは、むろん自分でなにかしてやらなければならないとわかりました。

そして、こうすることにしました。バダモシ族が眠ったときに、かれらが持っているダチョウの皮を盗んでしまうのです。たった一枚しかないのですから、この新式の狩りの秘策もそれで終わりです。

そこで、真夜中、ぼくはジャングルをぬけだして、狩人の小屋がいくつも建っている場所にやってきました。犬にかぎつけられないように、風下から近づかなければなりません。狩人よりも、犬のほうがこわいのです。相手が人間なら、ぼくのほうがずっと足が速いですから、すぐ逃げられますが、犬は鼻がよくききますから、たとえジャングルのなかへ逃げこめたとしても、なかなか逃げきれるものじゃありません。

ぼくは、風下から近づいて、小屋のなかでダチョウの皮をさがしました。最初、どこにも見つけられませんでした。どこかにかくしたんだなと思いました。

さて、バダモシ族は、たいていの黒人の部族がそうであるように、夜眠るときは、必ずだれかひとりに小屋の外で夜番をさせておきます。小屋のならびのむこうはしに、その夜番がいるのが見えましたので、もちろん、見つからないように気をつけました。でも、ダチョウの皮をさがしているうちに、その見張りがちっとも動かず、腰かけにすわったまま、じっとしていることに気がつきました。たぶん、眠ってしまったのでしょう。そこで、近づいてみると、おぞましいことに、その男は、ダチョウの皮を毛布代わりにまとっているではありませんか。その夜は冷えたからです。

こいつを起こさずに皮だけとるには、どうしたらいいのでしょう。つま先立って——ほとんど息を殺して——ぼくは近づいて、肩から皮をそっと引っぱりました。ところが、この男は皮の一部をおしりにしいてすわっていたので、とることができません。

ぼくは絶望して、あきらめかけました。でも、この皮を手に入れないと、かわいそうなおろかなお友だちがきっとひどい目にあうことを思って、ぼくは、一か八《ばち》かやってみることにしました。いきなり、すばやく、一本の角で、男の急所をついたのです。『いってぇえええええ！』と、一キロ先まで聞こえるような大声を出して、男は飛びあがりました。そのすきをねらって、ぼくは、男の下から皮をひったくり、ジャングルのなかへ逃げこみました。バダモシ族は、女も犬も、村じゅう大さわぎとなって、目をさまし、オオカミのむれのように、ぼくのあとを追ってきました。」

「いやはや」と、ボクコチキミアチは、郵便局船が少しゆれたのにあわせて、その上品な体のバランスをとりながら、ため息をつきました。

「あの晩の命がけのかけっこは、もう二度としたくありません。思い出しただけで、背筋がぞぞっと凍ります——犬はほえたて、男たちがどなり、女たちが金切り声をあげ、ぼくのすぐあとから、みんなが低いしげみをバリバリとこわしながら、ジャングルをかきわけてやってくるのです。

川があったおかげで命拾いをしました。ちょうど雨季でしたから、水かさがものすごく増えていました。ぼくは、おびえて、つかれきってハアハアと息を切らしながら、うず巻く流れの川岸に着きました。八メートルぐらいのはばがある川でした。流れは、ごうごうとはげしく波打っています。泳いでわたるなんて、とてもできません。うしろをふりかえると、追手がもう目の前にせまっています。また、一か八かやってみるしかありませんでした。助走のために、少しうしろへさがって、あのいまいましいダチョウの皮をしっかりと口にくわえながら、全速力で突進し、ジャンプしました――あんなジャンプは、生まれてはじめてでした――そして、ぶじに、どさりとむこう岸に着いたとき、かろうじて間に合ったのだとわかりました。というのも、敵は、さっきまでぼくがいた岸まで、もうやってきていたからです。月明かりのなか、ぼくにむかってこぶしをふりあげ、なんとかしてぼくのところまでやってこようとしていました。一番たけりたっている犬どものうち何匹かは、泳ごうと飛びこみましたが、逆巻く流れにコルクのようにおし流されたため、狩人《かりうど》たちはおそれて、そのまねはしませんでした。

ぼくは勝利にぞくぞくとして、大切なダチョウの皮を、かれらの目の前で、あれくるう川のなかへ落としてやりました。すると、皮はまたたく間に見えなくなってしまいました。怒りのうなり声がバダモシ族からわきあがりました。

それから、ぼくは、一生悔やむことをしてしまいました。ご存じのとおり、ボクコチキミアチの種族は、いつも礼儀正しさや、ていねいさを大切にしております。それで――思い出すのも、恥ずかしいのですが――ぼくは、興奮のあまり、川のむこうでくやしがっている敵にむかって、両方の顔で、べえっと舌を出してしまったのです。言いわけのしようもございません――わざとはしたないことをしたのですから、申し開きはできません。でも、月明かりしかございませんでしたし、きっとバダモシ族には見えなかったのではないかと思います。

まあ、そのときはなんとか助かりましたが、バダモシ族は、これでこまったことが終わったわけでは決してありません。しばらくのあいだ、ダチョウをほっておいて、ぼくを狩りたてるのに全力をそそいだのです。なんとかして、ぼくをしとめようというのです。しつこく追ってくるのをさけて、よそへ逃れると、ぼくの新たな居場所を見つけて、また追いかけてきます。わなをしかけ、落とし穴をほり、犬をけしかけてきました。ぼくは、まる一年、どうにか逃げおおせましたが、ずっと気が張りつめていて、へとへとになってしまいました。

ところで、バダモシ族は、とても迷信深い人たちでした。わからないものをとてもこわがったのです。ゆうべ、トートーさんがお話しになった、闇をこわがる子どもと同じです。わけのわからないものは、たいてい悪魔だと思うのです。

さて、長いあいだ、狩りたてられ、いやな思いをしたすえに、ぼくは、いわば、かれらのやりかたをまねて、かれらがダチョウにしかけようとしたのと同じ手を使ってやろうと思いました。そう考えて、ぼくは変装する方法をさがしました。ある日、ある木の近くで、どこかの狩人が、野牛の皮をかわかしているのを見つけました。頭や足を切り落とした、布のような皮です。これこそまさに、ぼくがほしいものだと思いました。ぼくは、それを引っぱりおろし、一方の頭をさげて、二本の角が——こんなふうに——背中と同じようにまっすぐ平たくなるようにして、その上に皮をかぶせましたので、一方の頭しか見えなくなりました。

ぼくのすがたはすっかり変わりました。背の高い草原のなかを歩けば、頭がひとつのふつうのシカのように見えました。そこで、このように変装して、ぼくは広い牧草地をぶらぶらして、愛《いと》しのバダモシ族があらわれるまで草を食んでいました。するとすぐに、かれらはやってきたのです。ぼくはかれらに気がつきましたが、かれらにはそれがわかっていません——ぼくをおびえさせないように、そっと牧草地のはしの木々にかくれながら、しのびよってきました。

さて、小さなシカの狩りのしかたはこうです。木にのぼって、下のほうの枝に横になって、じっとしています。木の下をシカが通ったら、シカのおしりに飛びついて、シカを地面にたおすのです。

やがて長《おさ》自身が木にのぼってかくれたのを見つけると、ぼくは、なにも知らないふりをして、その下で草を食べました。そして、長がぼくのおしりと思っているところへ落ちてきたとき、ぼくは牛の皮の下にかくしておいたべつの角をつきあげて、長に一生忘れられないようなパンチをかましてやったのです。

迷信深いおそれのうめき声をあげて、長は『悪魔にやられた』と、みなのものに告げました。すると、みなクモの子をちらすように、逃げさって、二度とぼくを追い立てたり、いじめたりすることはなくなったのでした。」

これで、全員が話を終えて、『月刊北極』のお話懸賞コンテストは、しめきりとなりました。こののち、この出版史上初の動物雑誌の第一号は、まもなく発行され、ツバメ郵便により、北極の住民へ配達され、大好評となりました。感謝のお便りや、コンテストへの投票が、アザラシや、アシカや、カリブー〔トナカイの仲間〕など、あらゆる北極の生物からどんどんよせられました。算数の得意なトートーは編集者となり、ダブダブが「おかあさんとあかちゃんのページ」を担当し、ガブガブが「お庭いじりのコツ」と「安全な食べ物」のコラムを書きました。こうして『月刊北極』は、ドリトル先生の郵便局があるかぎり、家庭やほら穴や氷山へしあわせをもたらしつづけたのでした。

第四部

第一章　小包郵便

ある日、ガブガブが先生のところへやってきて言いました。

「先生、小包郵便をはじめたらどうですか？」

「なんてことを、ガブガブ！」と、先生はさけびました。「今だってもうじゅうぶんいそがしいのが、わからないのかい？　どうして小包郵便がいるんだい？」

「どうせ、食べ物のことにちがいないよ。」先生のとなりのこしかけにすわって、たし算をしていたトートーが言いました。

「うん」と、ガブガブ。「イギリスから新鮮な野菜を送ってもらえないかしらと思ったの。」

「ほらね！」と、トートー。「野菜のことしか考えていない。」

「でも、小包は、鳥が運ぶには重すぎるよ、ガブガブ」と、先生。「大きな鳥が小さい小包を運ぶならべつだけれど。」

「わかってます。そのことは考えました」と、ブタは言いました。「でも、今月、イギリスでは芽キャベツが旬なんです。ぼくの大好きな野菜なんだ――パースニップの次に。それに、来週イギリスからアフリカへ来るツグミがいるって聞いたよ。一羽につき、芽キャベツひとつ運んでくれとたのむのは、ひどい話じゃないでしょ？　何百羽って鳥が飛ぶだろうから、一羽につきひとつ運んでくれたら、何か月分にもなるもん。先生、ぼくは、このあいだの秋以来、イギリスの新鮮な野菜を食べてないんです。アフリカのヤムイモだの、オクラだの、くだらない野菜には、うんざりだよ。」

「わかった、ガブガブ」と、先生。「なにができるか、考えてみよう。次の郵便でイギリスに手紙を送って、ツグミたちに芽キャベツを君のために運んでもらうことにしよう。」

こうして、小包郵便という、またべつの部局が、ファンティッポの国際郵便局にくわえられたのです。ガブガブの芽キャベツは、鳥たちによって（たいへん大きなむれだったので）何トンも運ばれました。こうなると、いろいろな動物が、食料が足りなくなると先生のところへやってきて、外国の食料を送ってほしいとおねがいしました。こうして先生は、鳥に外国から種や苗を運ばせて、くだものや野菜や、それからお花さえも育て、いろんな実験をして新しい気候にならしたのでした。

まもなく、先生の郵便局船には、窓ぎわに古めかしい植木箱《プランター》がずらりとならび、イギリスから鳥に運んでもらった種や切り枝から育てたゼラニウムや、マリーゴールドや、ヒャクニチソウが、きれいな花を咲かせました。イギリスの野菜が、今でもアフリカで野生で育っているのは、こうしたわけなのです。小さいころから食べてきた野菜をどうしても食べたいというガブガブの熱い思いのおかげだったのです。

しばらくして、大きな鳥に小包を運んでもらうことで、二か月に一度の定期的な小包郵便が、ファンティッポの郵便局につけくわわりました。イギリスから、目ざまし時計など、いろいろなものがとりよせられました。

ココ王は、新しい自転車さえ、とりよせました。分解して運んだのです。二羽のコウノトリが車輪をひとつずつ運び、ワシが車体を、カラスたちが手分けしてペダルのような小さな部品やスパナーやオイルかんを運びました。

それを郵便局でもう一度組み立てようとしたとき、ボルトのひとつが見あたりませんでしたが、それは小包郵便のせいではありませんでした。バーミンガムから出荷した製造者が入れ忘れたのです。でも、先生が手紙で苦情を書いて次の郵便で送ると、すぐに新しいボルトが届きました。そこで、王さまは、得意そうにファンティッポの町なかを新しい自転車で乗りまわし、それを祝してその日は公休日とされました。王さまは、古い自転車を弟のウォラボラ皇太子にあげました。こうして、最初ガブガブによってはじめられた小包郵便は、大成功をおさめたわけです。

数週間後、先生は、リンカンシャー州に住む農家の人から、次のような手紙を受けとりました。

拝啓

すばらしい天気予報をありがとうございます。おかげさまで、私はリンカンシャー州でこれまでにないほど上質の芽キャベツを収穫することができました。ところが、市場へ出そうと収穫するつもりだった前の晩に、畑から芽キャベツが消えてしまいました——ひとつ残らずです。どうしてかはわかりません。どうか、このことでお力をお貸しいただけないでしょうか。

敬具

ニコラス・スクロギンズ

「なんてこった!」と、先生は言いました。「これはどういうことだ。」

「ガブガブが食べたんですよ」と、トートー。「ツグミがここにもってきたのは、まちがいなく、その人の芽キャベツですね。」

「おやおや!」と、先生。「そいつはこまった。うむ、なんとかして、この人に弁償しなくてはならん。」

さて、長いあいだ、おかあさんのように家のきりもりをしているダブダブは、先生に、郵便局のお仕事ばかりしないで、お休みをとってくださいとおねがいしていました。

「ねえ、先生」と、ダブダブは言いました。「お体を悪くなさいますよ――このままだと、きっとお体をこわします。この数か月の先生のように根をつめて働いたら、だれだって病気になりますよ。もう郵便局はちゃんとなりましたから、王さまの郵便局員にまかせて、お休みなさったらいかがですか。どっちにしろ、パドルビーへお帰りになるのではないのですか？」

「帰るさ」と、ドリトル先生。「帰るときが来たらね、ダブダブ。」

「でも、お休みをとらなければだめです」と、アヒルは言いはりました。「しばらく、郵便局からはなれてください。気分転換に、カヌーにでも乗って海岸でお遊びになったらいかがです――おうちへお帰りにならないとしても。」

先生は、そうしようといつも言うのですが、なかなかお出かけになりませんでした。ところが、ある日、博物学上のとても重要な事件が起こって、ついに郵便局の仕事どころではなくなったのです。それは、こんなふうに起こりました。

ある日、先生が自分あての小包をあけていると、そこには大きな卵のような形のものが入っていました。海草でできた包装紙をとると、なかには、手紙と、二枚の牡蠣《かき》の殻が組み合わさって容器のようになったものがありました。

「なんだ、これは？」と思った先生は、まず手紙を読み、そのあいだも、ダブダブは、先生の肩ごしにのぞきこみながら、まだ先生にお休みをとるようにとしつこく言いつづけていました。手紙にはこうありました。

こんにちは、先生。先日、私が牡蠣を割っていたときに見つけたきれいな小石を同封してお送りいたします。私は海辺に育ち、一生、貝をあけつづけてまいりましたが、こんな色の小石を見たことがありません。夫が申しますには、これは牡蠣の卵だということです。でも、私はそうは思いません。どうぞ、なんなのか教えてくださいませんでしょうか。そして、お忘れなく送りかえしていただけますでしょうか。子どもたちに、おもちゃとして、あげると約束しましたので。

それから、先生は、手紙をおいて、小刀をとり出し、牡蠣の殻をきちんと結びつけていた海草のひもを切りました。貝を開いた先生は、おどろいて息をのみました。
「うわあ、ダブダブ」と、先生は大声を出しました。「なんてきれいだ！　ごらん、ほら！」
「真珠ですね！」と、ダブダブが先生の手のひらを見つめながら、おごそかな声で言いました。「ピンクの真珠が、いくつも！」

「なんと！　みごとなものじゃないかね？」と、先生はつぶやきました。「こんな大きなのを見たことがあるかい？　どの真珠ひとつをとっても、たいへん高価なものだよ、ダブダブ。これを私に送ってきたのは、いったいぜんたい、だれだろう？」

先生は、また手紙をごらんになりました。

「ヘラサギからです」と、ダブダブ。「文字に見おぼえがあります。ヘラサギというのは、ダイシャクシギやタシギに似ていますが、トキの仲間なんです。貝とか海の虫とかそういったものをさがして、さびしい海岸をいじくりまわすのが好きなんです。」

「それで、どこからの手紙だね？」と、先生。「一枚めの一番上にある住所にはなんてある？」

ダブダブは、目をこらして、しげしげとそれを見ました。

「ハーマッタン岩と、あるみたいです。」

「それはどこだね？」と、先生はたずねました。

「わかりません」と、ダブダブ。「でも、スピーディーなら知っているでしょう。」

ダブダブは飛んでいって、スピーディーを連れてきました。

スピーディーは、よく知っていますと答えました。「ハーマッタン岩は、西アフリカの北方百キロほどの沖合にある、小さな島の集まりです。」

「それは、ふしぎだ」と、先生。「南海諸島から来たというなら、さほどおどろかないが、そのあたりの海で、こんなに大きくてきれいな真珠を見つけられることは、めったにない。うむ。これは、ヘラサギの子どもたちに送りかえしてやらなければならんな——もちろん、書留小包郵便で。だが、正直なところ、こいつはあまりにすてきだから、手ばなしたくないものだなあ。いずれにせよ、あしたにならないと郵送もできないが、それまでどこにしまっておこうかな。これほど高価な宝石には、よほど気をつけなければならん。ダブダブ、このことは、だれにも言わないほうがいいぞ——見張りのジップと、ボクコチキミアチのふたりは例外だが。ふたりには、一晩じゅう、このドアのところで見張りをしてもらおう。人間は、真珠を手に入れるためなら、どんなことだってやるからな。ないしょにしておいて、あすの朝一番に送りかえすことにしよう。」

先生は、そう話しているうちに、自分の机に影が落ちるのに気がつきました。顔をあげてみると、受付の窓口に、見たこともないほど人相の悪い男の顔があり、先生の手のひらにまだあった美しい真珠に見入っているのでした。

先生は、こまって、まごつき、郵便局員になって初めて、ていねいに対応することを忘れてしまいました。

「なんの用だ？」先生は、真珠をポケットにつっこんで、たずねました。

「十シリングの郵便為替をください」と、男は言いました。「病気の妻に、送金したいんです。」

先生は郵便為替を作り、男が窓口にさし出したお金を受けとりました。

「どうぞ」と、先生は言いました。

男が郵便局を出ていくと、先生はそのあとを目で追いました。

「ずいぶん風変わりなお客だったね?」と、先生はダブダブに言いました。

「ほんとです」と、アヒル。「奥さんが病気だっていうのも、ふしぎはないですよ。あんなこわそうな亭主がいたんじゃ。」

「だれなんだろう」と、ドリトル先生。「ここに、めったに白人なんか来ないのに。どうもいやな感じだった。」

翌日、真珠はまたもとどおりに包装され、先生が「小石」とはほんとうはなにかをヘラサギに説明した手紙を同封して、書留小包郵便でハーマッタン岩へ送られました。

小包を送るのにえらばれた鳥は、たまたま、イギリスから芽キャベツを運んできたツグミたちのうちの一羽でした。ツグミたちはまだ近くにいたのです。ツグミは、小包を運ぶにはいささか小さな鳥でしたが、小包はとても小さかったですし、先生にはほかに運んでくれる鳥がいませんでした。そこで、書留郵便とは、郵便屋さんがとても大切に運ばなければならないものなのだとツグミに説明したあとで、真珠を郵送してもらいました。

それから、先生は、いつものように王さまをたずねました。おしゃべりをしているうちに、先生は王さまに、郵便局船に郵便為替を求めにきた見知らぬ白人はだれかご存じですかとたずねました。

先生がその男の人相を説明すると、王さまは、ああ、よく知っていると答えました。「真珠とりがさかんな太平洋にいつもいる男だが、このあたりにもよくすがたを見せ、真珠を手に入れるためや金もうけのためならなんでもする大悪党として知られているのだ」と、王さまは言いました。ジャック・ウィルキンズという名前でした。

先生は、これを聞くと、あのピンクの真珠をぶじに書留郵便で持ち主に送りかえしてよかったと思いました。それから先生は、王さまに「働きすぎたので休息したい。じきにお休みをとりたい」と言いました。どこへ出かけるのかと王さまがたずねると、先生は、一週間ほどカヌーに乗って、ハーマッタン岩のほうへ行ってみようと思っていると答えました。

「ふむ」と、王さまは言いました。「そちらのほうへ行くのなら、わがはいの旧友のニャムニャム首長を訪ねるとよかろう。ハーマッタン岩があるあたりは、その長《おさ》が治めている。長もその民もひどくびんぼうだが、長は正直者だ——先生もきっと好きになりますよ。」

「わかりました」と、先生。「陛下からよろしくと伝えにまいりましょう。」

翌日、スピーディーとチープサイドとジップに郵便局の留守番をまかせて、先生はダブダブといっしょにカヌーに乗って、お休みを楽しむべく、こぎ出しました。そのとき、ファンティッポの港の入り口付近に真珠とりのジャック・ウィルキンズの帆船が錨《いかり》をおろしているのに気づきました。

夕方近く、先生は、ニャムニャム首長の小さな国に着きました。わらでできた小屋が集まった小さな集落です。ココ王の紹介状を持って長をたずねると、先生は大歓迎されました。しかし、この長が治める国は、ほんとうにびんぼうでした。何年ものあいだ、両どなりの強力な国からいくさをしかけられ、よい農地を次々にうばわれ、とうとう人々は、ほとんどなんの食べ物も育たない、細長くて岩だらけの海岸に追いやられてしまったのです。先生は、通りでエサをついばむニワトリがやせ細っていることを、とりわけ心配しました。まるで、年をとって、よろよろになってしまった馬車の馬のようなやつれかただったと、先生はおっしゃいました。

先生が長（人のよさそうな老人でした）とお話をなさっていると、スピーディーが大あわてで長の小屋へ飛びこんできました。

「先生」と、スピーディーはさけびました。「郵便がうばわれました！　ツグミが郵便局へもどってきて、とちゅうで包みをとられたと言うんです。真珠は、な、な、なくなりました！」

第二章　郵便大強盗

「なんてこった！」と、先生は飛びあがって、さけびました。「真珠がなくなった？　書留にしておいたのに！」

「はい」と、スピーディー。「ツグミ本人がここに来ていますから、報告してもらいましょう。」

スピーディーは戸口のところへ行くと、書留小包を配達した鳥を呼び入れました。

「先生」と、ツグミは、とてもあわてて、息せき切って言いました。「あたしのせいじゃないんです。あの真珠から決して目をはなしませんでしたもの。ハーマッタン岩へと飛んでいきましたが、近道をするため、とちゅう陸の上を行かなければなりませんでした。そのとき、久しく会っていなかった妹が、下のジャングルの木にとまっているのを見つけたんです。ちょっと立ち寄ってあいさつしていっても、だいじょうぶだと思ったんです。それで、おりていったら、妹はあたしに会えてとてもよろこんでくれました。口に小包のひもをくわえていたらちゃんと話せないので、うしろの木の枝に小包をおきました——すぐ近くに、ですよ——そして、妹とおしゃべりしたんです。それから、ふりむいてみたら、なくなっていました。」

「木からすべり落ちたんじゃないのかね」と、先生。「下のしげみに落ちたのかもしれない。」

「そんなはずはありません」と、ツグミ。「枝の樹皮の小さな穴になっているところへ入れておいたんです。すべったり転げ落ちたりするはずがありません。だれかがとったのです。」

「やれやれ」と、先生。「郵便を盗むとは。ただごとではない。だれがそんなことを?」

「きっと、目つきのあやしいジャック・ウィルキンズでしょう」と、ダブダブはささやきました。「あんな顔つきの男は、なんだって盗みます。しかも、真珠が郵送されているのを知っていたのは、私たちとスピーディーをのぞいたら、あいつしかいません。ウィルキンズですよ。絶対まちがいありません。」

「どうかな」と、先生。「あいつは、かなりあやしいお客だという話ではあるがね。こうなったら、すぐにファンティッポへこぎもどって、やつを見つけるしかないか。郵便局は書留郵便の紛失に責任があるから、ウィルキンズがあの真珠をとったのなら、とりかえさなくっちゃ。でも、これからは、書留郵便の配達員は、仕事中に妹やだれかれとおしゃべりしてはいけないという郵便局の規則を作らなくてはならないな。」

　そして、もうおそい時刻であったにもかかわらず、ドリトル先生は、ニャムニャム首長にそそくさとお別れのあいさつをして、月明かりのなか、ファンティッポの港を目指して出発しました。

　一方、スピーディーとツグミは、近道をして陸の上を飛んで、郵便局へむかいました。

「ウィルキンズになんておっしゃるつもりですか、先生？」カヌーが月明かりの海をすべりだしたとき、ダブダブがたずねました。「ピストルとかそういったものをお持ちになっていないのはざんねんでしたね。手ごわそうな相手ですから、力ずくでないと真珠をとりかえせませんよ。」

「なんて言ったらよいか、わからない。その場になったらわかるだろう」と、ドリトル先生。「でも、こちらに気づかれないように、気をつけて行かなければならないな。もし錨をあげて船を出されたりしたら、カヌーではとても追いつけない。」

「いいことがあります、先生」と、ダブダブ。「私が先に飛んでいって、敵のようすをさぐってみましょう。それからもどってきて、わかったことをすべてお話しします。ひょっとすると今は、あの帆船にいないかもしれません。そうしたら、どこかほかをさがさなければなりません。」

「わかった」と、先生。「そうしてくれ。この速さだと、ファンティッポに着くまであと少なくとも四時間はかかる。」

そこでダブダブは海の上を飛んでいき、ドリトル先生は、いさましくカヌーをこぎ進めました。

一時間ほどすると、頭上高くで、ささやくようなクワックワッというやさしい声がして、忠実な家政婦のダブダブが帰ってきたことがわかりました。まもなく、つばさをシュッとはたきながら、ダブダブが先生の足もとにおりたちました。その顔は、たいへんな知らせがあるというようすでした。

「あそこにいます、先生――しかも、ちゃんと真珠も持っていますよ！　窓からのぞいたら、ロウソクの明かりで、やつが小さな箱からべつの箱へ、真珠を数えながらうつしていました。」

「悪党め！」と、先生はうなり、あらんかぎりの力でスピードを出しました。「われわれがファンティッポに着く前にやつが逃げださないことを祈ろう。」

夜が白々と明けてきて、さがしていた帆船のすがたが見えましたが、明るくなったため、見られずに帆船に近づけなくなりました。先生は、反対側から帆船に近づくために、人なし島のほうまでまわりました。反対側からなら、それほど広々とした海をわたらずにすむからです。

そっとオールをこぎながら、カヌーを船首の下へつけることができました。それから、カヌーが流されないように帆船につなぎ止め、錨のくさりをよじのぼると、よつんばいになって船の上を進みました。

まだ、夜が明けきっていなかったので、船室からランプの光がこぼれ、船室へとつづく階段をぼんやり照らしていました。先生は、影のようにスッと進み、階段をつま先立っておりて、かすかに開いたドアからなかのようすをうかがいました。

目つきのあやしいウィルキンズは、まだテーブルのところで、ダブダブが説明したとおり、真珠を数えながらすわっていました。ほかにふたりの男が、部屋の壁にすえつけられた寝棚で眠っていました。先生はドアをパッとあけて、飛びこみました。とたんにウィルキンズはテーブルから立ちあがり、ベルトからピストルをぬいて、先生の頭にねらいを定めました。

「少しでも動いたら、殺すぞ！」ウィルキンズはうなりました。

先生は、しばらくのあいだ、おどろいて、銃口をにらみ、どうしたものかと考えていました。ウィルキンズは、先生から目を一瞬もはなすことなく、左手で真珠の箱をとじて、ポケットに入れました。

しかし、そうしているあいだに、ダブダブが、だれにも見られず、こっそりとテーブルの下へしのびこみました。そして、とつぜん、その強いくちばしで、男の足をかんだのです。

うなりをあげて、ウィルキンズは、しゃがみこみ、アヒルをたたいてはなそうとしました。

「今です、先生！」と、アヒルはさけびました。

ピストルの銃口がさがったその瞬間に、先生は相手の背中にとびつき、はがいじめにして、船室の床を転がって、とっ組み合いになりました。

ものすごいけんかになりました。あちこちの物をひっくりかえしながら、ふたりは上になったり下になったり、どたんばたんと、床じゅうを転げました。ウィルキンズがピストルを持った手を自由にしようとすると、先生はその手をはなすまいとがんばり、ダブダブはすきあらば敵の鼻にかみついてやろうと、はねまわり、宙を飛び、飛びのき、バタバタと羽で空を打ちました。

ドリトル先生は、体が小さいわりには、けんかがとても強いので、相手がまったく動けなくなってしまうまでしっかりおさえつけました。ところが、相手の手からピストルをむりやりうばおうとしたとき、ふたりの男のうちのひとりがけんかの音で目をさまし、先生の背後の寝棚からとび出すと、びんで先生の頭をしたたかになぐりました。先生は、気を失い、どさっと床の上にたおれて動かなくなってしまいました。

それから、三人の男たちは、ロープを持って先生にとびかかり、あっという間に先生の腕と足をしばりあげ、けんかは終わりました。

気がつくと、先生は、自分のカヌーの船底に横たわっていて、手首をしばってあるロープをダブダブが引っぱって先生を自由にしようとしているところでした。

「ウィルキンズはどこだ？」先生は、ぼうっと寝ぼけたように、たずねました。

「行ってしまいました」と、ダブダブ。「真珠を持って。あの悪党め！　先生をカヌーに放りこんだらすぐ、錨《いかり》をあげて帆をあげて、逃げたんです。大あわてで望遠鏡で海をながめて、税関監視船のことを話していました。きっと、ずいぶん悪いことをして追われているにちがいありません。生まれてこのかた、あんな強そうな連中を見たことがありません。さあ、先生の手をしばっていたロープがはずれましたよ。あとはご自分でほどいてくださったほうが早いでしょう。頭は、かなり痛みますか？」

「まだ少しふらふらする」と、先生は、くるぶしのロープをほどきながら、言いました。「でも、すぐによくなるよ。」

やがて、足をしばっていたロープもはずれると、ドリトル先生は立ちあがって、海をながめました。水平線のかなた、東のほうに、ウィルキンズの船の帆がちょうど消えていくところが見えました。

先生は歯をくいしばったまま、「悪党め！」とだけ言いました。

第三章　真珠と芽キャベツ

ダブダブと先生は、すっかりしょげかえって、カヌーをこぎこぎ帰りました。

「ニャムニャム首長のところへもどる前に、郵便局へよっていこう」と、先生。「真珠のことは、もうどうしようもないが、ほかは万事順調か、たしかめておきたい。」

「ウィルキンズは、まだつかまえられるかもしれませんよ――警察に」と、ダブダブ。

「そしたら、結局は、真珠をとりもどせるかもしれません。」

「それは、まずないだろう」と、ドリトル先生。「やつは、売れるときにさっさと売ってしまうだろうからね。それが目的なんだ――売ってお金にしようというわけだ。しかし、幼いヘラサギは、あの美しさを大切にしていた。ヘラサギに返してあげられなかったのはざんねんだ。それも私が預かっている最中に盗まれるなんて。ううむ。――『覆水盆に返らず』だな。とられてしまった。もうどうしようもない。」

ふたりが郵便局船に近づくと、まわりにたくさんのカヌーが集まっていました。今日は、郵便の発着がないはずなので、先生は、なんのさわぎだろうと思いました。

自分のカヌーをつなぎ止めてから、先生は郵便局のなかへ入りました。なかには、たいへんな人だかりがしていました。ダブダブといっしょにそこを通りぬけてみると、書留郵便の受付に、動物たち全員が小さな黒いリスをとりかこんでいるのが見えました。その小動物の足には、郵便局の赤いテープがしばりつけられており、リスはとてもおびえて、あわれなようすに見えました。スピーディーとチープサイドが、両側から、リスを見張っていました。

「これは、いったい、なんのさわぎかね？」と、先生がたずねました。

「真珠を盗んだやつをつかまえたんです、先生」と、スピーディー。

「真珠も、とりもどしましたよ」と、トートーが大声を出しました。「切手の引き出しのなかにあって、ジップが番をしています。」

「わからないな」と、ドリトル先生。「ウィルキンズが持って逃げたんじゃないのかね。」

「それは、べつの盗まれた真珠だったにちがいありません、先生」と、ダブダブ。

「ジップが番をしている真珠をごらんになってください。」

先生は、切手の引き出しをあけてみました。なかには、たしかに、書留郵便で先生が送ったはずの三つのピンク色の美しい真珠がありました。

「どうやって見つけたんだい？」先生はスピーディーの方をむきながらたずねました。

「先生がカヌーでご出発になったあと、」と、スピーディーは言いました。「ぼくとツグミは、ここへ帰ってくるとちゅう、ツグミが小包をなくしたという木のところに立ち寄ったんです。もうあたりは真っ暗で場所がわからなかったので、一晩じゅう木にとまって、朝になったらさがすことにしました。夜が明けだすと、このリスめが、大きなピンク色の真珠を口にくわえて枝のあちこちをとびまわっているじゃありませんか。ぼくは、すぐにぶんなぐって、おさえつけ、ツグミがリスから真珠をうばいとりました。それから、残りのふたつをどこにかくしたのか白状させました。三つともとりかえしてから、リスを逮捕して、ここに連行したのです。」

「おやまあ！」と、先生は、赤いテープでぐるぐる巻きにされた、あわれな犯人を見ました。「おまえさんは、どうして真珠を盗んだのかね？」

最初、リスは、こわがって、話すこともできないように見えました。そこで、先生は、ハサミで、リスをしばっていたテープを切ってやりました。

「どうして、そんなことをしたんだい？」と、先生はくりかえしました。

「芽キャベツだと思ったんです」と、リスはおどおどしながら言いました。「数週間前、ぼくと妻が木にすわっていたら、とつぜん、すごく強烈な芽キャベツのにおいが、あたりにたちこめました。ぼくと妻は、あの野菜が大好きですから、どこからにおってくるんだろうと思いました。そして、見あげてみると、何千羽ものツグミが、芽キャベツをくわえて頭上を通りすぎていたんです。少しおいていってくれないかなあと思いました。でも、おいていってはくれませんでした。数日したらもっとくるだろうって、妻と話していたんです。そこで、その木のあたりで見張っていることにしました。そしたら、やっぱり今朝になって、例のツグミたちが木にとまって、包みを運んでいたのを見かけました。『ほら！』と、ぼくは妻にささやきました。『芽キャベツを運んでるよ。こっそり包みをもらっちゃおう！』そして、もらっちゃいました。でも、あけてみたら、こんなひどい安ぴかものが入っているだけでした。新手の氷砂糖かなにかかもしれないと思って、石でも見つけて割ってみようとしていたところへ、この鳥がぼくの首筋をつかまえて、逮捕したんです。あんな真珠とかいうもの、ぼく、ほしくありません。」

「そうか」と、先生。「それはめいわくなことだったね。ダブダブにたのんで、君をご家族のもとへ帰してもらおう。でも、いいかい、書留郵便を盗むのは、いけないことだ。芽キャベツがほしかったら、私に手紙を書けばよかったのだ。結局のところ、逮捕されたのは自業自得だよ。」

「盗んだくだものほど、うまいもんはねえって言いますからね、センセ」と、チープサイド。「こいつにとっちゃ、高級温室ブドウをどっさりもらっても、つまみ食いしたものほど、うまかねえのさ。おれがセンセだったら、こいつに二年間の重労働をさせるね――二度と、郵便に手を出すんじゃねえぞって教えてやるために、さ。」

「いや、かまわん。忘れよう」と、先生。「ただの子どもじみた、いたずらだ。」

「『子どもじみた』が聞いてあきれらァ。」チープサイドは、うなりました。「こいつは、大家族の父親ですぜ。生まれついてのすりだ。リスってのは、裏を返せば、すりなんだ。町の公園で人間どもに『かわいい』とか呼ばれて、気どってちょこまかしてやがるが、おれはよおく知ってらァ、こんなにずうずうしいぬすっと野郎はいねえ――人の目の前からパンくずくすねて、息もつかせぬ速さで、穴にかくしちまうのさ。『子どもじみたいたずら』と、きたもんだ！」

「おいで」と、ダブダブが、水かきのついた大きな足であわれな罪人をもちあげて言いました。「大陸へ連れ帰ってあげよう。この郵便局をしきっていたのが先生だったことを、幸運な星に感謝なさいな。ほんとなら、牢屋《ろうや》行きだよ。」

先生がダブダブのうしろから、「ああ、それと、急いで帰ってきておくれ、ダブダブ」と声をかけました。「君が帰り次第、すぐにニャムニャム首長のところへ行くつもりだから。」

ダブダブはそのお荷物といっしょに、開いた窓から海へむかって、バタバタと飛びたっていきました。

「今度は私が自分で真珠を届けよう。」先生は、スピーディーに言いました。「この手でヘラサギに手わたそう。もう事故があってほしくないからな。」

お昼ごろ、先生は、もう一度、カヌーの旅に出発しました。ガブガブとジップと白ネズミが連れていってほしがったために、カヌーはぎゅうぎゅうづめになりました。

夕方六時ごろにニャムニャム首長の国に着くと、年老いた長《おさ》は、お客のために夕食を用意してくれました。しかし、あまり食べるものはありませんでした。先生は、人々がいかにびんぼうかをまた思い知りました。

長と話しているうちに、先生は、この国の最大の敵はダオメー王国だと知りました。この強大な隣国は、しょっちゅうニャムニャム首長にいくさをしかけているようで、国を少しずつぶんどっては、人々をますますびんぼうにしていたのです。

さて、ダオメー国の兵士はアマゾンでした——つまり、女の戦士です。アマゾネスとも言われます。女でも、とても大きくて強く、ものすごく大勢いました。そのため、となりの小国など、やすやすとやっつけて、ほしいものを手に入れたのです。

たまたま、アマゾンは、先生が長のところにいるその夜に攻撃をしかけてきました。十時ごろ、「いくさだ！　いくさだ！　アマゾンが来た！」という声で、みながたたき起こされました。

大混乱となりました。月が出るまで暗闇のなかで、敵か味方かわからないまま、みんな、たがいになぐったり、たがいの上にたおれたりしていました。

ところが、目が見えるようになると、先生は、ニャムニャム首長の民のほとんどがジャングルへ逃げてしまったことに気づきました。何千ものアマゾンは、国に入って、好きなものをうばっています。先生は、アマゾンたちと議論しようとしましたが、ただ笑われるだけでした。

そのとき、先生の肩の上から、ようすを見ていた白ネズミが、先生の耳にささやきました。

「女の軍隊なら、先生《ちえんちえい》、やっちゅけようがありまちゅよ。女は、ネジュミをひどくこわがるでちょう。このあたりから少ち仲間《ちゅこ》を集めて《あちゅ》きて、なにができるかやってみまちょう。」

白ネズミは出ていって、草の小屋の壁や床に住んでいたネズミを二百匹ほど集めて、軍隊にしました。そして、とつぜん、アマゾンをおそって、その足にかみつきはじめました。

太った女戦士たちは、金切り声やうなり声をあげて、盗んでいたものを落として、あわてふためいて、逃げ帰りました。有名なダオメーのアマゾン族が思いどおりにできなかったのは、あとにも先にも、これきりでした。

先生は白ネズミを、とてもえらいとほめました。世界広しといえども、いくさに勝ったネズミといえば、先生の白ネズミだけだったからです。

第四章　真珠とり

次の朝、先生は早起きをしました。軽い朝食（貧困で苦しんでいる国では、軽い朝食しかないのです）をとったあと、先生はニャムニャム首長に、ハーマッタン岩への行きかたをたずねました。長《おさ》は、海へまっすぐ一時間半ほどこぎだしたところにあるから、ここからは見えないと答えました。

そこで先生は、海鳥に案内してもらうほうがいいと思いました。アヒルのダブダブが、海辺をぶらぶら散歩していたダイシャクシギを連れてきました。この鳥はハーマッタン岩ならよく知っていると答え、先生をご案内できるのは光栄ですと言いました。そこで、先生は、ジップとダブダブとガブガブと白ネズミを連れて、カヌーに乗って、ハーマッタン岩へ出発しました。

美しい朝でした。みなはカヌーをこぐのを楽しみました。ただ、ブタのガブガブは、ダイシャクシギが食べていた海草をつかもうとして、一度ならずカヌーをひっくりかえしそうになりました。そこで、安全のために、みんなはガブガブをなにも見えないカヌーのなかに寝かせました。

十一時ごろ、小さな岩だらけの島が見え、あれがハーマッタン岩だと案内のダイシャクシギが言いました。ここまで来ると、アフリカ大陸は水平線のかなたに見えなくなっていました。近づいてきた岩場は、何千ものさまざまな種類の海鳥のすみかのようでした。カヌーが近づくと、カモメ、アジサシ、カツオドリ、アホウドリ、鵜《う》、海スズメ、海ツバメ、野ガモ、そして野生のガンさえもが飛び出してきて、だれが来たのかと知りたがりました。ダイシャクシギから、この静かな太った人がドリトル先生その人にほかならないと教えてもらうと、みなはそのことを岩場から岩場に伝えました。やがて、カヌーのまわりの空は、日光にきらめくつばさでいっぱいになりました。海鳥たちが先生を心から歓迎する高い声は、とてもやかましくて、耳がおかしくなるほどでした。

なぜ、この場所が海鳥の家にえらばれたのかは、すぐわかりました。あたりの海岸は、なかば海にしずんだ岩に守られており、波がその岩に大きくぶつかり、くだけるさまは、たいへん危ない感じがするので、ここへは鳥の静かな暮らしをじゃまする船が一切やってこないのです。なるほど、浅瀬でも進める軽いカヌーでさえ上陸させるのは一苦労だと、先生は思いました。しかし、先生を歓迎する鳥たちが、先生を一番大きな島のかげへじょうずに案内してくれ、そこには深い水をたたえた湾があって、かわいらしい、おもちゃのような港になっていました。

先生は、ようやく、このあたりの島々がどうしてびんぼうな長からうばわれないのか、わかりました。近くの国はどこも、こんな場所はほしいとは思わないのです。ここまで来るのはたいへんですし、作物ができるような土地はほとんどなく、のっぺりとして、吹きさらしで、荒れはて、ひっそりとしており、長のどんな敵も「こんなところは要らない」と思っていたのです。だから、何年ものあいだ、ここはニャムニャム首長の部族のものとなっていました。ただ、その当人たちでさえ、ここにはめったに来なかったのです。ところが、ハーマッタン岩は、これまでうばわれた土地すべてを合わせたよりもずっと価値あるものだと、あとになってわかることになります。

「うわぁ、こりゃ、ひどい場所だね。」カヌーからおりるとき、ガブガブが言いました。「波と岩ばっかりだ。なんで、こんなところに来たんですか、先生？」

「ちょっと真珠とりをしようと思うんだ」と、ドリトル先生。「でも、まず、ヘラサギに会って、この書留小包をわたさねばならん。ダブダブ、すまないが、あの真珠を送ってきたおかあさんヘラサギをさがしてくれないか？　こんな何百万もの海鳥があたりにいたんじゃ、とても私には、あの鳥を見つけられない。」

「かしこまりました」と、ダブダブ。「でも、少々時間がかかるかもしれません。島もいくつかありますし、ヘラサギもずいぶんたくさんいます。先生に真珠を送ったのがどのヘラサギか見つけるには、あちこちたずね歩かなければなりません。」
そこで、ダブダブはそのお使いに出かけました。その一方で、先生は、人なし島のくぼ地で開かれた大会議で知り合いになったいろいろな鳥のリーダーたちとお話をしていました。リーダーたちは、自分がこのえらい先生を直接知っていることを見せびらかしたくて、次から次へ先生のところへやってきました。そして、またしても先生のノートがとり出され、海鳥郵便という新たな発見についていろいろと書き記されたのです。

先生がその大きな島のどこへ行こうと、ぞろぞろとついてまわった鳥たちは、そのうちに先生がいらっしゃることがさほどめずらしくなくなると、いつもやっていることへもどっていきました。やがて、さがしに行っていたダブダブが帰ってきて、あのおかあさんヘラサギは小さい島のひとつに住んでいますと告げたので、先生はまたカヌーに乗りこんで、ダブダブが指さした岩にむかってこぎだしました。

そこでは、おかあさんヘラサギが水際で先生を待っていました。先生を出むかえに行けずにもうしわけないとあやまり、海ワシがあたりにいるので子どもをおいて巣をはなれられなかったのだと言いました。子どもたちは、おかあさんといっしょにそこにいました。二羽のひ弱そうな、すべすべした毛のヒナ鳥で、歩けはすれど飛べませんでした。先生は小包をあけて、ふたりに、その大切なおもちゃを返してやりました。

ふたりは、うれしそうにキッキッと鳴きながら、大きなピンクの真珠を使って、平たい岩の上でおはじきをはじめました。

得意そうに子どもたちを見つめているおかあさんヘラサギに、先生は言いました。

「なんてかわいらしい子どもたちでしょう。おもちゃがぶじに返ってきてよかった。なにがあっても、このおもちゃだけは、なくしたくないね。」

「ええ、あの子たちは、こういう小石に夢中なんですよ」と、ヘラサギ。「ところで、これはなんなんですか？　手紙に書いたとおり、牡蠣《かき》のなかにあったのですけれど。」

「これは真珠です」と、先生。「たいへんな価値のあるものです。都会のご婦人は、これを首のまわりに巻いてかざります。」

「あら、そうなんですか」と、ヘラサギ。「どうして、田舎のご婦人はしないんですか？」

「わからないが」と、先生。「たぶん、高くて買えないからだろう。ああいう真珠が一個あるだけで、庭つきの家が買えるんだ。」

「じゃあ、先生、お持ちになったらいかがです？」と、ヘラサギはたずねました。「うちの子たちには、べつのおもちゃをやりますから。」

「いやいや」と、先生。「ありがたいが、庭つきの家なら持っている。」

「そりゃそうですけれど、先生」と、ダブダブが口をはさみました。「真珠を売ったお金で、なにも、また庭つきの家を買わなくたっていいんです。ほかのものを買うのにとても便利ですよ。」

「ヘラサギのあかちゃんたちが、ほしがっているんだ」と、ドリトル先生。「子どもからとりあげるなんてことはできないよ。」

「ピンク色のパテで作ったボールだろうと、あの子たちには変わりませんよ。」ダブダブが鼻を鳴らしました。

「パテは毒だ」と、先生。「子どもたちは、真珠がきれいなのが好きなんだ。持たせてやりなさい。でも」と、先生は、おかあさんヘラサギに言いました。「もっと真珠がとれる場所を知っているなら、教えてもらえると助かるよ。」

「存じません」と、ヘラサギ。「この真珠がどうして私の食べた牡蠣に入っていたのかさえ知らないんです。」

「真珠はいつも牡蠣のなかで育つんだ——そうやってできるんだよ」と、先生。「でも、めったにできない。まさにそれが真珠の博物学だ。真珠はどうしてできるのか。こいつは、とてもおもしろい。たまたま牡蠣の殻のなかに入りこんだ砂つぶのまわりにできると言われている。君たちがいつも牡蠣を食べているなら、なにか教えてもらえないかと思ったのだがね。」

「ざんねんながら、お教えできません」と、ヘラサギ。「ほんとのことを言うと、だれかよその鳥がむこうの岩山においておいた牡蠣の山から拾ってきたんです。中味は食べられてしまっていて、ありませんでした。まだずいぶんたくさん残っていますよ。その山へいっしょに行って、少し割ってみませんか。ひょっとしたら、どれにも真珠が入っているかもしれませんよ。」

そこで、小さな島の反対側へ行って、牡蠣をあけはじめてみましたが、真珠はひとつも見つかりませんでした。

「このあたりで牡蠣がとれるところはどこかね？」と、先生がたずねました。

「この島と、となりの島のあいだです」と、ヘラサギ。「私は深くもぐれないので、自分では牡蠣をとりませんが、ほかの海鳥たちがそこでとっているのを見ました――この島と、あそこの小さい島のちょうどまんなかあたりです。」

「先生、私がヘラサギといっしょに行ってみましょう」と、ダブダブ。「そして、私がちょっともぐってみましょう。私は、いつもは、もぐったりしませんが、かなり深くまでもぐれるんですよ。ひょっとしたら、真珠をとってきてさしあげられるかもしれません。」

そこで、ダブダブは、ヘラサギといっしょに真珠をとりに出かけました。

それから、ゆうに一時間半、まじめな家政婦のダブダブは、次から次に牡蠣をとっては、島で待つ先生のところへ持ってきました。先生と動物たちは、なかになにが入っているのだろうと、夢中になって牡蠣をあけつづけました。でも、貝のなかに入っていたのは、太った牡蠣や、やせた牡蠣ばかりでした。

「私も、もぐってみようかな」と、先生。「海が深すぎなければ、だいじょうぶだろう。子どものころは、プールの底からコインを拾ってくるのが得意だったんだ。」

先生は服をぬいで、動物たちといっしょにカヌーに乗りこみ、牡蠣のとれるところまでこぎ進みました。そして先生が、きれいな緑色の水のなかへバッシャーンと飛びこむと、ジップとガブガブはじいっと見守りました。

しかし、先生がアザラシのように水を噴きあげてもどってきたとき、牡蠣はひとつもとってこられませんでした。ただ、口にいっぱい海草をくわえていただけでした。

「おれがやってみよう。」ジップは、そう言うと、カヌーからドブンと飛びこみました。

それから、ガブガブがすっかり興奮して、みんなが止める間もあらばこそ、ざぶんと飛びこんでしまいました。ブタは、あまりにたちまちブクブクとしずんでいったので、鼻が海底のどろにはまってしまい、先生は、まだ息が切れているにもかかわらず、あとを追ってもぐり、ガブガブを助けてやらねばなりませんでした。このころには、動物たちはあまりにも興奮しきっていて、白ネズミでさえ飛びこみかねないいきおいでしたが、ガブガブの事故を見てやめました。

ようやくジップが小さな牡蠣を少し持ってきましたが、なかには真珠はありません

でした。

「われわれは、漁がへただね」と、ドリトル先生。「もちろん、このあたりには、もう真珠はないのかもしれないが。」

「いいえ、まだあきらめきれません」と、ダブダブ。「たくさん真珠があるに決まっています。牡蠣《かき》の繁殖場はたいへん広いんです。海鳥のところへ行って、あの真珠を見つけたヘラサギが持っていた牡蠣を、だれがとったのか、さがしだしましょう。あの山のような牡蠣をとってきたのは本職の牡蠣とりのはずですから。」

そこで、先生が服を着て、ガブガブが耳からどろを洗い出しているあいだに、ダブダブは、島めぐりの旅に出かけました。

二十分ほどして、ダブダブが連れてきたのは、頭にふさのついた、アヒルに似た黒い鳥でした。

「先生、この鵜《う》が、あの山ほどの牡蠣をとったそうです。」

「ほう」と、ドリトル先生。「これで、なにかわかるかもしれないぞ。」先生は、鵜にたずねました。「どうやって真珠をとるのか、教えてくれないかね？」

「真珠ですって？　なんのことです？」と、鵜は言いました。

ダブダブは、ヘラサギの子どもたちからおもちゃを借りてきて、鵜に見せました。

「ああ、それですか」と、鵜は言いました。「悪い牡蠣に入っているんです。牡蠣をとりに行くときは、そういったのはとらないことにしています。たまに、まちがえて、とってしまうこともありますが、とってしまったら、あけることさえしません。」

「だが、どうやって、ほかの牡蠣と見分けるんだね？」と、先生はたずねました。

「においをかぐんですよ」と、鵜。「そういうのが入っているのは、新鮮なにおいがしません。私は、牡蠣にはうるさいものですからね。」

「君は、水のなかでも、なかに真珠が入っている牡蠣とそうでないのが、ただ、においをかぐだけでわかるというのかね？」

「もちろんです。どんな鵜でも、できることです。」

「ほらね、先生」と、ダブダブ。「これでうまくいきます。もう好きなだけ真珠が手に入りますよ。」

「だが、この牡蠣の繁殖場は、私のものではない」と、ドリトル先生。

「おやまあ！」と、アヒルはため息をつきました。「金持ちになるのに、これほど文句をつける人はいませんよ。じゃあ、だれのものだと言うんです？」

「むろん、ニャムニャム首長とその民のものだ。ハーマッタン岩は長《おき》のものだ。お手数だが」と、先生は鵜にむかっておねがいしました。「こういった牡蠣をいくつか見本にとってきてもらえないだろうか？」

「お安いご用です」と、鵜は言いました。

鵜は、牡蠣の繁殖場の上空から、石ころのように海へすばやく飛びこみました。そして、またたく間にもどってくると、両足にふたつつかみ、口にひとつくわえて、三つの牡蠣をもってきました。動物たちが息を殺してむらがるなか、先生はそれらをあけました。最初のには、小さな灰色の真珠が入っていました。ふたつめのには、中くらいの大きさのピンクの真珠、そして三つめのには、ふたつの大きな黒い真珠が入っておりました。

「なんて、きれいなんだろう！」と、ガブガブがつぶやきました。

「ブタに真珠《ちんじゅ》、ネコに小判でちゅね」と、白ネズミがくすくす笑いました。「ちゅちゅちゅちゅ！」

「なんて物知らずなんだ、君は！」と、ブタは鼻をつきあげて、鼻息荒く言いました。「鬼に金棒、ブタに真珠、と言うのさ。ブタには真珠がよく似合うってことだよ。」

第五章　オボンボの反乱

その午後おそく、先生は、ニャムニャム首長の国へもどりました。そして、ダブダブら動物たちのみならず、鵜もいっしょに連れて帰りました。

わらの家の小さな集落にやってくると、なにかさわぎが起こっているようでした。国じゅうの人たちが、長《おさ》の小屋のまわりに集まっています。演説をする人たちがいて、みんな、大いに興奮しているようです。戸口のところに立っていた老いた長自身は、友だちの先生が人だかりのはしのほうへ近づいてくるのを見つけると、小屋へ入るように合図をしました。先生はそうしました。そして、先生がなかへ入るとすぐに、長は戸口をしめて、どういうことかを説明しはじめました。

「おお、白人よ、わが老いた身にたいへんな試練がふりかかった」と、長。「五十年間、私はこの部族の長をつとめ、尊敬され、あがめられ、みなは私にしたがってきた。今、私の若い義理の息子のオボンボが、長になるとわめきたて、多くの人がその味方をしている。われわれにはパンもなく、ほとんどなんの食べ物もない。オボンボは、それは私のせいだと、部族のみなに話している――そして、もし自分が長になれば、ぜいたくと繁栄をもたらそうと言うのだ。私はなにも長の座をおりたくないというのではない。しかし、私の代わりになりたがっているあの若い成りあがり者が、いくさをしかけるつもりでいることは、わかっている。いくさをしてなんになるというのだ？ 人々のおなかがいっぱいになるか？ いくさでは、われわれはいつも負けてきた。となりには強大な部族がいるのに、われわれは西アフリカでも最小の部族だ。だから、なんども物をうばわれ、とうとう今では、母も子も、私の戸口に来てパンをくれとさわぐようになった。ああ、ああ、こんなことになるなんて！」

年老いた長は、そう言い終えると、いすにすわりこみ、どっと泣きだしました。先生は、近よって、その肩をぽんぽんとたたきました。

「ニャムニャム首長」と、先生。「私は、今日、あなたたちを一生お金持ちにするようなものを発見しました。今、出ていって、部族のみんなに話しなさい。私の名誉にかけて、みんなに約束しなさい――そして、この私が、ココ王の紹介でここにきたことを、みなに思い出させなさい。あと一週間、あなたの統治にしたがっておだやかにすごしたら、ニャムニャム首長の国は、その豊かさと繁栄とで有名になる、そう私が言ったから、だいじょうぶだと約束しなさい。」

そこで、老いた長は戸口をあけて、外でさわぎたてる群衆に演説をしました。その演説が終わると、義理の息子のオボンボが立ちあがり、この年寄りをジャングルへ追い出そうと人々に呼びかける演説をしました。ところが、その話が半分もなされないうちに、人々はたがいにささやきあいだしました。

「この、ませた若者の言うことを聞くのはやめよう。白人の約束が果たされるか待ってみようじゃないか。あの人は、口先だけではない、行動の人だ。ポケットにしのばせた魔法のネズミで、アマゾンたちを追いはらったじゃないか。白人を信じ、とても長いあいだわが国をやさしく治めてくれた尊いニャムニャムの味方をしよう。オボンボの言うとおりにしたら、いくさになって、いっそうひどいびんぼうになるぞ。」

やがて、シッシッという声や、うなり声が群衆からわき起こり、人々は小石やどろをつかんで、オボンボに投げつけはじめたので、オボンボは演説をつづけられなくなりました。とうとう、人々の怒りから逃れるために、オボンボのほうが、ジャングルへ逃げこまなければならなくなりました。

興奮がおさまって、人々がおとなしく家へ帰ると、先生は老いた長に、ハーマッタン岩の牡蠣のなかに長を豊かにする富があるのだと語りました。鵜は、ドリトル先生の言うとおり、お金や食べ物がなくてひどくこまっている人々を救うために、自分の親族をたくさん連れてきて真珠とりをすることにしてくれました。

翌週、先生は長を、毎日二度、ハーマッタン岩へカヌーで連れていってやりました。

鵜は、たくさんの牡蠣をとってくれ、先生が真珠をよりわけて、売りに出すために小さな箱につめました。ドリトル先生は、このことは秘密にして、箱を運ぶのは信頼できる人にだけまかせるようにと、長に言いました。

やがて、先生が興した真珠とり業のおかげで、お金がこの国に流れこんできたので、人々は豊かになり、好きな食べ物をなんでも食べられるようになりました。

その週の終わりまでに、先生は、たしかに、約束を果たしました。ニャムニャム首長の国は、西アフリカの海岸では、裕福な国として知られるようになったのです。

しかし、どこであれ、大金が集まり、もうかる商売があるところには、運だめしをしようとする知らない人がやってくるものです。やがて、びんぼうでちっぽけだった国には、人でごったがえす、いそがしい市場ができて、近隣の王国から貿易商がやってきてそこで売り買いをしました。もちろん、どうしてこの国がとつぜんこんなに金持ちになったのかと、人々は問いました。長は先生の言いつけを守って、ごく限られた人たちだけに真珠とりの秘密を打ち明けていたのですが、ハーマッタン岩とニャムニャム首長の国とのあいだを何艘《そう》ものカヌーがひんぱんに行き来していることに人々は気がつきはじめました。

すると、今までこの国にずっといくさをしかけ、どろぼうを働いてきたとなりの国々から来たスパイが、ハーマッタン岩のまわりを、こそこそとカヌーでさぐりはじめました。そして、もちろん、あっという間に、秘密がばれてしまったのです。

強大な隣国のひとつであるエルブブ国の総督は、ハーマッタン岩をうばおうと、軍を召集して、いくさ用のカヌーで送り出しました。同時に、総督はニャムニャム首長の国をおそい、人々を追い出し、先生と長をさらって自分の国の牢屋《ろうや》へ入れてしまいました。こうして、とうとう、ニャムニャム首長の民は、土地をすっかりなくしてしまったのです。

おびえた人たちが逃げかくれているジャングルでは、オボンボが、自分の義父の民のちりぢりになった小さな集まりに、ささやくような演説をして、「あんな頭のおかしい白人を信用するなんて、ばかだ。おれの言うことを聞いていれば、みなをしあわせにしてやれたのに」と言いました。

さて、エルブブ国の総督は、先生を牢屋に入れたとき、ダブダブやジップやガブガブを追いはらってしまいました。ジップは、けんかをしかけて、総督の足をかみましたが、そのために、短いくさりにつながれてしまいました。

ドリトル先生は、以前にアフリカの牢屋に入れられたことはありましたが、このたび先生が入れられた牢屋には、窓がありませんでした。先生は、新鮮な空気を吸えなくなるのがとてもいやだったので、ひどくつらい思いをしました。それに、両手をがんじょうなロープでうしろ手にしっかりしばられてしまいました。

「まったく」と、先生は暗闇のなか、みじめな思いで床にすわって、動物たちの助けなしにいったいどうしたらよいのだろうと考えました。「こいつは、ほんとに、とんでもないバカンスになったものだ！」

　ところが、やがて、ポケットのなかでなにかが動く音がしました。たいへんうれしいことに、ぐっすり眠っていた白ネズミが、先生のひざの上に走り出てきました。先生は、ポケットに白ネズミがいたことを、すっかり忘れていたのです。

「ありがたい！」と、ドリトル先生はさけびました。「まさに、おまえの助けが必要だ。すまないが、私のうしろにまわって、このいまいましいロープをかみ切ってくれないか？　手首がいたくてたまらん。」

「わかりまちた」と、白ネズミは言って、すぐに仕事にかかりました。「どうちて、こんなに暗いんでちゅか？　ぼく、夜まで、寝てないでちゅよね？」

「ああ」と、先生。「まだ昼ごろだろうな。だが、われわれはとじこめられたんだ。あのおろかなエルブブ国の総督がニャムニャムにいくさをしかけ、私を牢屋に入れたんだ。いまいましい。私はいつだって牢屋に入れられる！　最悪なのは、ジップやダブダブが追いはらわれてしまったことだ。ダブダブがいてくれないのには、ほとほとこまりはてたよ。なんとかして伝言ができないだろうか。」

「まず、先生《ちえんちえい》の手をはじゅちまちゅから、お待ちくだちゃい」と、白ネズミ。「それから、なにができるか考えてみまちょう。ほら！　一本かみ切りまちたよ。少ち手《ちゅこ》をよじってみてくだちゃい。ロープがはじゅれまちゅよ。」

先生が腕と手首をもぞもぞと動かしてみると、すぐに両手がはずれました。

「おまえさんが、ポケットにいてくれて、ほんとによかったよ！」と、先生。「うしろ手にされて、つらかった。ニャムニャム首長は、どんな牢屋に入れられているんだろう。私は、こんなひどい牢屋に入ったことがない。」

一方、総督は、自分の宮殿で勝利を祝い、今や王立エルブブ真珠採取場と呼ばれることになったハーマッタン岩は、今後は総督専用の個人的な所有にするから、勝手に入るなという命令を発しました。そして、島を管理して、すべての真珠を総督にもってくるようにと、六人の特別な男たちを送り出しました。

さて、鵜《う》は、いくさが起こったことも、先生の不運についても、なにも知りませんでした。総督の部下たちがやってきて、鵜がとった真珠入り牡蠣《かき》をもっていったとき、鵜はそれがニャムニャム首長の部下だと思って、もっていかせました。ところが、幸運なことに、最初にもっていった牡蠣の山にはとても小さな牡蠣しかなく、なかの真珠はたいして価値のないものばかりでした。

ジップとダブダブは、なんとかして先生に連絡をとろうと頭をひねっていました。でも、なんにも思いつきませんでした。

牢屋のなかでは、先生が、腕をふりまわして、こりをほぐしていました。

「ダブダブへの伝言があるとか、おっちゃっていまちたよね」と、白ネズミの声が、すみの暗闇から、チュウチュウと聞こえました。

「そうだ」と、先生。「とても急ぎの知らせだ。でも、どうやって伝えたらいいだろうか。この場所は石でできていて、扉はおそろしく厚い。入れられたときに、わかったんだよ。」

「ご心配《ちんぱい》なく、先生《ちえんちえい》。ぼくが、お伝《ちゅた》えちまちゅ」と、ネズミが言いました。「このすみのところに古いネジュミの穴があるんでちゅ。入ってみたら、壁の下を通《ちた》って、牢屋の外の、道の反対側にある木の根もとに出るんでちゅ。」

「おお、すばらしい！」と、先生は大声を出しました。

「伝言はなんでちゅか」と、白ネズミ。「ちゃちゃちゃっと、ダブダブにお伝《ちゅた》えちまちゅよ。穴から出たところにある木の上に、ダブダブはいまちゅから。」

「こう伝えてくれ」と、先生。「すぐにハーマッタン岩へ飛び、今すぐ、すべての真珠とりを中止するようにと。」

「わかりまちた」と、白ネズミは言うと、ネズミの穴をすべりおりました。

ダブダブは、伝言を受けとるとすぐに真珠採取場へ行き、鵜たちに先生の指示を伝えました。

ぎりぎり間に合いました。総督の六人の特別な部下たちが、真珠の第二の山をとりに、島に着いたところだったのです。ダブダブと鵜たちは、それまでとってきた牡蠣をさっと海に投げもどしましたので、総督の部下たちが到着したときには、なにも見つけられませんでした。

部下たちは、しばらくあたりをぶらついてから、こぎもどって、総督に「あの島には、もはや真珠はありません」と報告しました。総督は、もう一度見てくるようにと部下を送り出しましたが、部下たちは、帰ってきて同じ報告をしました。

それから、総督はこまって、腹をたてました。ニャムニャム首長にはハーマッタン岩で真珠がとれるのに、どうして総督にはとれないのでしょう？　部下の将軍が、「あの白人がなにか関係しているのではないでしょうか、採取場を発見して事業をはじめたのはあの白人でしたから」と言いました。

そこで、総督はハンモック隊に命じて、自分を先生の牢屋へ運ばせました。扉の鍵《かぎ》があけられ、総督はなかへ入って、先生に言いました。

「この白い顔をした悪党め、わがはいの真珠採取場に、どんないたずらをしたんだ？」

「この黒い顔をした無法者め、あれはおまえの真珠採取場ではない」と、先生。「おまえは、あれをかわいそうな年寄りのニャムニャムから盗んだのだ。真珠は、海にもぐる鳥たちがとった。だが、鳥は正直だから、正直な人間のためにしか、働かない。なぜ、おまえは、牢屋に窓をつけないのだ？　恥を知りなさい。」

すると、総督は、真っ赤になって怒って、どなりました。

「よくも、わがはいにむかってそんな口がきけるな？　わがはいはエルブブ国の総督だぞ。」

「おまえは、はれんちなならず者だ」と、先生。「話したくもない。」

「鳥どもに言いつけてわがはいのために真珠をとれと言え。さもないと、おまえに食事を出さないように命令を出すぞ」と、総督。「おまえは、飢え死にだ。」

「言ったはずだ」と、先生。「おまえなどと、もう口をききたくない、と。おまえなんぞに、ハーマッタン岩から一個たりとて真珠をとらせてたまるか。」

「ならば、おまえにも、ひと口たりとて食わせるものか。」総督は、どなりました。

それから、総督は、牢屋の見張りたちに、新たな命令があるまで、先生に食事をあたえてはならないと指示してから、のっしのっしと、立ちさりました。扉はガッシャーンと陰気なひびきをたてて、いきおいよくしめられ、先生は、ほんのひと息、新鮮な空気を吸えただけで、また息のつまる牢屋の暗闇にとり残されたのでした。

第六章　先生の釈放

エルブブ国の総督は、数日のあいだドリトル先生を飢えさせれば、なんでも言うことを聞くだろうと確信しながら宮廷にもどりました。しかも、絶対に言うことを聞かせるために、囚人に水もあたえてはならないと命じました。

ところが、総督が立ちさったとたん、白ネズミが、すみっこのネズミ穴からとび出しました。そして、昼も夜もいそがしく動きまわって、町じゅうの家から集めてきた食べ物のかけら――パンくず、チーズのかけら、ヤムイモのかけら、ジャガイモのかけら、骨からはがしてきた肉のかけら――を運びこんだのです。こういったものを、ネズミはすべて、牢屋《ろうや》のすみっこにある先生のぼうしのなかに注意深くしまいました。そして、一日の終わりには、しっかりと一食分になるだけの食べ物くずをちゃんと集めてくれたのです。

先生は、自分がなにを食べているのかまったくわかりませんでしたが、ぼろぼろのまぜこぜごはんは、とても消化がよく、栄養があったので、気にする必要などありませんでした。先生にお水をさしあげるために、ネズミは木の実を手に入れ、一方のはしをかじって小さな穴をあけてから、なかの実をこなごなにくだいて、木の実をふって、穴から中味を出しました。それから、からっぽになった木の実の殻に水を入れ、木からとったアラビアゴムで穴をふさぎました。水を入れた木の実はネズミが運ぶには重すぎたので、ダブダブが川からネズミ穴の外まで運び、そこから白ネズミが穴のなかをころがして、牢屋まで運びました。

白ネズミは、国じゅうのネズミの友だちに手伝ってもらって、こうした木の実を何百と用意しました。先生は、水を飲みたいときは、このひとつを口に入れ、歯でバリッと割って、冷たい水でのどをうるおしたら、こわれた殻をはき出しさえすればよかったのです。

白ネズミは、先生がひげをそれるように、石けんのかけらも用意しました——先生は、牢屋にいるときでさえ、お顔のお手入れだけは、とてもきちんとしていらしたのです。

さて、四日がたって、エルブブ国の総督は、先生に、言うことを聞く気になったかと、伝令を送ってたずねさせました。ドリトル先生と話をした衛兵は、この白人はあいかわらず強情で、まいったと言いませんと総督に報告しました。

「よかろう」と、総督はじだんだをふんで言いました。「それでは、飢え死にするがいい。あと十日もすれば、あのおろか者は死ぬだろう。そうしたら、出むいていってせせら笑ってやる。エルブブ国の総督さまにさからうばかどもは、こうして死ぬのだ！」

十日後、総督は、そのことばどおり、白人のひどい運命をあざけるために、牢屋へ出かけました。配下の大臣や将軍たちの多くも同行して、いっしょになってあざけるつもりでした。ところが、牢屋の扉をあけてみると、白人の死体が床にのびているどころか、先生は、きれいにひげをそった顔で、元気そうに、こざっぱりとして、ほほ笑んでいるではありませんか。ただ少し変わったのは、牢屋では運動ができないために、まるまると、お太りになっていたことだけでした。

総督は、ぽかんと口をあけ、おどろきで、ことばを失って、囚人を見つめました。ちょうどこの前日に、総督は、アマゾンが大敗した話を初めて聞いたばかりでした。総督は、そんなことは信じられないと言っていましたが、今や、この男ならそういうこともありうると思いはじめました。

「ごらんなさい」と、大臣のひとりが耳もとでささやきました。「あの魔法使いは、水も石けんもなしに、ひげさえそっています。陛下、これはまちがいなく悪い魔法です。おそろしいことが起こる前に、あの男を解放なさい。やっかいばらいをしたほうがいい。」

そう言うと、おびえた大臣は、先生の悪い視線が自分の顔にささらないように、人ごみにかくれて、あとずさりしました。

そこで、総督自身もあわてふためき、すぐに先生を釈放せよと命じました。

「ここを出ていったりはしないぞ」と、ドリトル先生は扉のところで仁王立ちになりました。「この牢屋に窓をつけさせるまでは。窓のない場所に人をとじこめるなんて、最低だ。」

「ただちに牢屋に窓をつけろ」と、総督は衛兵たちに言いました。

「それでも、出ていかないぞ」と、先生。「ニャムニャム首長を解放しないかぎり。おまえの国民が長の国とハーマッタン岩から立ち退くように命じないかぎり。長からうばった農地を長に返さないかぎり。」

「そうしよう」と、総督は、歯ぎしりをしながら、つぶやきました。「たのむから、出ていってくれ！」

「よろしい」と、先生。「しかし、また、となりの国民をいじめるようなことをしたら、また、もどってくるぞ。気をつけろ！」

それから、先生は、牢屋の扉から、日光を浴びた通りへと歩いていき、おびえた人たちは、両側へ退き、自分の顔をかくしたまま、ささやきあいました。

「魔法だ！　あいつに顔を見られないようにしろ！」

先生のポケットのなかでは、白ネズミが前足で顔をおおって、笑いをこらえていました。

さて、先生は、動物たちと長といっしょに、投獄されていた国から、ニャムニャム首長の国へ帰ってきました。とちゅう、まだジャングルにかくれている長の民たちと何度も出会いました。この人たちに、総督がどんなことを約束したかという、うれしい知らせを伝えると、人々は、自分たちの国がついに自由になり、また安全になったのだとわかって、先生たちといっしょになって国へ帰っていきました。そのときドリトル先生は、兵隊たちの先頭に立つ勝ちいくさの総司令官のように見えました――それほど多くの人たちが、先生のあとをついて帰っていったのです。

その夜、長の国では盛大なお祝いがもよおされ、先生は、これまでこの国を訪れた人のなかで最もえらい人として、人々から「ばんざい」を言われました。最もいやな敵国のうちのふたつは、もはやおそれる必要はなくなりました――総督は約束によってしばられることになりましたし、ダオメー王国のアマゾンたちは、このあいだ攻めてきて、おそろしいめにあって以来、もう二度とちょっかいを出してくることはなさそうです。長の国は、真珠採取場をとりかえすことができ、豊かに、しあわせにやっていけることになりました。

翌日、先生は、ハーマッタン岩へ出かけて、鵜《う》たちに会って、いろいろ助けてくれてありがとう、とお礼を言いました。老いた長も、信頼のおける四人の部下といっしょにやってきました。今後まちがいのないように、先生はこの部下たちを鵜に紹介し、真珠入りの牡蠣《かき》はこの人たちにわたし、ほかの人にはわたさないように、と言いました。

先生たちがハーマッタン岩にいるあいだに、巨大な、とても美しい真珠が入った牡蠣がとれました。見たこともないくらい大きくて、すばらしいものです。形も完璧《かんぺき》で、傷はなく、とてもふしぎな色合いをしていました。長は短い演説をしたのち、この真珠を、先生が自分とその民のためにしてくださったことへのささやかなお礼として、先生にさしあげました。

「ありがたいわ！」ダブダブがジップにささやきました。「あの真珠が、私たちにとってどんな意味があるかわかる？　先生はもう一文なしなの。教会のネズミと同じくらいびんぼうよ。あれがなかったら、また、ボクコチキミアチを連れて、あちこちサーカスの旅に出なくちゃならないわ。うれしい。私としては、家にじっとしていたいわね――いったん、おうちに帰れたら。」

「へえ、そうかい」と、ガブガブ。「ぼくは、サーカスが大好きだよ。サーカスといっしょならイギリス旅行もいいもんさ。旅行するのは、ぜんぜんへいちゃらだ。」

「まあ、なんにせよ」と、ジップ。「先生が真珠を手に入れられてよかった。いつも、お金にはこまっていらっしゃるみたいだものね。それに、ダブダブ、君の言うとおり、あの真珠があれば、一生お金にこまることはないよ。」

ところが、先生がまだ長に美しいおくりもののお礼を言っているところへ、運び屋のクイップが先生へ手紙を持って飛んできました。

「赤で『至急』と書かれています、先生」と、ツバメは言いました。「だから、特別便で先生へお届けしたほうがいい、とスピーディーが申しました。」

ドリトル先生は、封をやぶって、あけました。

「だれからですか、先生？」と、ダブダブがたずねました。

「おやまあ」と、先生は読みながら、つぶやきました。「われわれがガブガブのために芽キャベツを輸出してしまったリンカンシャー州の農家からだ。お返事するのを忘れていた――おぼえているかね、どうしてこんなことになったのか教えてほしいと書いてよこした人だよ。ところが、私はいそがしすぎて、すっかり忘れてしまっていた。おやまあ！　このかわいそうな人になんとかして弁償しなければならないな――ああ、でも、これがある。この真珠を送ってあげよう。そうしたら、芽キャベツの代金をはらってあまりある。名案だ！」

そして、ダブダブがぞっとしたことに、先生は、農家からの手紙のなにも書いていない部分をちぎりとり、返事を書きつけ、それで真珠をくるむと、ツバメに手わたしました。

「スピーディーに伝えてくれ」と、先生。「これを書留ですぐ送ってくれと。私はあした、ファンティッポへ帰る。さようなら、そして特別便をありがとう。」

運び屋のクイップが先生の大切な真珠を持って遠くへ消えてしまうと、ダブダブはジップをふりかえって、つぶやきました。

「ドリトル家の財産が消えちまったよ。あーあ。それにしても、先生の指から、いつもお金がこぼれ落ちるのには、あきれてしまうわ！」

「あーあ！」と、ジップが、ため息をつきました。「やっぱり、サーカスだ。」

「楽して手に入れたお金はすぐ消えるって言うからね」と、ガブガブがつぶやきました。「まあ、いいさ。お金持ちになったって、そんなに楽しくないよ。お金持ちって、なんか気どったへんてこなふるまいかたをするだろ。」

第七章　なぞの手紙

いよいよ、ドリトル先生の郵便局のお話のなかでも、とりわけふしぎなできごとをお話しするときが来ました。たぶん、ツバメ郵便の制度のなかで起こった、最もふしぎな事件です。

先生が、せわしなかった短いお休みから郵便局船へもどってきたとき、うれしそうにむかえに出たのは、ボクコチキミアチ、トートー、チープサイド、波飛びのスピーディーでした。ココ王も、最近ロンドンから小包郵便で手に入れたばかりの、十シリング六ペンスもするオペラグラスでのぞいていて、先生のカヌーを見つけると、おむかえにやってきました。そして、郵便局長の留守のあいだ、午後のお茶や社交界のうわさ話ができなくてざんねんがっていたファンティッポの名士たちも、カヌーに乗りこみ、王さまにつづいて国際郵便局へやってきました。

そこで、先生が着いてから三時間というもの――実に、外が暗くなるまで――先生は、握手をし、お休みは楽しかったですかとか、どちらへいらしたんですかとか、なにをなさったのですかといった質問に答える以外、なにもすることができませんでした。こんなに大歓迎をされたのと、郵便局船の窓辺の箱入りの花《プランター》がはなやかに咲いて、とてもいい感じだったのとで、まるでほんとうにおうちに帰った気がしたと、あとで先生はダブダブに話しました。

「ええ」と、家政婦のダブダブは言いました。「でも、ほんとうのおうちは、パドルビーにあるんだってこと、お忘れにならないようにしてくださいよ。」

「そのとおりだ」と、先生。「そろそろイギリスへ帰らなければならんと思う。だが、ファンティッポの人々は、われわれに会えて、いかにもうれしそうじゃないか？　やっぱりアフリカは、いい国じゃないかね？」

「ええ」と、ダブダブ。「短いお休みを過ごすのには、ちょうどいいですね――長いのは、トロピカル・ドリンクのグラスぐらいにしておいてほしいです。」

夕食のあとで、今度は身内のみんなのためにもう一度最初から真珠採取場の話をさせられてから、ようやく先生が自分の部屋にもどってみると、そびえたつ手紙の山が待ち受けていました。いつものように、世界各地のありとあらゆる種類の動物たちから送られてきていたのです。先生は、何時間もしんぼう強く、そうした手紙を読み、読みながら返事を書きました。スピーディーは秘書役をつとめ、先生が次々と口述するお返事をそれぞれの動物語で書きとめました。先生があまりにも早口なので、ときどき、気の毒なスピーディーは、記憶力ばつぐんのトートーに聞いていてもらい、すぐ書きとめられなくても、もれがないようにしました。

山の最後のほうになってきて、先生は、どろだらけの、とても変わった厚い封筒を見つけました。長いことかかって調べても、そのなかの手紙を一語も読めるものはおりませんでしたし、だれから来たのかもわかりませんでした。先生はノートをぜんぶ、金庫から出してきて、何時間もその筆せきをくらべたり、にらんだり、じっくりと考えたりしました。インクの代わりに、どろが使われていて、名前がとてもぐちゃぐちゃと書かれていて、なんと書いてあるのかさっぱりわかりませんでした。

ところが、ついに、たいへんな労力をついやして、新たに写したり、推察したり、話しあったりしたのちに、この風変わりな手紙の意味がつなぎあわされ、こんな内容だとわかりました――

こんにちは、ドリトル先生。先生の郵便局のことを聞いて、この手紙をいっしょけんめい書いています――生まれて初めて書いた手紙です。郵便局には気象局もあって、片目のアホウドリが気象局長だそうですね。私は、世界最古の天気予言者なのです。私は、ノアの洪水を、日と時間にいたるまでぴたりと予言しました。私の歩くのがおそくなければ、お会いしに行き、この数百年、かなりひどくなってまいりました痛風を治していただくところなのですが、もし、先生のほうからいらしていただければ、天気についていろいろ教えてさしあげることができます。この目で、ノアの箱舟の甲板から見ました洪水のお話もしてさしあげましょう。

さようなら
どろがお

追伸　私はカメです。

ついに、このどろの手紙を最後まで読み終えると、先生の興奮と熱狂ぶりはとどまるところを知りませんでした。ただちに翌日、カメをたずねる用意をはじめたのです。

でも、ざんねん！　カメがどこに住んでいるか、もう一度手紙を見てみると、なんの手がかりもありません！　ノアの洪水や箱舟を見たという、なぞの手紙の書き手は、住所を書き忘れたのです！

「いいかい、スピーディー」と、ドリトル先生。「なんとかして、つきとめなければならん。この貴重な手紙がどこから来たのか、見つけるために、あらゆる手をつくそう。まず、郵便局の全員にたずねて、あれを配達したのはだれか、さがしだそう。」

こうして、先生とスピーディーは、順に全員を――ボクコチキミアチ、チープサイド、トートー、運び屋クイップ、ツバメ全員、近くに住んでいてまよいこんできた鳥、そして、郵便局船に住むようになったネズミ夫婦さえ――とり調べました。

しかし、あの手紙が着いたところを見たものはいませんでした。いつ何時に届いたか知るものもいません。どうやって先生の郵便の山のなかに入りこんだのか、だれにも見当がつきません。だれにもわからないのです。たいへんよく運営されている郵便制度であっても起こりがちな、ちょっとした郵便局のなぞです。

先生は、かなり気落ちしてしまいました。博物学のいろいろなことを考えていて、聖書に出てくる大むかしのノアの箱舟に関連するさまざまな事がらについて知りたいと、よく思っていたのです。ノアはすべての動物のつがいを乗せた箱舟で大洪水を逃れるという記念すべき船旅を終えたあと、偉大な博物学者になっていたにちがいない、と先生は考えました。そして今、思いがけず、それを目撃したというもの――実際にノアを知っていて、いっしょに船旅をしたというもの――から、すばらしい話が聞けるチャンスが到来したのに、住所をうっかり書き忘れるなんていう小さな失敗のせいで、すばらしい好機がむだになりそうなのです！

書き手をさぐろうというあらゆるこころみがだめになって二日たつと、先生はようやくあきらめて、いつもの仕事にもどりました。それから一週間ひどくいそがしかったので、とうとう、カメとそのなぞの手紙についてもすっかり忘れてしまいました。

しかし、ある晩、留守のあいだにたまりにたまっていた仕事をかたづけようと、夜おそくまで、働いていると、郵便局船の窓をそっとたたく音がしました。席から立って歩いていって、窓をあけてみると、とたんに、巨大なヘビの首がにゅっとあらわれました。その口は、手紙をくわえていました——厚い、どろだらけの手紙です。

「なんてこった！」と、先生はさけびました。「おどろかせてくれたね！　お入り、お入り、くつろいでくれたまえ。」

ゆっくりと、くねくねと、ヘビは窓からすべり入って、郵便局船の床におりました。何メートルも、何メートルも、さらに何メートルもあって、それがドリトル先生の足もとで、船の甲板のロープのように、きちんとぐるぐる巻きあがりました。

「失礼だが、君の体はまだ外にずいぶんあるのかね？」と、先生がたずねました。

「ええ」と、ヘビ。「まだ、半分しか入っていません。」

「じゃあ、ドアをあけるから」と、先生。「残りはろうかで巻いてくれないか。この部屋はちょっとせまいからね。」

大蛇の体がすっかり事務所のなかに入り、その分厚いぐるぐる巻きで床がすっかり見えなくなったのちに、体のかなりの部分は外のろうかへ流れ出ました。

「さて」と、先生は窓をしめながら、言いました。「どんなご用かな？」

「この手紙をもってきました」と、ヘビ。「カメからです。最初の手紙へのお返事が

なかったので、へんだと思っています。」

「住所を書いてくれていなかったからね」と、ドリトル先生は、ヘビからどろだらけの封筒を受けとりながら、言いました。

「ああ、そうだったんですか?」と、ヘビ。「どろがおは、手紙を書くのが苦手だからな。たぶん、住所を書くもんだって知らなかったんだと思います。」

「また、お手紙をもらえて、とてもうれしいよ」と、先生。「もう会えないと思っていたからね。君は私を、どろがおのところへ案内してくれるかな?」

「ええ、お安いご用です」と、大蛇。「私は、どろがおと同じ湖に住んでいますから。ジャンガニカ湖です。」

「君は水ヘビだね」と、先生。

「ええ。」

「旅をして、つかれたようだね。なにか、ほしいものはあるかい?」

「ミルクをひと皿いただければ」と、ヘビ。

「野ヤギの乳しかないが」と、ドリトル先生。「とても新鮮だよ。」

先生は台所へ行き、家政婦のダブダブを起こしました。

「たいへんだ、ダブダブ。」先生は、わくわくして、息を切らして言いました。「カメから二度めの手紙が来て、それを運んでくれたものが、カメのところへ案内してくれると言うんだ！」

ダブダブがミルクを持って郵便局長の事務所に入ると、ドリトル先生が手紙を読んでいました。床を見て、アヒルは、クワックワッと不快そうな声をあげました。

「妹のサラさんがいなくてよかったですよ」と、ダブダブはさけびました。「この事務所のありさまはなんです――ヘビだらけじゃありませんか！」

第八章　マングローブの沼のある土地

ファンティッポからジャンガニカ湖まで先生がなさった旅は、長いけれど、とてもおもしろい旅でした。カメの家は、アフリカの何キロも奥地の、ジャングルの最も深いところにあるとわかりました。

先生は、今度はガブガブを家に残していくことにしました。連れていくことにしたのは、ジップと、ダブダブと、トートーと、チープサイドだけです。チープサイドは、もう自分がいなくても仲間のスズメたちで町の配達がきちんとできるから、休みがほしいと言ったのです。

大きな水ヘビは、先生の一行を、まず七、八十キロほど岸に沿って南へ案内し、そこから、海を背にして、河口に入り、内陸の旅をはじめました。カヌー（その横をヘビが泳ぎます）は、川に水があるかぎりは、こういった旅に最適でした。ところが、やがて、川をさかのぼっていくにつれ、川はどんどんせまくなりました。とうとう、南国の川には多いことですが、小川は干あがって、砂州をはさんだ水たまりのつながりでしかなくなってしまいました。

頭上は、厚いジャングルの木々がおおっていて、緑のトンネルのようになっています。これは、日中、かさよりもしっかりと日ざしをよけてくれるので、都合のよいものでした。干あがった川では、先生はカヌーをもちあげたり、手作りのころ（丸い棒）をしいて引っぱったりしなければならず、大汗をかきましたから、日陰があるのは、ありがたかったのです。

一日めの終わりには、ドリトル先生は、カヌーを安全なところへおいておいて、あとは歩いて行こうと言いましたが、ヘビは、ずっと先にもっと水があり、たくさん沼をこさなければならないので、カヌーは先でも必要だと言いました。

進むにつれ、まわりのジャングルは、どんどん深くなるようでした。でも、川のあとにそって、いつもくっきりと通り道があります。川の流れは、かなりぐにゃぐにゃ曲がっていましたが、進むことはたいへんではありませんでした。

先生は、新しい土地を大いに探検しました。見たこともない木々、色あざやかなランの花、ちょうちょ、シダ、鳥、めずらしいサル。先生は、いつもノートにいそがしくスケッチやメモを書きこみ、すでに膨大である博物学の知識をさらに増やしていったのです。

旅の三日め、この川をたどっていくと、まったく新しい、ちがったところへ出ました。マングローブの沼です。それを見たことがなければ、それがどんなものかを想像することはむずかしいでしょう。それは、もの悲しい景色でした。水たまりや小さな流れがいちめんにある沼地で、あちこちに草や雑草がちょこちょこと生え、ごつごつした木の根やイバラの茂みがもつれていて、それが四方八方に何キロも広がっているのです。大雨で水びたしになった広大な林のようだと、先生は思いました。ここには、下流のほうに生えていたような大きな木は生えていません。せいぜい頭上、二メートルか二メートル半ほどの高さのマングローブの木がうっそうと生えていて、細い枝から長いコケが——灰色のぼろきれがパタパタゆれるように——たれさがっていました。まわりの生き物も、かなりちがっていました。森の奥に住む色鮮やかな鳥たちは、陸なのか池なのかわからないような、こんなしめったところは好みません。その代わりに、あらゆる種類の沼地の鳥——たいていは、大きなくちばしに、長い首をしています——が、あたりに広がる若木の上から先生たちを見つめていました。サギ、シラサギ、トキ、カイツブリ、サンカノゴイ、それから水にもぐることのできるヘビウなど、いろんな種類の鳥が、沼を歩いたり、草の生えた小さな洲《す》に巣を作ったりしています。ごつごつした木の根の近くにある穴からは、ふしぎなおどろくべき水辺の生き物——なかば魚で、なかばトカゲのようなもの——が、せかせかと走り、明るい色をしたカニを相手に口げんかをしています。

たいていの人にとっては、このマングローブの沼は、背筋のぞっとする悪夢のような場所に思えたことでしょう。でも、どんな動物とも生活をともにできるし、それなりによい生活なのだと考える先生にとっては、これは、まったくよろこばしい新開拓地だったのです。

カヌーをおいてきてはいけないとヘビが言ってくれてよかったと、みんな思いました。ここでは、一歩歩くと、ずぶずぶと、こしまでどろにうまってしまうかもしれないので、ジップと先生は、カヌーなしには、にっちもさっちもいかなかったことでしょう。そして、カヌーに乗ってさえ、なかなか進むことはできませんでした。マングローブの木は、どこまでも、くねくねとまがりくねって、あちこちで腕のように交差して、行く手をはばみます――まるで、人間には住めないし、めったに人間がやってくることもない、この静かで、暗い土地を守ろうとしているかのようです。

巨大な水ヘビがいなければ、みんなはとても進んでいくことなどできなかったでしょう。でも、水ヘビにとって、マングローブの沼地を行くことは、まったくなんでもないことなのです。そして、みんなの案内役として、一番通りやすい道を通って数百メートルも先へ進み、カヌーが浮かぶほど水の深いところをさがしてくれたのです。ジャングルが入り組んでいて、たいていは、ヘビの頭ははるか先に見えなくなっていましたが、どんなひどいところでも、カヌーの舳先《へさき》にしっぽをぐるりと巻きつけて、しっかりつかんでいてくれました。そして、カヌーがどろにはまってしまうと、その長くたくましい体をぎゅっとひきしめ、まるでカヌーが糸の先についたかんからでしかないように、ぐいっと引っぱるのでした。

ダブダブとトートーとチープサイドは、もちろん、カヌーにじっとすわっていたりはしませんでした。木から木へ飛んだほうが、ずっと楽だからです。

水へビが自分の体をつなにして、ぐいっと引っぱったので、乗っている人の下からさっとカヌーが動いて、先生とジップだけがどろのなかにすわって、とり残されたことがありました。これを見て、品の悪いチープサイドがたいそう大よろこびして、ふたりの頭上のマングローブの木にとまって、けたたましく大笑いして、沼地のおごそかな静けさを台なしにしたのでした。

「けっさくだぜ、センセ。笑えますよ、こりゃ！　湿原のほとりのパドルビーの、おえらい医学博士のジョン・ドリトル先生が、アフリカの奥地のどろ沼で、体長二百メートルの太ったうじむしに引っぱられてるってのは！　すげえ、おかしいぜ、センセ！」

「ちぇ、ばか笑いしてんじゃねえぜ！」ジップが、頭から足先までどろで真っ黒になって、カヌーに、はいもどりながら、うなりました。「てめえは、楽だろうよ――こんなどろ沼、ひとっ飛びだもんな。」

「このどろんこは、てえしたサッカー場になるな」と、チープサイドはつぶやきました。「アフリカ人どもがここでサッカーをおっぱじめなかったのは、おどろきだぜ。これほどのどろが、雨降りの休日のあとのハムステッド・ヒース公園以外にもあったなんて、知らなかった。で、どこまで行きゃあいいんだよ。世界の果てか、そのとちゅうまで来ちまったんじゃねえか。海岸をはなれてから、人っ子ひとり見てねえよ。われらがカメさんってのは、すげえ〝近よりがたい紳士〟じゃねえか、ええ？　もう今にも、ノアのじいさんが、箱舟の残骸《ざんがい》にすわってるところに、出くわすんじゃねえか。そうだとしても、おれはおどろかないね。……センセを助けてやんな、ジップ。ほら、センセのあごが根っこの下に、はさまっちまってるよ。」

ヘビは、チープサイドのおしゃべりを聞いて、なにかがおかしいと気づき、なにが起こったのかとふりかえりました。そこで、先生とジップが体をきれいにするあいだ、小休止となり、先生同様どろのなかへとびこんでしまった大切なノートも救い出され、安全な場所にしまわれました。

「このあたりには人間は住んでいないのかい？」先生は、ヘビにたずねました。

「だれも住んでおりません」と、ヘビは言いました。「われわれは、ずっとむかしに、人間の住むところから、はなれてきたのです。このあたりの沼に住めるのは、沼の鳥、湿原に住む動物や、水ヘビだけです。」

「まだまだ遠いのかね？」先生は、ぼうしを水たまりにつけて、どろを洗い落としながらたずねました。

「あと一日ぐらい行かなければなりません」と、ヘビが言いました。「こうした湿地が、はば広い帯となって、ジャンガニカの秘密の湖をすっかりとりかこんでいます。広い湖に近づくにつれて、進むのも楽になっていきます。」

「では、もう、湖の岸辺にいるのかな?」

「ええ」と、ヘビ。「でも、正確に言えば、秘密の湖に岸はありません――つまり、人が立てるような岸はないということです。」

「どうして秘密の湖と言うのかね?」先生は、たずねました。

「ノアの洪水以来、人間が来たことがないからです」と、巨大な水ヘビは言いました。「先生が、ごらんになる初めての人間となります。住んでいるわれわれは、ノアの洪水のときのその水に毎日つかっているのだと、じまんしています。というのも、あの四十日間の雨の前には、この湖はなかったそうなんです。でも、洪水がひいたあと、このあたりは決してかわくことがありませんでした。それ以来、この湖は、こうした広大なマングローブの沼地に守られて、当時のまま変わっていないのです。」

「では、洪水の前は、どうなっていたのだね?」先生は、たずねました。

「おだやかにうねった、よく肥えた土地で、作物の穂がゆれ、丘は日光を浴びていたそうです。」ヘビは、返事をしました。「そのように聞いております。私はおりません でしたから、見たわけではありません。カメのどろがおが、教えてくれるでしょう。」
「すばらしい！」先生は、さけびました。「先へ進もう。カメ君に早く会ってみたい
――そして、秘密の湖を見るのが楽しみだ。」

第九章　秘密の湖

次の日、水ヘビが言っていたとおり、行く手が開けてきました。少しずつ、島の数が少なくなり、マングローブの木々もあまりごちゃごちゃしなくなってきました。わびしい景色のなかで、土の部分がへり、水の部分が増えました。進むことはずっとたやすくなってきました。水はかなり深くなっているようで、先生は、ヘビに助けられなくても、一気に何キロもこぐことができました。どこまでもつづく木々のトンネルが終わり、ときどき見あげると澄んだ空が見えるのは、たしかに大いに気分転換になりました。天空には、ときおり野ガモやガンが東のほうへ飛んでいくのが見えました。

「湖に近いというしるしですね」と、ダブダブが言いました。

「ええ」と、ヘビは同意しました。「みんなジャンガニカ湖へむかっています。あそこでは、ガンの大群がエサを食べていますよ。」

夕方五時ごろ、いよいよ、洲も、どろのもりあがりもこれでおしまいというところまでやってきました。そこから、あとはすっかりひろびろとした水があるだけという湖のなかへ、カヌーの鼻先がすうっとすべりこんでいくと、いつのまにか広大な内海にいるように感じられました。

先生は、秘密の湖をひと目見て、たいへん感動しました。湿地の景色が悲しげだとしたら、湖はなおさら悲しげでした。湖のむこう岸まで見わたすことはできません。その果ては、海のようで――空と水が出会う線でしかありませんでした。たそがれの一番暗い東の空では、暗い水と不機嫌な夜とが真っ黒になってまざりあい、水平線がほとんど見えません。右を見ても左を見ても、湖のまわりの湿地の木々のはしが、北と南の遠くへ消えていっていました。

湖の上では、大きくもりあがった灰色の霧が、風に吹かれて、不機嫌にあちらこちらと流され、つながったり、ちぎれたりしていました。

「なんてことだ！」先生は、静かにつぶやきました。「ここにいると、ノアの洪水はまだ終わっていないという気がしてくる。」

「すげえ場所じゃねえか？」と、チープサイドの生意気な声がカヌーの船尾から聞こえてきました。「最悪の霧のロンドンのほうがまだましだぜ。ここじゃ、ウナギしか住めねえよ。あの霧の影が湖の上をすべってんの見てみろよ。ノアのじいさんとその家族が、パジャマで『かごめかごめ』でもやってんじゃねえか。まるで生きてるみたいだ。」

「霧はいつもたちこめています」と、ヘビが言いました。「むかしからそうです。あの霧に、この世で初めての虹《にじ》が映ったのです。」

「まあ、この場所がおれのもんだったら」と、スズメ。「おれだったら、霧もなにもかもひっくるめて安く売っぱらっちまうけどね。どろがおさんに会えるまで、この真っ黒な海をあと何百キロ行かなきゃならないんだ？」

「それほどはありません」と、ヘビ。「北に数キロほど行った湖のほとりに住んでいます。暗くなる前に着けるように急ぎましょう。」

もう一度、案内役のヘビが前に立って、今度はかなり速いペースで、一同は進みました。

あたりが暗くなってくるにつれ、左手のマングローブの林から、何種類かの夜鳴き鳥の声が聞こえてきました。トートーは、先生に、多くはフクロウだけれど、今までに見たことも会ったこともない種類だと言いました。

「そうだな」と、先生。「世界のどこにも見られないようなさまざまな種類の動物が、このあたりには、いると思う。」

とうとう、まだあたりが見えるだけの明るさがあるころ、ヘビは左へ曲がって、ふたたびマングローブの沼のほとりへ入っていきました。暮れゆく光のなか、苦労してヘビについていくと、深い入り江へやってきました。その奥で、カヌーの先がとつぜん、なにかかたいものにぶつかりました。先生がなんだろうと身をのりだして見ようとしたとき、すぐ近くで、低い低い声が、暗闇のなかから聞こえました。

「ようこそ、ドリトル先生。ジャンガニカ湖へようこそ。」

見あげてみると、小山のような島の上に、巨大なカメのすがたが、影絵のように青黒い空にくっきり浮かんでいます。こうらは、ゆうに三メートル半はあります。

長い旅がついに終わったのです。

ドリトル先生は、どんな旅でも、あまり荷物を持たないことにしており、この旅に持っていったものといえば、毛布にくるんだ数点の品物だけです。（もちろん、小さな黒い診察かばんもありますけれど。）しかし、幸いなことに、そのなかには、ロウソクが二本入っていました。ロウソクがなかったら、カヌーからぶじにおりるのはむずかしかったことでしょう。

湖に吹きすさぶ風のなかでロウソクをつけるのも、容易なことではありません。でも、炎を守るために、トートーが細い葉っぱで小さなちょうちんをふたつ作り、そこにロウソクをたてました。ぼうっと緑の光がさして、足もとを照らすにはじゅうぶんでした。

おどろいたことに、カメが生活している小山のような島は、どろんこの足あとがあちこちについているものの、どろでできているわけではありませんでした。それは、

石でした。のみで四角く切りだしてある石です。

先生が大いに興味をもって石を調べているあいだに、カメが言いました。

「これは、ある都の廃墟《はいきょ》です。私はかつては、どろのなかで生活するのが好きだったのですが、痛風がひどくなって以来、なにかかたくてかわいたものの上で休んだほうがいいと思ったのです。この石は、王宮の一部です。」

「王宮の一部！　都の廃墟！」と、先生は、この小さな島をとりかこむ、じっとりとわびしい暗闇をのぞきこみながら、さけびました。「でも、これは、どこから来たんだね？」

「湖の底からです、あそこの」と、カメは言って、もの悲しく広がった水のほうへうなずいてみせました。「あそこに、何千年もむかしに、美しいシャルバの都がありました。私はずいぶん長いこと、そこに住んでおりましたから、よく知っています。それは、かつて、人間が築いた最も偉大で、最も美しい都であり、シャルバの王マシュツは世界一ほこり高い王でした。ところが今や、この私、カメのどろがおが、その宮殿の廃墟に住んでいるのです。ワハハハ！」

「君は、毒のある言いかたをしているが、」と、先生。「マシュツ王に、なにか悪いことをされたのかい？」

「されましたとも」と、どろがおは、うなりました。「それは洪水の話をお聞きになれば、おわかりになります。先生は遠路はるばるいらしたばかり。さぞおつかれで、おなかもすいていらっしゃるでしょう。」

「うむ」と、先生。「私としては、ぜひ話を聞きたいのだが。長くかかる話かね？」

「ざっと三週間は、かかるにちげえねえ」と、チープサイドがささやきました。「カメは、なにをするにしても、のろいんだ。こいつの話は、世界一長い話だって気がするぜ、センセ、最初にひと寝入りして、なにか食っときませんか。こいつの話は、あしただって聞けますよ。」

こうして、ドリトル先生は、聞きたくてたまらないのに、お話を翌日まで先のばしにすることにしました。ダブダブはあたりをさがしまわって、かなりすてきな淡水の貝の夕飯をなんとかこしらえ、トートーが沼の木の実を集めてきたので、これはちょうどいいデザートとなりました。

それから、どうやって寝るかという問題がありました。これはむずかしい問題でした。なぜなら、カメの小山の土台は石でできていましたが、横になれるようなかわいたところはどこにもなかったからです。先生は、カヌーで寝てみようとしましたが、寝るにはきゅうくつで居心地が悪く、しかも今や、そこでさえ、ダブダブの足や先生自身の足のどろで汚れていました。この土地では、どろから逃れることは、むずかしいのです。

「ノアの家族は、最初に箱舟からおりてきたとき」と、カメが言いました。「水につかった木の残骸《ざんがい》と残骸の間に小さなベッドをつるして、寝ていました。」

「ああ、ハンモックだ！」と、先生がさけびました。「もちろん、それにかぎる！」

そこで、先生は、ジップとダブダブに手伝ってもらって、とても気持ちの良い、かご細工のハンモックをヤナギの細枝で作り、それを大きなマングローブの木二本に結びつけました。先生はそのなかに入りこむと、毛布を体にかけました。先生の重みで、木々はしなって水面のほうへ曲がりましたが、かなり強い木だったので、しなった分、ベッドのばねのような働きをしました。

はや、月がのぼり、ジャンガニカ湖のふしぎな景色は、緑の明かりと青い影だけになりました。先生がロウソクを吹き消して、ジップがその足もとにまるくなると、カメはふいに低い声で鼻歌を口ずさみ、月明かりのなか、長い首を左右にふりました。

「なんの歌を口ずさんでいるんだい？」と、先生がたずねました。

「これは『ゾウの行進』です」と、カメ。「シャルバの王立サーカスでは、ゾウが行進するとき、いつもこれを演奏していたんです。」

「あんまし長い曲じゃねえことを祈ろうぜ」と、チープサイドが、つばさの下に眠そうに頭をつっこみながら、ぼやきました。

あくる朝、太陽が悲しげなジャンガニカ湖にのぼってもいないうちから、先生がハンモックのなかで動きだして起きようとしているのを、ジップは感じました。

やがて、ダブダブが勇敢にも、この悪い条件のもとで朝食を用意しようと、下のどろのなかをがさごそしている物音も聞こえました。

それから、チープサイドが、眠そうにぶつくさチュンチュン言いながら、つばさの下から頭を出し、どろだらけの景色をちらりと見ると、また、つばさに頭をつっこみました。

でも、チープサイドがもう一度まどろもうとしても、むりでした。みんなが起きだしていたのです。ドリトル先生は、あの話を聞こうと、そればかり考えて、とうにハンモックから飛び出して、湖の水でじゃぶじゃぶと顔を洗っています。チープサイドは羽をぶるぶるとふるい、ロンドンなまりで少しののしってから、自分のいた木から飛びおりて、先生のそばへ行きました。

「ねえ、センセ」と、チープサイドはささやきました。「ここは、まったく健康に悪いところだぜ。じめじめした夜の空気で、すっかり体がやられちまった。こんなところに長居してたら、足に水かきができちまう。ねえ、どろがおが、やつの話をおっぱじめるときは気をつけたほうがいいぜ。あいつを見て、おれがなにを思い出すかわかるかい？　例のインディアン戦争の老兵さ。いったん、自分の思い出話をおっぱじめたら、どうにも止まらねえんだ。あのやせて長い首なんか、そっくりだぜ。話を手短に、おもしろくするように言っておくれよ。やつの苦労話のあらましだけ、とかさ。ね？　こんな場所のどろからさっさと足を洗って、ファンティッポへ帰ったほうが、みんなにとって、ずっとましですよ。」

さて、朝食がすむと、先生はえんぴつをけずり、ノートをとり出し、聞き逃すところがあるといけないのでトートーによく聞いておくように言ってから、カメに洪水の話をはじめるようたのみました。

チープサイドの言うとおりでした。話は、さすがに三週間はかかりませんでしたが、まる一日かかりました。ゆっくりと、おだやかに、太陽は東からのぼり、天をめぐり、西へしずみました。それでもどろがおは、ぶつぶつと、ずっとむかしの時代に見たおどろくべきことを語りつづけ、先生のえんぴつは、つかれを知らずにノートの上を何ページもちょこちょこと動きました。とちゅう、カメが身をかがめて、湖の水で長いのどをしめらせたときや、ノアの洪水以前の博物学について先生が質問をするために話を止めたときぐらいしか、中断はありませんでした。

ダブダブは、お昼や夕飯を用意して、おじゃまにならないように、できるだけそっとお給仕をしましたが、それらはかなりよせ集めの食事でした。話は夜おそくまでつづきました。ドリトル先生はロウソクの明かりで書きとりましたが、動物たちはとっくに、トートーをべつとして、こっくりしたり、うとうとしたりしていました。

とうとう、十時半ごろ――チープサイドが、とてもほっとしたことには――カメは最後のことばを言いました。

「ドリトル先生、これで、ノアの洪水をこの目で見たもののお話は、おしまいです。」

カメが話し終えてしばらくは、だれも口をききませんでした。無礼なチープサイドでさえ、だまっていました。湖の上の青暗い丸空には、小さな星々が、半月の明かりにかすみながらも、ちらちらと小さな目のようにかがやいていました。こんがらがったマングローブの沼のどこか遠くでフクロウがホーホーと鳴き、トートーがぴくりと顔をまわして、聞き耳を立てました。節約じょうずな家政婦のダブダブは、先生がノートをとじて、えんぴつをおしまいになるのを見て、ロウソクを吹き消しました。

とうとう、先生が口を開きました。

「どろがお君、こんなに夢中になって聞いたお話は、生まれてこのかた、ないと思うよ。ここに来てほんとうによかった。」

「私もうれしいです、ドリトル先生。動物のことばがわかる人は、世界であなただけです。先生にいらしていただかなければ、私も洪水のお話をすることができませんでした。私は、もうかなり年をとってしまい、ジャンガニカ湖から遠くはなれることはありません。」

「もし、ごめいわくでなければ、おねがいしたいのだが」と、先生。「湖の下の都から、なにかおみやげをとってきてもらえないだろうか？」

「よろしゅうございます」と、カメ。「もぐっていって、すぐになにかとってまいりましょう。」

まるで、むかしのとてつもない怪物のように、カメは、その巨体をゆっくり動かして、小さな島から湖のなかへ、バシャンと音もたてず、すうっとすべりこみました。

ただ、水面のかすかなうずが、もぐっていった場所を示していました。

みんなは静かに待ちました——動物たちは、こうなると、またすっかり目をさまして、興味しんしんでした。先生は、この巨大な友だちが、洪水とともになくなった偉大な文明のおみやげをさがして、湖底にたまった何世紀にもわたるネバネバのなかを動いているようすが目に見えるような気がしました。できれば、本とか、なにか書き記されているものをもってきてほしいと先生は思いました。

ところが、ついにカメが、びしょびしょの体を月明かりに光らせながらあらわれたとき、その背にかついでいたのは、一トン以上の重さがあるにちがいない彫刻入りの石の窓わくでした。

「たまげたぜ！」チープサイドがつぶやきました。「あいつは、てえしたピアノ運送屋になるぜ！　運送会社カーター・パタソンも真っ青《つぁお》だ！　センセがあんなものを懐中時計のくさりにつるすとでも思ってんのかね？」

「これより軽いものは見つけられませんでした。」カメが背中からそれを転がして落とすと、ドサッと音がして島がゆれました。「花びんとかお皿のように、お持ち帰りできるものをと思っていたのですが、そういった小さなものは、底のどろのなかにうもれてしまっています。これは、王宮の二階からもぎとってまいりました——妃《きさき》の寝室の窓です。お持ち帰りになれなくても、ごらんになりたいのではないかと思ったものですから。美しい彫刻がございます。少しどろをはらいますから、お待ちくださ い。」

またロウソクがともされ、彫刻部分がきれいにされると、先生はたいへん熱心にそれを調べ、ノートにスケッチまでしました。

先生が終えたとき、トートー以外のみんなは、眠ってしまっていました。ふいにジップがハンモックからいびきをたてたので、初めて先生は、どんなにおそくなってしまったか気づいたのでした。先生がまたロウソクを吹き消すと、月がしずんでいたためにあたりは真っ暗になり、先生はハンモックに入りこんで毛布をたぐりよせました。

第十章　郵政大臣の最後の命令

あくる朝、ダブダブがみんなを起こしたとき、太陽が霧をとおして湖にかがやいていて、あたりの荒れはてた景色が少し明るくなっていました。

どろがおは、かわいそうに、はげしい痛風の発作で目をさましました。先生がいらして以来、痛風の痛みはなかったのですが、今や少しでも動くとたいへんな痛みが走ります。ダブダブは、どろがおの横たわっているところへ、朝ごはんを運んでやりました。

ドリトル先生は、ゆうべ、湖からおみやげをもってこさせたりしてもうしわけなかったと、自分をお責めになりました。

「あれで、痛めてしまったのだろう」と、先生は、小さな黒いかばんをカヌーからとり出し、薬を調合しながら言いました。「だが、こんなしめったところを出て、もっとかわいた気候のところへ行かなければいけないよ。カメは、かなりのしめりけもだいじょうぶだが、君の年では、気をつけなければいけないからね。」

「ここが一番気に入っているんです」と、どろがお。「最近では、じゃまが入らないところは、なかなか見つかりませんから。」

「さあ、これをお飲み」と、先生は、茶色の調合液がたっぷり入ったコップを手わたしました。「これで、前足が楽になるよ。」

カメは薬を飲みほしました。一、二分すると、かなり楽になって、痛みもなく、足が自由に動かせるようになりました。

「すばらしいお薬ですね、あれは」と、カメ。「ほんとにすばらしいお医者さんだ。まだ、あのお薬はありますか？」

「何本か調合して、私が出発する前に、君にあげよう」と、ドリトル先生。「でも、ほんとうに、どこか高いところへあがったほうがいい。このどろだらけの小山は、君の住むべきところじゃない。ジャンガニカ湖をはなれたくないと言うなら、湖のどこかに、君が住めるような、ちゃんとした島はないのかい？」

「ありません」と、カメ。「みんなこんな感じです。どこまでも、どろ水が広がっているだけです。私は、ここがけっこう気に入っていたんです――今も、気に入っていますが。このこまった痛風さえなければ、やっぱりここがいいんですけれどねえ。」

「ふむ」と、先生。「島がないなら、造るしかないな。」

「造るですって！」と、カメはさけびました。「どうやって？」

先生は、チープサイドに言いました。

「ファンティッポまで飛んでいき、波飛びのスピーディーに、このことづけを全郵便支局長へ伝えるように言ってくれ。ことづけとは、こういうことだ――

『ツバメ郵便は、まもなく終了します。少なくとも当分のあいだは中止となります。私は、これからパドルビーに帰らねばなりませんから、私が人なし島を去ったあと、今の形での営業をつづけることはできません。この仕事を手伝ってくれたすべての親切な鳥や、郵便支局長や、事務員や、配達員のみなさんに、感謝の意を伝えます。最後に、みなさんに、大きなおねがいがあります。みんな一致団結して助けてください。みなさんに、ジャンガニカ湖のまんなかに島を造ってほしいのです。世界最古の動物、カメのどろがおのためです。古き時代、この地球が歴史上最も暗い時期をすごしたとき、人間と動物のため――いや、全世界のために――とても働きがあったカメです。』

この伝言を、世界じゅうの鳥のリーダーたちに伝えるように、スピーディーに言っておくれ。この勇敢なカメがおだやかにその余生を暮らせるような健康的な家を造るように、ただちに、できるだけたくさんの鳥たちの協力が必要なのだ。これが、私から郵便局員全員にする最後のおねがいだ。みんなに全力をつくしてほしい。」

チープサイドは、そんな伝言は長すぎて、とてもおぼえきれやしないと言いました。そこで、ドリトル先生は、鳥のことばで書きつけて、それをもう一度、読みあげてやりました。

チープサイドは、その手紙――偉大な郵政大臣からツバメ郵便の全職員へ出された最後の回覧状――を何年も大切にとっておきました。聖《セント》ポール大聖堂の内陣の南側の外にある聖《セント》エドマンドの像の左耳にかけた、きたない巣の下にかくしておいたのです。

大英博物館の前庭に住むハトたちは、いつかそれを博物館で保管してもらえないかと思っていました。ところが、ある風の強い朝、人間たちが大聖堂の外をそうじしているとき、聖エドマンド像の耳から飛ばされて、チープサイドが追いつく間もあらばこそ、家々の屋根を飛びこえてテムズ河へ落ちてしずんでしまったのです。

スズメは、その日の午後おそく、ジャンガニカ湖へ帰ってきました。その報告によれば、スピーディーは、先生の伝言を受けるやただちに、各地の鳥のリーダーたち全員へ伝えるように全郵便支局長に命じたということです。翌朝には、もう鳥が集まりはじめる手はずでした。

あくる日の夜明けに先生を起こしたのは、スピーディー自身でした。そして、先生が朝食をめしあがっている最中に、スピーディーは手はずがととのっていることを先生に説明しました。

スピーディーの計算では、この仕事には三日かかると言います。どの鳥も、石か小石をひとつ、ないしは海岸から砂をひとにぎり、来るとちゅうにもってくるように言いつけられていました。石を運ぶ大きな鳥が最初にやってきて、それから中くらいの大きさの鳥が来て、それから砂を運ぶ小鳥がやってくる計画でした。

やがて、湖の上の空が、飛びまわるミサゴや、サギや、アホウドリでいっぱいになりはじめると、スピーディーは先生のもとを去って、仲間に加わりました。そして、石を落とす鳥たちの目じるしになるように、ちょうど湖のまんなかの空に位置をかまえると、ホバリングで（動きを止めて）宙に浮かびました。それから、作業がはじまったのです。

大きな鳥が横に十二羽ずつならび、どこまでもつづく長い列を作って、海のほうからジャンガニカ湖へと次から次へ一日じゅう飛んできました。その列は、まるでかたい黒のリボンのようであり、鳥たちは、くちばしを前の鳥のしっぽにつけて、ぎゅうぎゅうづめになって飛びました。そして、スピーディーがホバリングをしているところまで来ると、十二羽ずつ、石を落としたのです。行列はどこまでもとぎれずにつづきましたから、まるで空から石の雨が降ってくるようでした。石が天空から水へドボンドボンと落ちる、たえることのない大音響は、一キロ先からも聞こえました。

湖の中央の底はかなり深かったため、新しい島が水面に顔を出すためには、何トンもの石が落とされなければなりませんでした。この鳥の集まりは、先生が人なし島のくぼ地で呼びかけたときよりも大規模でした。これほどの鳥が集まったことは、いまだかつてありません。今や、リーダーだけでなく、ありとあらゆる種類の鳥が何千何百万とやってきていたのです。ドリトル先生は、とても興奮して、カヌーに飛び乗ると、湖の中央付近へとこぎだしました。ところが、スピーディーは、石の山のてっぺんがまだ水面に出てこないのにいらいらして、行列を二倍にし――さらにそれを二倍にしろと命じました。世界じゅうのあちこちからもっともっと鳥たちが手伝いに来てくれていました。やがて、一秒に数千個の石が落とされ、湖はたいへんに荒れましたので、先生はカヌーがひっくりかえらぬうちにカメの小山へひきかえさなければなりませんでした。

その日一日じゅう、そして夜じゅう、そして次の日の午前ちゅうまで、これがつづきました。とうとう、翌日のお昼ごろ、落ちる石の音が変わりました。湖のまんなかにあった、噴水のような、白くわきたつ水の大きなしぶきが消え、そこには黒い点が見えました。バシャバシャという音が、ゴッゴッと石と石がぶつかる音に変わりました。島のてっぺんが見えだしたのです。

「ノアの洪水のあとに、山がすがたをあらわしたときのようです。」

どろがおが、先生につぶやきました。

それから、スピーディーは、中くらいの大きさの鳥にくわわるように命じました。やがて、音の調子がまた変わりました。何トンもの小石や砂利が、いっしょに降ってきたからです。

もう一晩が過ぎ、もう一日が過ぎ、夜明けになって、勇ましいスピーディーは、つかれたつばさを休めにおりてきました。というのも、もはや目じるしは要らなくなったからです——今や、かなりの大きさの島が湖のまんなかにできていましたから、鳥たちはそこへ落とせばよかったのです。

手作りの島はどんどん大きくなって、やがて、どろがおの新しい家は、何ヘクタールもの広さとなりました。また新たな命令をスピーディーが出しました。やがて、ガタガタという音が、おだやかなシャーという音へ変わりました。空はもう鳥で真っ黒です。小石の雨が止み、砂の雨となったのです。最後の仕あげに、鳥たちは種を運びました。草の種、花の種、ドングリ、ヤシの木の種。カメの新しい家は、芝生付き、野生の庭付き、アフリカの強い日ざしが差しこまない並木道付きとなりました。

スピーディーが小山へやってきて、「先生、終わりました」と言ったとき、どろがおは、感慨深そうに湖をながめて、つぶやきました。

「おごれるシャルバは、今こそほんとうにうずめられた。あの島はシャルバの墓石となった！　たいへんりっぱな家をくださいましたね、ドリトル先生。——あわれ、シャルバ！　——王マシュッツは死んだが、カメのどろがおは、生きつづけるのだ！」

第十一章　さようなら、ファンティッポ

どろがおの新しい家への引っこしも、大さわぎでした。先生は、みんなを連れて、どろがおの横をカヌーでついていって、島へやってきました。そこへ足をおろすまで、ドリトル先生自身、それがなんて大きな陸地なのか気づいていませんでした。はばが四百メートル以上はあるのです。形はまんまるで、岸からゆっくりと隆起して、平らな中央部は水面から三十メートルは高くなっています。

どろがおは、この島がたいへん気に入りました。よいしょ、こらしょと、中央の平原までのぼると、そこからはあたり一面、遠くまで見わたすことができました。このかわいた空気なら、病気もすぐよくなりそうだ、とカメは言いました。

ダブダブが食事を用意し――こんなところで作れる、できる限りのお料理です――カメさんのお引っ越し祝いだと言いました。みんなも、そのごちそうの席について、とても楽しくもりあがり、先生はスピーチをしてくださいとたのまれました。

チープサイドは、どろがおが立ちあがってお返しのスピーチでもやらかしたら、あ

したまでつづくんじゃないかと、ひどく心配しました。でも、先生は、スピーチを終えるとただちに出発の準備にとりかかったので、スズメはほっとしました。

先生は、痛風の調合薬を六びん用意し、どのように飲んだらよいかという指示とともに、どろがおにあげました。郵便局の仕事はやめてしまうが、いつだってパドルビーに伝言を送ることはできるからね、と先生は言いました。何種類かのわたり鳥に、ここにときどき来てもらうようにたのむので、痛風が悪くなったら、手紙で知らせるようにとも言いました。

老いたカメは、何度も何度も先生にお礼を申しあげ、お別れはとても感動的でした。とうとう、たがいにさようならを言い終えると、みんなカヌーに乗って、帰りの旅へ出発しました。

湖の南のはしの河口に着くと、みんなはマングローブの沼に入る前に、しばし立ち止まって、うしろをふりかえりました。遠くのほうに、老いたカメが新しい島からこちらを見ているすがたが見えました。みんなは、カメに手をふってから、先を進みました。

「あのカメ、私たちが着いた晩とおんなじに見えるね」と、ダブダブ。「おぼえている？　影絵のように、台座にのった像のように空にくっきり浮かびあがっていた。」

「いいやつだ！」と、先生がつぶやきました。「早くよくなってくれるといいな……。

なんとすばらしき人生！――なんとすばらしき物語だったことか！」

「おれの言ったとおりでしょ、センセ」と、チープサイド。「世界一長い話になるって。話すのに一日と夜の半分かかりましたからね。」

「ああ、だが、ほかのだれにも話せなかった物語だ」と、ドリトル先生。

「ま、よかったですよ」と、スズメがつぶやきました。「このいそがしい世界に、ああいった手合いが、ざらにいねえってのはね。――もちろん、おれなんか、あんな話、ひとことも信じちゃいませんよ。あいつがでっちあげたに決まってらァ。ほかになんもすることねえからなあ――何世紀も何世紀も、どろのなかで、考えこんでんだからよ。」

ジャングルをぬける旅は、特に変わったこともなく終わりました。しかし、海に出て、カヌーの舳《へ》先《さき》を西へむけたとき、とてもおもしろいものに出会いました。砂浜に、巨大な穴があいていたのです――というよりは、砂浜がごっそりえぐられていたと言ったほうがいいかもしれません。スピーディーは、鳥たちがジャンガニカ湖へ来るとちゅうで石や砂を拾ったのは、この場所なのだと先生に教えました。広大な海岸を、そのまま千六百キロ近く内陸へ運んだというわけです。もちろん、数か月もすると、波の働きで穴がうめられ、海岸のほかのところと見分けがつかなくなりました。

何年もあとに、学識ある地質学者がジャンガニカ湖を訪れたとき、「この島に海岸の砂利があるのは、かつて海がこの近くまで来ていた明確な証拠である」と述べたのは、こうしたわけがあったのです。それはたしかに、ノアの洪水の時代は、そうでした。しかし、どろがおの島を造った石にはまったく違う歴史があることを知っている学者は、先生だけだったのです。

先生が郵便局に着くとすぐ、ファンティッポの王さまやおえらがたが町からカヌーでやってきて、いつものように、先生を温かくむかえました。

すぐにお茶が出されました。楽しい郵便局が復活することを王さまがあまりによろこびになっているので、ドリトル先生は、まもなく国際郵便の仕事から身を引いてイギリスに出帆するという知らせをなかなかお伝えできないでいました。ところが、郵便局船のベランダでおしゃべりをしているうちに、かなり大きな帆船の船隊が港に入ってきました。定期的に沿岸近くを運航しているファンティッポの新しい商船であり、ほかのアフリカの国々と貿易をしているのでした。先生は、王さまに、外国あての郵便は、今や、こうした船によって、毎週ヨーロッパからの船がやってくる大きな港まで運び出すことができると言いました。

それから、先生は王さまに、ファンティッポもその民も大好きだが、自分にはイギリスでしなければならない仕事がたくさんあり、もう帰らなければならないと説明しました。もちろん、現地の人のだれも鳥のことばを話せませんから、ツバメ郵便はふつうの郵便に変えるしかありません。

こうした変化のうち、王さまがほかのなによりもがっかりなさっているのは、大切な白人の友人を失うことと、郵便局船での午後のお茶ができなくなることなのだと、先生は気づきました。しかし、先生がほんとうに行かなければならないと思っていることを、王さまはわかってくださいました。そして、とうとう、お茶のカップに涙をこぼしながら、ファンティッポの郵政大臣に辞任をお許しになったのです。

ドリトル先生がついに帰国するという知らせを聞いて、先生の動物たちと、しんぼう強いツバメたちは大よろこびしました。郵便局船で仕事おさめをおこない、国際郵便の仕事を町の郵便局へうつす儀式がおこなわれているあいだも、ガブガブとジップは待ち遠しくてなりませんでした。ダブダブは、うれしそうに朝から晩までいそがしくし、チープサイドは、ずっとロンドンのすばらしさや都会生活の快適さを話しつづけて、愛すべき古巣にもどったら真っ先にやることをいろいろとしゃべっていました。

善良なココ王とその宮廷人たちが、出発する先生のために開いてくれた、たくさんの会は、きりがありませんでした。出航の何日も前から、何艘《そう》ものカヌーが町と郵便局船とのあいだを行き来して、ファンティッポ国民の善意を示すおくりものを運びました。こんなことをしているあいだ、先生は、ずっとほほ笑んでいなければならなかったので、友だちと別れるのがどんどんつらくなってきました。ですから、いよいよ錨《いかり》をあげて海に出る時間が来たときは、心からほっとしたのです。

ファンティッポ王国の歴史を書く人たちは、郵便、通信、海運業、通商、教育など、あらゆる面であっという間にこの国を大いに発展させた、なぞの白人について何章にもわたって書き記しています。ココ王の治世がファンティッポの歴史で黄金時代とみなされるようになったのは、たしかにドリトル先生のひそかな影響があったためです。先生を記念して、市場には、今でも先生の木像が立っています。

先生が出発したあとも、すばらしい郵便制度はつづきました。ココ王の顔が印刷された切手は、今までどおりいろいろあって、美しいものでした。ファンティッポ商船隊の初めてのおひろめでは、とてもすばらしい二シリング記念切手が発売され、王さまがペロペロキャンディー型の虫めがねで新しい船を調べている絵がかかれていました。王さまは、自ら切手収集をなさり、そのアルバムは、ご自身の絵をたくさん収めた家族写真アルバムと言ってもよいものでした。先生がたいへん努力して改良した郵便局の歴史のなかで、ただ一度起こったへんてこな事件というのは、熱狂的な切手収集家たちが、現在の切手をめずらしいものにしたいと考え、今発行されている切手を発行中止にするために、王さまの暗殺をくわだてたというものでした。この悪だくみは、幸いにして、未然にふせがれ、大事にいたることはありませんでした。

何年もしてから、パドルビーを訪れた鳥たちは、王さまは、まだ先生のなつかしい郵便局船の窓辺の植木箱《プランター》の花を大切に育てており、先生のことを思いながら水やりをしていると伝えてくれました。そして、こうも教えてくれました――

「王さまは今でも信じていますよ、いつかきっと王さまの大切な白人の友だちが、にこにこしながらファンティッポへもどってきて、ためになることをいろいろ教えてくれて、もう一度、王さまといっしょに郵便局のベランダで楽しいお茶をしてくれることだろう、と。」

訳者あとがき

本書は『ドリトル先生航海記』につづく、シリーズの第三巻である。

この『ドリトル先生の郵便局』は、『利己的な遺伝子』（一九七六）や『盲目の時計職人』（一九八六）などの著作で世界に大きな影響を与えたイギリスの動物行動学者・進化生物学者リチャード・ドーキンスが、「ドリトル先生」シリーズのなかでも最も優れているとした特別な巻である。

ドーキンスは、自分が動物行動学者となったのは、少年時代にドリトル先生シリーズを愛読したからだとしたうえで、『ドリトル先生の郵便局』を（フィッシャーの『自然選択の遺伝学的理論』や、イェーツの『詩集』とともに）二十世紀の重要な本ベストテンに数えている。彼は、ドリトル先生シリーズは何度も読み返したが、やっぱり『郵便局』が最高だと、新聞のインタビュー（一九九九年二月二十八日付『インデペンデント』紙）でも、自らの著書（Richard Dawkins, *An Appetite For Wonder: The Making of a Scientist* (Bantam, 2013), p. 65）でも繰り返している。

ドーキンスは本書のどこに惹《ひ》かれたのだろうか。最近の著書（*Science in the Soul: Selected Writings of a Passionate Rationalist* (Random House, 2017), pp. 97-101）に「ドリトルとダーウィン」と題した一節があり、そこで、人間という種を動物と差別化して考えようとする「種差別」（speciesism）の愚を指摘し、ドリトル先生もダーウィンも、「種差別」を廃すべく努めた点で共通しているとして、「ヴィクトリア時代の成人読者がダーウィンから衝撃を受けたように、一九四〇～五〇年代、少なくとも一人の少年（＝ドーキンス）はドリトル先生から衝撃を受けたのだ。のちに『ビーグル号航海記』を読んだとき、私はダーウィンとドリトル先生は似ていると思った」と記している。そして、『郵便局』についてこう書いている。

　あらゆる児童文学のなかで最も強く心に残る場面の一つは、『ドリトル先生の郵便局』にある。邪悪な奴隷商人デイヴィ・ボーンズ（正しくはジミー・ボーンズ）によって夫を捕らえられてしまった西アフリカの女性ズザーナが、奴隷船を追いかけるのに疲れ果て、海の沖合の小さなカヌーでひとりきりでパドルの上にうずくまって泣いているところを発見される。最初、彼女は、白人なんて皆ボーンズと同じくらい悪い人だと思いこみ、やさしい先生に話しかけようとしない。ところが、先生はズザーナの信頼を勝ち得て、動物王国の援助と怒りを総動員してこの奴隷商人をやっつけて、彼女の夫を助け出す。殊勝ぶった公立図書館員たちがヒュー・ロフティングの本を人種差別だとして禁じたとは何たる皮肉だろう！　とは言え、責められても仕方がないところもある。ロフティングによるアフリカ人の絵は臀部《でんぶ》のでかい戯画になっているし、ジョリギンキ王国の後継者バンポ王子は妖精《ようせい》物語が大好きで自分を夢の王子さまだと思い、キスで目覚めさせる美女を黒い顔で怖がらせてしまうといけないからと、ドリトル先生に顔を白くする特別な薬の調合をお願いするのだから。現代から見れば意識が低すぎるし、今となっては言い訳のしようがない。しかし、ヒュー・ロフティングが活躍した一九二〇年代は、今日の基準から言えば、人種差別の時代だったのであり、むろんダーウィンだって例外ではない。奴隷制度を憎もうが、他のヴィクトリア朝時代人と同様、人種差別をしていたのだ。私たちは偉そうに人のあらさがしをする前に、自分自身が受け入れてしまっている習俗を見直すべきだろう。未来の世代は、私たちが意識せずにやってしまっている主義のうちの何をあとになって非難するのだろう？　明らかな候補は種差別であり、この点でヒュー・ロフティングが与えてくれるポジティブな影響は、人種平等への無神経さという微罪を償って余りある。

ドリトル先生とダーウィンは、因習打破という点でも似ている。どちらの科学者も、これまで受け入れられてきた知識や伝統的知識に常に問いを投げかける。ふたりともそういう気質だからでもあるが、動物から情報を教えてもらえるからでもある。権威を疑問視する習慣は、本ないし教師が若き科学者志望者に与え得る最も重要な贈り物だ。他人が言うことを鵜呑《うの》みにせず、自分で考えよというわけである。（拙訳。該当箇所はドーキンス『魂に息づく科学――ドーキンスの反ポピュリズム宣言』大田直子訳（早川書房、二〇一八）127〜129ページ）

確かに、絶滅したと思われていた先史時代の生物が「人なし島」（動物王国）に生息しているのを発見するくだりは、ガラパゴス諸島におけるダーウィンを想起させる。興味深いことにドーキンスは、*Unweaving the Rainbow* (New York: Houghton Mifflin, 2000), p. 53 でも、「ドリトル先生」シリーズのすばらしさについて次のように記している。

ドリトル先生の本は、現在では、偉そうに正義を振りかざす図書館員によって禁書扱いされているため入手しにくい。「ドリトル先生」シリーズの人種差別が問題だというわけだが、一九二〇年代において人種差別は当たり前だった。そんな点は、『ドリトル先生の郵便局』において先生が奴隷貿易に対して繰り広げる素晴らしい戦いで帳消しになる。いや、もっと大切なのは、種差別という悪に対して「ドリトル先生」シリーズがとっている立場であり、それで帳消しになるはずだ。過去の人種差別は非難されるのに、現在の種差別は非難されることがない。(拙訳。該当箇所は『虹《にじ》の解体』福岡伸一訳(早川書房、二〇〇一)84ページ)

現代から見れば差別や偏見と思われることでも、当時は差別だと意識されていなかった例は多々ある。たとえば、本書でクリストファー・コロンブスのことを「一四九二年にアメリカを発見した人」としているが(118ページ)、「発見」という言い方は、西洋人がアメリカ大陸にやってくるずっと前からアメリカに暮らしていた「アメリカ原住民」を無視するもので、現在では認められない。しかし、半世紀前に「一四九二年コロンブス、アメリカ大陸発見」と教えられたときは、そこに問題があるとは気づいていなかった。現在の視点から過去を断罪するとき、私たち自身も未来から断罪されることはドーキンスが言うとおりであり、過去を断罪するよりむしろ自分たちのなかに直すべき点がないかと考えるべきだろう。

時代や文化ごとに特有の発想や考え方があるにもかかわらず、時代や文化を超えて一つの見方が正しいのだとする考え方は、文学批評史が批判してきた本質主義(essentialism)にほかならない。

それでは本書はどのような時代設定となっているのであろうか。以下、本書が設定している時代について考察しておきたい。

まず、第一部第四章で言及される「一ペニー郵便」をローランド・ヒルが発明したのは一八四〇年のことであり、切手に描かれた女王陛下とはヴィクトリア女王（在位一八三七〜一九〇一）のことである。ズザーナ救出の際に活躍した軍艦にHMSとあるのも、ヴィクトリア女王陛下の船の意味である。

第四部で言及されるダオメー（ダホメー）王国は実在の国で、その第九代国王ゲゾ（在位一八一八〜五八）は近隣の国で大規模な奴隷狩りを行って強国を築き上げた王として知られる。国際世論に逆らって、奴隷貿易によって栄えたのである。なお、イギリスで奴隷を禁じる法律ができたのは一八三三年であり、翌一八三四年にはイギリス帝国内の奴隷はすべて解放された。16ページに「当時は、奴隷制がちょうど廃止されたばかりの時代」とあるので、物語の時代は、前述の切手の話と合わせると、一八四〇年以降のあまり遅くない時期に設定されていることになる。

ところが、ここで問題が生じる。本書には『航海記』に登場するトミー・スタビンズが出てこないので、時代設定としては本書の方が『航海記』より昔だ。（『航海記』より前に設定されているのは、第一巻と本書のほか、『サーカス』『キャラバン』『緑のカナリア』であり、それ以降はトミー・スタビンズが登場する。）そして『航海記』で先生とトミー・スタビンズが最初に出会うのは、一八三九年四月末なのである。

『郵便局』はそれより前でなければならない。仮にロフティングが「一ペニー郵便」の年号について数年思い違いしていた――ヒルが前払いの切手のアイデアを政府に出したのが一八三七年ということもあるし――とするなら、ひとまず一八三七年頃から一八三九年四月末までの話と考えることができる。

そして、115ページに、「水曜日の七月十八日」という記載があるが、一八三三年以降で七月十八日が水曜となるのは一八三八年しかない。その次は閏年《うるうどし》の関係で一八四九年になる。ということは、本書は一八三八年の出来事を描いていると結論づけられそうだ。一八三八年とは、ダーウィンが自然選択説に到達した年であり、『ビーグル号航海記』が出版された翌一八三九年五月は、『航海記』冒頭の時代設定となる。

ただし、こうした論理的思考がファンタジーである本書にふさわしいのかどうかは別の議論となる。何しろ、本書では飛ばないはずのアヒルが空を飛ぶし、南極に生息するペンギンが北極まで手紙を運ぶことになっている（77ページ）のだから。

最後に当時の貨幣の単位についても触れておこう。最小単位は一ペニー。複数になるとペンスと呼び方が変わり、十二ペンスで一シリング。二十シリングで一ポンド。本書が執筆された一九二三年当時、一ペニーは百円ぐらいと推定される。シリングは一九七一年に廃止され、それ以降は百ペンスで一ポンドとなった。まあ、ドリトル先生に言わせれば、お金のことなどどうでもいいのかもしれないけれど。

本書では動物同士がたがいに理解しあえる動物のことばを先生が考案するというくだりがある。エサの場所や敵の存在を伝えるために動物がことばを用いているというのは今日の動物生態学でも確認されている。最近刊行された『ドリトル先生を追って——動物の言語を学ぶ』という本（Con Slobodchikoff, *Chasing Doctor Dolittle: Learning the Language of Animals*, 2012）では、北米草原に棲息《せいそく》するリス科のプレーリードッグの生態を二十五年にわたって研究した結果、その言語は、近づいてきた人のシャツの色や背恰好《せかっこう》まで区別して伝えていることを明らかにした。あまり意味のないおしゃべりを含めて、かなり複雑な情報を正確に伝える言語体系があるという驚きの事実が明らかになったのだ。ただし、種を超えた動物同士の会話はまだファンタジー小説の領域だ。ジョージ・オーウェルの『動物農場』（一九四五）や、大統領選にも出馬したラルフ・ネーダーの *Animal Envy* (2016) などを参照のこと。

さて、『ドリトル先生の郵便局』が大好きなドーキンスは、とりわけ悪徳奴隷商人をやっつける冒頭の場面がお気に入りで、『魂に息づく科学』で「悪い奴隷商人ディヴィー［ジミー］・ジョーンズに追いつくために先生の船がスピードをあげる必要があると、何千羽ものカモメがひっぱってくれる——そして子供の想像力は飛翔《ひしょう》する」と記し、「私は九歳ごろ、学校の作文で恥知らずにもこの場面を盗用したことを覚えている。国語の先生は私の想像力を褒めてくれて、大きくなったら有名な作家になるだろうと言ってくれた。私がヒュー・ロフティングから盗んだとは、ご存じなかったのである」と注記している。ちなみに、ドーキンス先生、ひっぱったのはカモメではなくてツバメです。私が誤訳したかと思ってあわててしまいましたよ。

ドーキンス先生は、ドリトル先生が動物のことばを話すというたったひとつの特殊能力によって、超自然現象にも思える偉業を成し遂げると記しているが、それもちがうと思う。ドリトル先生の真のすごさは、世界中の動物たちがドリトル先生のことを知っていて、先生のためなら力を結集してくれることにある。ありとあらゆる動物たちが圧倒的な尊敬の念を先生に抱いている。それがドリトル先生の真のパワーというべきではないだろうか。

二〇二〇年三月

河合祥一郎

編集部より読者のみなさまへ

動物のことばが話せるお医者さんのゆかいな冒険をえがいた「ドリトル先生」シリーズは、1920年にアメリカで出版されて以来、世界じゅうの子どもから大人にまで愛されてきた名作です。シリーズはぜんぶで十四巻あり、その三巻めを新たに読みやすく訳したのが、この『新訳 ドリトル先生の郵便局』です。

編集部では、作者のロフティングさんがこの物語にこめたメッセージは、「人も動物も区別なく、みんななかよしでいるのが一番」であると考えています。

ですから、みなさんが物語をさいごまで読んでくださったら、「どんな人にも、どんな動物にも、やさしくしよう」という気持ちをもっていただけるのではないか、と考え、この作品を出版することに決めました。

ただ、「ドリトル先生」シリーズは古い作品です。そのため、今の私たちから見ると、時代おくれと感じられる部分もふくまれています。まず、動物や植物についての知識が古いところがあります。そして、差別的ともとれる表現が少しまじっています。

たとえば人種差別というのは、肌の色のちがいなどを理由に、人が人を区別して見下すことを言います。肌の色がちがうといったことだけで、人が人をばかにしてよいはずがありません。どんな人もみな同じように心をもった、大切でかけがえのない存在だからです。

ですが、ロフティングさんの生きていたころの西洋社会には、人種差別的な考え方が強く残っていました。そのためこの作品でも、アフリカのひとたちの文明が必要以上におくれているかのように表現されており、今の私たちからは、人種差別ともとれるお話がえがかれています。

ロフティングさんは、戦場でケガをした馬が「治療できないから」と、次々ところされていく様子に心を痛めて、動物と話せるお医者さんドリトル先生のアイデアを思いついたと言われます。たいへん思いやりのある、心やさしい人だったのです。

でも、どんな人でも、それぞれの時代の考え方に影響を受け、しばられずにはいられないものなのです。そのため、ざんねんながら、今の時代の私たちから見ると、差別的ともとれるくだりがこの作品にはふくまれているのです。

今回、本を出版するにあたり、そうした部分をけずることも考えました。しかし、それをしてしまいますと、お話のつながりがおかしくなり、ロフティングさんのメッセージがつたわりにくくなる可能性があります。本当はロフティングさんに書きなおしてもらえばよいのでしょうが、かれはすでに亡くなっています。

そこでこの本では、ロフティングさんの書いた元のままの内容をのせています。先に書いたように、ロフティングさんは差別するつもりではなく、「人も動物も区別なく、みんななかよしでいるのが一番」とつたえたかったのだ、と編集部では考えるからです。ですから、みなさんにもロフティングさんのメッセージを誤解しないでもらえたら、と思います。

そして、古い時代には、今の私たちから見るとおかしな考え方があり、どんな心やさしい人でもそれにしばられることがあったこと、また、そうしたおかしな考え方を人間が努力して変えてきたという歴史があることを、みなさんに知ってもらえたら、なおうれしく思います。

本書は、二〇一一年十月に小社より刊行された
角川つばさ文庫（児童向け）を一般向けに加筆
修正したうえ、新たに文庫化したものです。

本文挿絵／ももろ

新訳《しんやく》

ドリトル先生《せんせい》の郵便局《ゆうびんきょく》

ヒュー・ロフティング　河合祥一郎《かわいしょういちろう》＝訳

令和２年　６月25日　初版発行
令和６年　６月５日　３版発行

発行者●山下直久

発行●株式会社KADOKAWA
〒102-8177　東京都千代田区富士見2-13-3
電話　0570-002-301（ナビダイヤル）

角川文庫 22219

印刷所●株式会社KADOKAWA
製本所●株式会社KADOKAWA

表紙画●和田三造

●お問い合わせ
https://www.kadokawa.co.jp/（「お問い合わせ」へお進みください）
※内容によっては、お答えできない場合があります。
※サポートは日本国内のみとさせていただきます。
※Japanese text only

ISBN 978-4-04-109156-2　C0197

◆◇◇

角川文庫発刊に際して

角川源義

第二次世界大戦の敗北は、軍事力の敗北であった以上に、私たちの若い文化力の敗退であった。私たちの文化が戦争に対して如何に無力であり、単なるあだ花に過ぎなかったかを、私たちは身を以て体験し痛感した。西洋近代文化の摂取にとって、明治以後八十年の歳月は決して短かすぎたとは言えない。にもかかわらず、近代文化の伝統を確立し、自由な批判と柔軟な良識に富む文化層として自らを形成することに私たちは失敗して来た。そしてこれは、各層への文化の普及滲透を任務とする出版人の責任でもあった。

一九四五年以来、私たちは再び振出しに戻り、第一歩から踏み出すことを余儀なくされた。これは大きな不幸ではあるが、反面、これまでの混沌・未熟・歪曲の中にあった我が国の文化に秩序と確たる基礎を齎らすためには絶好の機会でもある。角川書店は、このような祖国の文化的危機にあたり、微力をも顧みず再建の礎石たるべき抱負と決意とをもって出発したが、ここに創立以来の念願を果すべく角川文庫を発刊する。これまで刊行されたあらゆる全集叢書文庫類の長所と短所とを検討し、古今東西の不朽の典籍を、良心的編集のもとに、廉価に、そして書架にふさわしい美本として、多くのひとびとに提供しようとする。しかし私たちは徒らに百科全書的な知識のジレッタントを作ることを目的とせず、あくまで祖国の文化に秩序と再建への道を示し、この文庫を角川書店の栄ある事業として、今後永久に継続発展せしめ、学芸と教養との殿堂として大成せんことを期したい。多くの読書子の愛情ある忠言と支持とによって、この希望と抱負とを完遂せしめられんことを願う。

一九四九年五月三日